DuMont's Kriminal-Bibliothek

Lee Martin, eigentlich Anne Wingate, 1943 geboren, stammt aus Ost-Texas und studierte an der Texas Woman's University in Denton. Sie arbeitete selbst viele Jahre lang als Polizistin in Georgia und Fort Worth, Texas, versteht sich aber nach eigener Aussage eher als Mutter.

Ihre Kriminalromane spiegeln die Wirklichkeit der Polizeiarbeit ebenso wider wie die Spannungen, die zwangsläufig zwischen Beruf und Privatleben entstehen. Heute lebt sie mit ihrem Mann und ihren beiden Kindern in Salt Lake City, Utah.

Von Lee Martin sind in der DuMont's Kriminal-Bibliothek bereits erschienen: »Ein zu normaler Mord« (Band 1053), »Das Komplott der Unbekannten« (Band 1055), »Tod einer Diva« (Band 1061) und »Mörderisches Dreieck« (Band 1067).

Herausgegeben von Volker Neuhaus

Lee Martin

Tödlicher Ausflug

DUMONT

Dieses Buch ist meinem Sohn Patrick Richard Paul Webb gewidmet, der zu verschiedenen Zeiten Paul, Pat, Patrick und auch Rick genannt wurde. Paul war stets die Vorlage für Hal – zu Pauls großer Freude –, aber reale Söhne wachsen schneller heran als fiktive, und Paul hat viele Abenteuer erlebt, während Hals schlimmstes Vergehen darin bestand, mit einer sündhaft teuren Armbanduhr im Wohnzimmer gespielt und seine Schwestern geärgert zu haben. Ich dachte, es sei an der Zeit, daß auch Hal mal ein Abenteuer erlebt.

Die Deutsche Bibliothek – CIP-Einheitsaufnahme

Martin, Lee:
Tödlicher Ausflug / Lee Martin. [Aus dem Amerikan. von Ulrike Wasel und Klaus Timmermann]. – Köln : DuMont, 1998
(DuMont's Kriminal-Bibliothek; 1071)
ISBN 3-7701-3010-3

Umschlagmotiv von Pellegrino Ritter
Aus dem Amerikanischen von Ulrike Wasel und Klaus Timmermann

Die der Übersetzung zugrundeliegende amerikanische Originalausgabe erschien 1989 unter dem Titel »Hal's Own Murder Case« im Verlag St. Martin's Press, New York
Satz: DuMont Buchverlag, Köln
Druck und buchbinderische Verarbeitung: Clausen & Bosse GmbH, Leck

Printed in Germany ISBN 3-7701-3010-3

Es gibt Kleinstädte, in denen nie auch nur das geringste passiert, und die meisten Kleinstädte fallen mehr oder weniger in diese Kategorie. Und dann gibt es Kleinstädte, in denen andauernd alles Mögliche passiert. Las Vegas, New Mexico, fällt in die zweite Kategorie.

Ich möchte den bezaubernden Menschen in dem wunderschönen Staat New Mexico für ihre Liebenswürdigkeit danken, die wir auf unserer letzten Recherche-Tour für den vorliegenden Roman genießen konnten. Mein besonderer Dank gilt dem Polizeichef von Las Vegas, Donato Frank Sena (der ganz bestimmt *nicht* das Vorbild für Salazar lieferte), für die hilfreiche Aufmerksamkeit, die er einer wildfremden Frau schenkte, die in sein Büro hereingeplatzt kam und ihn mit Fragen löcherte.

Wie immer möchte ich betonen, daß es sich bei Fort Worth, Texas, Los Alamos, Las Vegas, New Mexico und allen Personen und Orten in diesem Roman nicht um die realen Orte gleichen Namens handelt. Sämtliche Personen und die meisten Orte in diesem Roman sind absolut fiktiv.

Liebe Mom,

wir haben in der Schule das ~~Tema~~ Thema Atomenergie durchgenommen, und Lorie und ich haben gedacht, es würde bestimmt Spas machen, in den Ferien mal einen Trip nach Los Alamos zu machen. Du warst so mit Dad und dem Baby und allem beschäftigt, das wir dich nicht fragen wollten, und Lories Mom war auch ziemlich beschäftigt. Also fahren wir einfach hin und kommen gleich wieder. Wir haben so einen Typen am Truck-Stop getroffen, du weißt schon, da, wo man abbiegt, wenn man zur Elk's Lodge fährt, und er hat gesagt, er nimmt uns mit, und er hat gesagt, wir hätten bestimmt keine Probleme, jemanden für die Rückfahrt zu finden.
Mach dir keine Sorgen, wir kommen schon klar, und am Ende der Ferien sind wir wieder zurück.

Liebe Grüße,
Hal

PS wir haben auch Lories Mom eine Nachricht hinterlassen.

Kapitel 1

Ich bringe Hal um. Mit absoluter Sicherheit, ohne den leisesten Hauch eines Zweifels werde ich Hal umbringen, sagte ich mir, als ich seine Nachricht zum mindestens vierzehnten Mal durchlas.

Ich würde meinen sechzehnjährigen Sohn umbringen und sein Fell zum Trocknen an das Garagentor nageln.

Nur, dazu mußte ich ihn natürlich erst mal finden.

Plötzlich nahm ich das Telefon wahr. Nicht sicher, wie lange es schon geklingelt hatte, lief ich hin, um dranzugehen. Natürlich würde es nicht Hal sein. Es würde mein Mann Harry sein, der im Krankenhaus lag, nachdem er mit einem neuen Hubschrauberprototyp, den er als Pilot testete, einen Unfall gehabt hatte. Oder es würde meine Mutter sein, die sich erkundigen wollte, wie es Harry ging und ob ich auch wirklich nicht wollte, daß sie herkam und mir half, wo mein Baby doch so bald kommen würde. Oder es würde Lories Mutter sein – Officer Donna Hankins –, um mich zu fragen, ob ich meine Nachricht schon gefunden hätte und was wir jetzt unternehmen sollten.

Aber vielleicht war es ja doch Hal, der von irgendwo hinter Weatherford anrief und wollte, daß ich käme und ihn nach Hause holte. Was ich auch machen würde, weil er Lorie bei sich hatte; ansonsten wäre ich überaus versucht, ihm zu sagen, er sei schließlich allein dort hingekommen, also solle er auch sehen, wie er allein zurückkäme.

Nein, das würde ich wohl nicht sagen. Ich würde ihn abholen. Natürlich würde ich ihn abholen.

Nur, die Gelegenheit bot sich nicht. Ich hatte mit meiner ersten Vermutung richtig gelegen. Es war nicht Hal am Telefon. Es war

Donna, etwas aufgeregter, als man es von einer Polizistin erwarten würde. Aber schließlich ist sie etwas jünger als ich, und sie ist noch nicht lange bei der Polizei. Wie ich ist sie länger Mutter als Polizistin, aber selbst auf ersterem Gebiet hat sie acht Jahre und zwei Teenager weniger Erfahrung als ich. Hal ist mein drittes Kind, und ich bin die Dummheiten, die ein Sprößling aushecken kann, mehr oder weniger gewohnt.

Ein altes Sprichwort – ich glaube, jüdischen Ursprungs – besagt, daß kleine Kinder deinen Schlaf stören, während große Kinder dein Leben durcheinanderbringen. Jetzt, wo ich es bereits mit meinem dritten Teenager zu tun habe, wäre ich durchaus geneigt, mich dieser Einschätzung anzuschließen.

Lorie ist nicht etwa Donnas jüngstes Kind oder ihr ältestes. Lorie – die Laura hieß, bis sie in das Alter kam, in dem plötzlich alle Teenager ihren Namen ändern wollen – ist Donnas einziges Kind. Was Donna noch empfindlicher macht.

Nachdem sie sich etwas beruhigt hatte, schien Donnas wichtigste Frage zu sein: Was machen wir jetzt?

Ich hielt das für eine ziemlich gute Frage. Ich wünschte nur, mir würde darauf eine ziemlich gute Antwort einfallen.

Mir fiel keine ein. Ich sagte, ich würde zu ihr kommen, um die Sache mit ihr zu besprechen, und ich legte auf. Schnell.

Aus der Nachricht an sie und der Nachricht an mich ging im großen und ganzen folgendes hervor: Mein Sohn Hal, sechzehn, und ihre Tochter Lorie, fünfzehn, wollten per Anhalter von Fort Worth, Texas, nach Los Alamos, New Mexico, fahren und auf die gleiche Weise wieder zurückkommen – in einer Woche. Offenbar hatten sie an einem Truck-Stop, der ansonsten bekannt dafür ist, daß sich dort die meisten Prostituierten von ganz Tarrant County aufhalten, den Fahrer eines Riesentrucks angesprochen, der sie dann mitgenommen hat. Wie Hal und Lorie zu dem Truck-Stop gekommen waren, wußten wir beide noch nicht; Hal besaß im Gegensatz zu Lorie zwar schon den Führerschein, doch weder Donna noch ich vermißten einen Wagen.

Was konnten wir tun? Nun ja, wir konnten sie beim National Crime Information Center melden – dem Zentralrechner für die gesamten Vereinigten Staaten, der alle Suchmeldungen und Anfragen verarbeitet. Wenn wir das taten – und falls jemand sie zufällig entdeckte und neugierig wurde und beim NCIC nachfragte –, dann würden wir wissen, wo sie waren.

Ich mußte Donna nicht erst sagen, wie unwahrscheinlich das war.

Man fragt beim NCIC an, wenn Leute verdächtig aussehen – oder sich irgendwie verdächtig verhalten. Wenn Lorie allein unterwegs gewesen wäre, hätte jemand sie vielleicht für eine Ausreißerin halten und mißtrauisch werden können. Aber sie war nun mal nicht allein; sie war mit Hal zusammen, und wohl niemand würde Hal für einen Ausreißer halten.

Hal ist – unserer letzten Messung nach, die vor zwei Wochen stattfand, weil wir ihm zum sechsten Mal in diesem Schuljahr neue Jeans für die Schule kaufen mußten – mittlerweile ein Meter dreiundneunzig groß. Der Arzt sagt, und das soll uns wohl Mut machen, er gehe nicht davon aus, daß Hal noch mehr als zwei oder vier Zentimeter zulegt. Oder sechs oder acht.

Hal ist unser Adoptivsohn. Er ist Halbkoreaner. Koreaner sind für gewöhnlich eher kleine Menschen. Aber die andere Hälfte, die nichtkoreanische Hälfte, muß sehr, sehr groß sein.

Demnach würde nicht einmal der argwöhnischste Polizeibeamte, der Hal beim Trampen am Straßenrand stehen sah, den Verdacht hegen, daß er ein Ausreißer sein könnte. In der Regel ist jemand, der ein Meter dreiundneunzig groß ist, alt genug, auf sich selbst aufzupassen. Das wiederum bedeutete, daß auch niemand Lorie überprüfen würde, weil Hal und Lorie ganz offensichtlich zusammengehörten.

Es war theoretisch möglich, die beiden über CB-Funk zu suchen. Fast alle Trucker haben CB-Funk; sie leben praktisch auf Kanal 19.

Harry hat ein CB-Funkgerät. Ich hätte es benutzen können – im Gegensatz zu seinem Amateurfunkgerät braucht man dafür keine Lizenz, und es genügt, ein paar Schalter zu betätigen und den Knopf am Mikrophon zu drücken. Selbst ich kann damit umgehen. Ich hätte mich an das Gerät hängen und alle Trucker bitten können, nach zwei Trampern zu suchen, Beschreibung wie folgt.

Nur, mit einem CB-Funkgerät kommt man nicht sehr weit, und die beiden waren vermutlich schon außerhalb seiner Reichweite. Ja, ja, natürlich kann man Trucker bitten, die Meldung weiterzugeben – und das machen sie auch. Wenn Hal und Lorie zehn Jahre alt gewesen wären, wäre binnen zwei Stunden jeder Truckfahrer in den angrenzenden Bundesstaaten über das äußerst effiziente Truckernetz informiert gewesen und hätte nach ihnen Ausschau gehalten. Aber Trucker sind in der Regel ziemliche Freigeister. Unter den gegebenen Umständen wären sie wahrscheinlich der Meinung, daß Hal und Lorie alt genug seien, um zu machen, was sie wollen, und Donna und ich nur übereifrige Störenfriede.

Deshalb würde das Funkgerät in diesem Fall nichts bringen.

Es wäre schön, wenn ich selbst davon überzeugt sein könnte, daß die Trucker mit ihrer Vermutung recht hatten. Ein ein Meter dreiundneunzig großer Sechzehnjähriger im zweiten High-School-Jahr müßte eigentlich in der Lage sein, auf sich selbst und jemand anders aufzupassen, erst recht, wenn er normal intelligent ist und von einigermaßen verantwortungsbewußten Eltern aufgezogen wurde und obendrein seit zwei Jahren gänzlich freiwillig eine Kirche besucht, die das Verantwortungsbewußtsein ihrer jugendlichen Mitglieder gezielt fördert. Aber Hal?

Ich will damit nicht sagen, daß er dumm ist oder keine guten Absichten hat. Bei seinen IQ-Tests hat er immer überdurchschnittlich abgeschnitten, und seine Absichten sind stets die besten. Aber ich muß immer öfter daran denken, womit, wie meine Großmutter immer gesagt hat, der Weg zur Hölle gepflastert ist.

Es gibt Zeiten, in denen sein Verhalten normal ist, ja sogar vorbildlich. Doch dann gibt es die anderen Zeiten – zum Beispiel der Tag, an dem ich nach Hause kam und sah, daß Hal emsig den Küchenboden mit einer Dose Karo-Sirup bohnerte, weil er mir helfen wollte und sich nicht die Mühe gemacht hatte, das Etikett zu lesen (und weil, wie er mir treuherzig darlegte, während ich schrie, Johnson's Bohnerwachs in einer gleichgroßen Dose war), oder als er bei einem Meisterschaftsspiel der Junior High School mit dem Football auf die Torlinie seiner eigenen Mannschaft zurannte –, in denen wir uns leicht verwundert fragen, was wohl in der grauen Masse vor sich geht, die er sein Gehirn nennt.

Falls man annehmen durfte, daß Hals alles andere als verständliche Nachricht stimmte, waren sie den weiten Weg nach Los Alamos mitgenommen worden. Ich hatte keine Vorstellung, was sie unterwegs zu essen gedachten, aber Hal ist erfinderisch – selbst in seinen schlimmsten Zeiten. Außerdem hat – oder hatte – er etwas Geld auf seinem Konto.

Entscheidungen treffe ich meist im Auto. Ich weiß noch, daß Harry und ich unterwegs zur Bibliothek waren, als wir beschlossen, unser erstes Minderheitenbaby zu adoptieren, das dann Vicky wurde, und wir waren unterwegs zum Supermarkt, als wir beschlossen, uns um Becky zu bemühen (wir hatten über sie in der Zeitung gelesen; ihre leibliche Mutter hatte sie in einer Mülltonne ausgesetzt), und wir waren auf dem Weg vom Kino nach Hause – ein Film über Korea –, als wir zum ersten Mal über das Baby nachdachten, das dann Hal wurde. Ich fuhr gerade zu einer Bäckerei, als ich die Entscheidung traf, auf die Stellenanzeige vom Police Department zu antworten – was die letzten sechzehn Jahre meines Lebens entscheidend beeinflußt hat. Natürlich saß ich gerade in einem Wagen, als ich beschloß, Harry zu heiraten, aber das ist lange her und eine Geschichte, die ich eigentlich nicht erzählen möchte.

Als ich also bei Donna zu Hause ankam, wußte ich inzwischen, was ich tun würde. Ich würde nach Los Alamos fliegen und die beiden Halbsinner an den Haaren nach Hause schleifen, genau das würde ich machen. Natürlich würde *ich* das machen. Wer sonst? Harry konnte es nicht; er hatte ein gebrochenes Bein. Donna konnte es nicht; als alleinerziehende Mutter, die ein Haus abzuzahlen und jede Menge andere Rechnungen zu begleichen hatte, konnte sie es sich nicht leisten, sich freizunehmen. Aber ich hatte bereits frei.

Ja. Ich war bereits seit mehreren Monaten von der Arbeit freigestellt, aus medizinischen Gründen, weil ich nämlich bald ein Baby bekommen würde. Sehr, sehr bald, hatte der Arzt mir bei meiner letzten Untersuchung versichert. Ein Flug nach Los Alamos war da wirklich genau das Richtige. Ich konnte von Glück sagen, wenn sie mich überhaupt ins Flugzeug ließen.

Das sagte Donna zu mir. Aber eine bessere Idee hatte sie auch nicht. Außerdem, so mein Argument, und Donna mußte mir zustimmen, war es ganz bestimmt Hals Idee gewesen und nicht Lories, also war es logisch, daß ich flog –

Das sagte auch Harry zu mir. Aber er hatte das gleiche Problem wie Donna – ihm fiel nichts anderes ein, als die beiden allein zurückkommen zu lassen, was, wie er zugab, auch nicht sonderlich geistreich war.

Das hätte auch mein Arzt zu mir gesagt, nur, daß ich ihn vorsichtshalber gar nicht erst fragte.

Das sagte auch meine Mutter zu mir, erst recht, als wir herausfanden, daß man nicht nach Los Alamos fliegen kann. Man fliegt nach Albuquerque und fährt mit dem Wagen nach Los Alamos, und es dauert vier bis sechs Stunden, je nachdem, wie schnell man fährt und wie viele Pinkelpausen man macht, und man macht viele, wenn man schwanger ist.

Oh, ich konnte einen Pendlerflug von Albuquerque nach Los Alamos nehmen, aber ich mußte ohnehin einen Wagen mieten, und außerdem war es möglich – und sogar wahrscheinlich –, daß ich vor den Kindern in New Mexico war, und –

Irgendwann im Verlauf dieser Diskussion sagte Harry so was wie »Ach, verdammt« und erinnerte mich daran, daß seine Versicherung, da er mittlerweile seit über dreißig Tagen arbeitsunfähig war, die Visa-Card-Rechnung bezahlt hatte, aber ganz sicher nicht noch weitere Kosten übernehmen würde, mit denen ich die Karte belasten würde.

Ich sagte ihm, daß ich das wußte. Und ich sagte ihm, daß ich unser Telefon zu Hause auf Anrufweiterleitung stellen würde, so daß er alle Anrufe direkt an seinem Krankenbett entgegennehmen könnte. Worauf er wieder »Ach, verdammt« sagte, bevor er sagte, ich solle auf mich aufpassen.

Das war Samstag nachmittag. Erst am Montag würde ich losfliegen. Natürlich. Wir mußten ihnen Zeit lassen, anzukommen.

Der Flughafen von Albuquerque ist eine Baustelle. Ich fragte die junge Frau am Avis-Schalter, wie lange er schon in diesem Zustand sei, und sie erwiderte: »Schon immer.« Während der Drucker ratternd meinen Vertrag ausdruckte, fügte sie hinzu: »Sie haben versprochen, daß sie in zwei Jahren fertig sind. Und wenn Sie das glauben, würde ich Ihnen gern das hübsche Stückchen Land verkaufen, das ich auf dem Mond habe.«

Sie sagte aber, daß er bestimmt schön würde, wenn er erst mal fertig war, sie könne einfach keine orangefarbenen Fässer mehr sehen. Dann beschrieb sie mir, wo ich den Wagen abholen sollte – vorbei an den orangefarbenen Fässern, nach rechts, vorbei an weiteren orangefarbenen Fässern, zwischen noch mehr orangefarbenen Fässern hindurch, wieder nach rechts, und er stünde auf Stellplatz 73. Manche Flughäfen haben Servicebusse, mit denen man zu seinem

Mietwagen gebracht wird. Dieser Flughafen nicht. Es war aber nicht sehr weit, zumindest wäre es nicht sehr weit gewesen, wenn ich nicht im achten Monat schwanger gewesen wäre, hochhackige Schuhe getragen (rückblickend ist mir schleierhaft, wieso ich hochhackige Schuhe trug) und einen ziemlich großen Koffer, Bordgepäck und eine so große Handtasche mit mir herumgeschleppt hätte, daß sie als Bett für einen Cocker-Spaniel getaugt hätte.

Natürlich trug ich weder mein Schulterhalfter noch meine Waffe an Bord der Maschine. So dumm bin ich nicht. Sie war in meinem Koffer verstaut, weshalb mein Koffer, der ansonsten mit mir an Bord hätte reisen können (zumindest in den Zeiten, bevor man anfing, Maßnahmen gegen die Mitnahme von zuviel Bordgepäck zu ergreifen), in den Gepäckraum mußte, weshalb ich wiederum eine gute halbe Stunde an dem kleinen Gepäckband darauf warten mußte, daß mein Koffer, mit der Waffe und dem Schulterhalfter drin, ausgeladen wurde. Koffer brauchen länger als die Passagiere, um ein Flugzeug zu verlassen.

Zumindest die orangefarbenen Fässer waren leicht zu finden.

Sie waren weiß Gott leicht zu finden, dachte ich grimmig, als es mir gelang, den Wagen auf den Highway zu steuern. Sie waren überall. Im Staate New Mexico mußte man als Hersteller von orangefarbenen Fässern einfach ein Bombengeschäft machen. Ich hatte den Eindruck, daß in Albuquerque sämtliche Straßen und Nebenstraßen und Highways entweder gerade gebaut oder gerade ausgebessert wurden, alle zur gleichen Zeit, und daß die orangefarbenen Fässer dazu da waren, daß man, wenn man sich verfuhr, weil die Straße voller orangefarbener Fässer war, die Straße ganz leicht wiederfinden konnte, indem man weiteren orangefarbenen Fässern folgte.

Ich gab die Idee auf, in Albuquerque Halt zu machen. Ich hätte es gern getan, unter normalen Umständen, weil es wirklich eine hübsche Stadt ist, trotz der orangefarbenen Fässer, und ich gehört habe, daß die Leute dort sehr freundlich seien, wiederum trotz der orangefarbenen Fässer, die ihnen bestimmt auf die Nerven gehen. Aber ich war ziemlich gereizt von dem viel zu süßen Essen und der viel zu stickigen Luft im Flugzeug, und ich wollte eine Weile weiterfahren.

Ich aß in einem Selbstbedienungsrestaurant am Rande von Santa Fe zu Mittag und fuhr weiter. Ich war noch nie im Norden von New

Mexico gewesen; jedesmal, wenn ich überhaupt durch den Staat gefahren war, war ich so weit südlich gewesen, daß ich am südlichen Horizont die Berge von Nordmexiko sehen konnte. Für mich war New Mexico gleichbedeutend mit Sand und Kakteen und Highways, die sich endlos immer weiter erstrecken.

Der Norden von New Mexico ist anders. Er ist trocken, aber keine Wüste, und eine Zeitlang fährt man an sanften Hügeln entlang, so daß man vergißt, daß man über zweitausend Meter über dem Meeresspiegel ist und immer höher kommt. Nach einer Weile sieht das Land immer weniger trocken aus, bis man plötzlich, fast ohne den Übergang zu bemerken, in einem dichten Kiefernwald Bergstraßen hinauffährt.

Nun, ich habe nichts gegen Kiefern. Davon gibt es im Osten von Texas jede Menge, etwa einhundertzwanzig Kilometer östlich von Fort Worth, und ich habe schon mal welche gesehen, obwohl ich zugeben muß, daß ich bei zu vielen Bäumen ein wenig Platzangst kriege.

Nein, das Problem sind Berge.

Ich hasse es, in den Bergen Auto zu fahren. Ich verabscheue es, in den Bergen Auto zu fahren. Also schön, ich geb's zu, ich habe panische Angst, in den Bergen Auto zu fahren.

Es war auch nicht gerade hilfreich, daß das Baby in meinem Bauch ausgerechnet in diesem Moment mit seiner Gymnastik anfing oder daß ich sogenannte Übungswehen bekam, von denen mein Gynäkologe mir gesagt hatte, daß ich sie bis zur Niederkunft immer mal wieder bekommen würde.

So schlich ich also mit zirka zwanzig Kilometern die Stunde eine Bergstraße hoch, in einem sehr schönen Wagen, der diese Straßen ohne weiteres mit hundertzwanzig geschafft hätte, wenn das Tempolimit es erlaubt hätte. Gleichzeitig hatte ich dabei das Gefühl, daß in meinem Innern Zirkusakrobaten übten, und die ganze Zeit zischten Autos mit hundert und hundertzehn an mir vorbei, von denen einige ungehalten hupten, die meisten aber offenbar den Flachlandtiroler bemitleideten, der ich ja wohl sein mußte.

Ich konnte es nicht ändern. Mit Schrotflinten komme ich klar, wenn ich muß, auch wenn ich sie eigentlich nicht mag, erst recht nicht, wenn ich in ihren Lauf blicke, aber Bergstraßen verkrafte ich nun mal nicht.

Ich sagte mir immer wieder, daß ich mir keine Sorgen zu machen brauchte; die Straße war einfach zu breit, als daß ich hätte abstürzen können. Sie war sogar mehrere Fahrspuren breit; wie breit, weiß ich wirklich nicht, weil ich viel zu sehr mit Zittern beschäftigt war, um zählen zu können, aber jedenfalls war es bestimmt besser, als es damals während des Zweiten Weltkriegs gewesen sein muß, als alle in Los Alamos ein und dasselbe Postfach hatten und irgendein Versandhaus der Meinung war, daß irgendein Idiot sich einen dummen Scherz erlaubte, weil sie bereits zweihundertfünfzig Exemplare ihres Versandkataloges an das Postfach geschickt hatten und fest entschlossen waren, keine weiteren mehr zu schicken.

Egal. Zumindest wußte ich inzwischen etwas genauer als noch am Vortag, wie Hal und Lorie zurechtkamen. Ich hatte in Harrys Pick-up nachgesehen und festgestellt, daß ein paar Sachen aus dem Camper fehlten – ein paar Sachen wie Hals Rucksack und Schlafsack und Harrys Rucksack und Schlafsack (vermutlich für Lorie), Hals Feldflasche und Harrys Feldflasche, Harrys Ausrüstung zur Wasseraufbereitung und ein kleiner Vorrat Trockennahrung. Als ich mir das alles klargemacht hatte, sagte ich mir, ich sollte dankbar sein, daß sie beschlossen hatten zu trampen, statt Harrys Pick-up zu nehmen, was ich Hal durchaus zugetraut hätte, wenn er nur irgendwie an die Tankkreditkarte gekommen wäre, was er zum Glück nicht gekonnt hatte.

Ich hätte dankbar sein müssen, aber ich war es nicht. Jeder hat schon von Trampern gehört, die ermordet und/oder überfallen wurden, und Polizisten hören sogar noch häufiger davon. Meine Fantasie, die stets ein wenig hyperaktiv ist, ging mit mir durch. Hal und Lorie beide tot irgendwo in der Wüste. Hal tot und Lorie vergewaltigt. Hal und Lorie eingeschlossen im Kofferraum des Wagens irgendeines Sadisten, während der Sadist überlegt, was er als nächstes macht. Ich versuchte, meine Fantasie in vernünftigere Bahnen zu lenken. Hal schlägt den bösen Angreifer k. o. und flieht mit Lorie. Diese Vorstellung überzeugte mich nicht, so sehr ich mich auch bemühte. Vernünftigere Möglichkeiten. Hal und Lorie auf dem Weg nach Los Alamos im Wagen eines netten Familienvaters, der ihnen Fotos von seinen Enkelkindern zeigt, während sie irgendwo Halt machen, um etwas zu essen. Hal und Lorie, die fröhlich durch ein Museum schlendern.

Meine Fantasie war widerspenstig.

Ich kam nachmittags gegen halb vier in Los Alamos an, und als erstes stellte ich fest, daß es zwei Museen gab. Eines lag direkt neben der Hauptstraße, die durch die Stadt führte; um zu dem anderen zu gelangen, das mit dem Forschungszentrum verbunden war, mußte man auf eine andere Straße und über eine große Brücke über einen Canyon und dann nach rechts, oder vielleicht war es auch nach links, weil ich inzwischen ziemlich verwirrt war und der ältere Mann, der mir den Weg wies, mit beiden Armen gleichzeitig ruderte und noch verwirrter schien, als ich es war.

Das erste Museum war näher.

Es war klein, beschäftigte sich in der Hauptsache mit Stadtgeschichte statt mit Militärgeschichte, und es hatte ein Gästebuch, in das alle Besucher ihren Namen und ihren Heimatort eintragen sollten. Ich hatte auf Anhieb Erfolg, denn dort, nur wenige Zeilen über meiner eigenen Unterschrift, waren zwei andere: *Harold Ralston* (Gott, er wird langsam förmlich, dachte ich – normalerweise sehe ich diese Variante nur auf seiner Geburtsurkunde und seinem Schulzeugnis) und *Laura Hankins, Fort Worth, Texas*. Und dort, wo Platz für Bemerkungen war – na, egal. Es war moderner Teenagerslang. Soweit ich es deuten konnte, hieß es, daß ihnen die Ausstellung gefallen hatte.

Sie waren also sicher hier angekommen. Immerhin etwas. Die nächste Frage war: Wie sollte ich sie finden?

Der Eintrag war mit Datum versehen, daher wußte ich, daß sie irgendwann heute hiergewesen waren. Ich konnte nicht allzu weit hinter ihnen sein.

Ich konnte nicht allzu weit hinter ihnen sein, und ich hatte viel zu lange gesessen und mußte mir die Beine vertreten, und außerdem ging die ältere Museumsangestellte, während ich meinen Namen in das Gästebuch schrieb, diskret in einen diskreten Raum, in dem sie offenbar eine Zeitlang zu verweilen gedachte. Alle Zeichen deuteten darauf hin, daß ich mich umsehen sollte.

Also nahm ich mir fünf Minuten Zeit, um durch das Museum zu schlendern, das sehr schön war und mir weitaus mehr, als ich eigentlich wissen wollte, über die Gemeinde Los Alamos erzählte, wie sie gewesen war, als ich noch ein Baby in Fort Worth war und fast niemand wußte, daß hier oben in diesem schönen Wald Wissenschaftler den Prototyp einer neuen und unglaublich vernichtenden Bombe schufen.

Als ich zurück in den Eingangsbereich kam, hatte die ältere Frau bereits wieder ihren Posten im Geschenkeladen bezogen. Ich stellte mich vor und zeigte meine Dienstmarke. In Fort Worth sind die Leute selten beeindruckt, wohl weil sie an den Anblick der Polizei ihrer Stadt gewohnt sind, aber die Augen dieser alten Dame wurden größer. »Meine Güte, Sie sind aber weit von zu Hause weg«, teilte sie mir mit und fragte dann, was ich hier machte.

Ihrem begierigen Blick nach erwartete sie wohl als Erklärung irgend etwas Schauerliches wie Mörder oder Spione oder etwas Exotisches in der Art. Ich hatte nicht vor, ihre Fantasie zu befriedigen. »Ich suche zwei Ausreißer, Teenager«, sagte ich. »Könnte sein, daß Sie sie gesehen haben – sie haben heute ihren Namen ins Gästebuch eingetragen. Ein koreanisch aussehender Junge, sehr groß, und ein Mädchen von ungefähr ein Meter sechzig, braune Haare, blaue Augen.« Ich holte ein Foto hervor, Hal und Lorie vor gar nicht langer Zeit zusammen auf einem Schulfest, und die Frau betrachtete es.

»Meine Güte, er ist wirklich groß«, sagte sie. »Ich würde mich bestimmt an ihn erinnern. Aber ich habe erst um eins angefangen – wir arbeiten hier alle ehrenamtlich, wissen Sie.«

»Ach, wirklich?« sagte ich und hatte fast das Gefühl, als würde von mir erwartet, bei einem nachmittäglichen Kaffeekränzchen Konversation zu machen. Nein, natürlich wußte ich nicht, daß hier ehrenamtlich gearbeitet wurde. Woher sollte ich auch?

Aber natürlich dachte sie nicht wirklich, daß ich es wußte. Sie war einfach auf ihre Art höflich. Also würde ich auch weiter höflich sein müssen.

»Ja, und ich fange erst um eins an. Das heißt freitags. Freitag ist mein Tag, wissen Sie.«

»Verstehe. Also, wer –«

»Lassen Sie mich überlegen. Fanny war den ganzen Vormittag hier, normalerweise ist sie bloß zwei Stunden hier, aber Ava war krank, und deshalb ist Fanny für sie eingesprungen und –«

»Ist es möglich, Fanny zu erreichen und sie zu fragen?«

»Tja, lassen Sie mich überlegen –«

Nach ein wenig weiterem Hin und Her gelang es der freiwilligen Mitarbeiterin – die mir noch immer nicht ihren Namen verraten hatte –, eine Telefonliste ausfindig zu machen. Aber das brachte mich auch nicht weiter. Fanny – wer auch immer Fanny war – ging nicht ans Telefon.

»Na, danke, daß Sie es versucht haben«, sagte ich resigniert und bekam eine neue Wegbeschreibung zu dem anderen Museum.

Das andere Museum hatte kein Gästebuch. Es hatte allerdings Wachleute – jede Menge. Wir werden nicht zulassen, daß die Russen uns das Geheimnis stehlen, wie die erste Atombombe hergestellt wurde und wie sie im Modell aussah, das heißt, zumindest werden wir nicht zulassen, daß sie es stehlen, ohne daß wir es mitkriegen. Die Wachleute taten eigentlich gar nichts; sie waren einfach nur da.

Bei nüchterner Betrachtung dämmerte mir im nachhinein, daß sie vermutlich nicht zum Schutz gegen Spione da waren, zumal in dem Museum nichts gewesen wäre, was nicht für die Öffentlichkeit bestimmt war; sie waren sehr wahrscheinlich für den Fall da, daß es irgendwelche Friedensdemonstrationen oder dergleichen geben würde. Mir schien, daß sie nicht immer ganz so erfolgreich waren, wie man es sich wünschen würde; auf einem Ausstellungsstück waren noch Reste von gelben Farbspritzern zu sehen.

Wachleute haben, da sie Profis sind, ein zumindest halbwegs gutes Gedächtnis.

Ja, einer von ihnen erinnerte sich tatsächlich an Hal und Lorie – erinnerte sich vor allem deshalb an sie, weil sie um Erlaubnis gebeten hatten, ihre Rucksäcke und Schlafsäcke am Eingang abzustellen. Sie hatten beide müde ausgesehen, und Lorie war für lange Zeit auf die Toilette verschwunden, während Hal herumschlenderte und sich die Ausstellung ansah. Als Lorie wieder herausgekommen war, hatte sie ausgesehen, als hätte sie geweint, und Hal hatte sehr beschützend den Arm um sie gelegt. Dann waren sie nach draußen gegangen und hatten lange auf dem Rasen gesessen, bevor sie die Straße hinuntertrotteten.

Und das war kurz vor Mittag gewesen. Sie hatten fast vier Stunden Vorsprung. Das war mehr, als ich gedacht hatte. Zu Hause ist Hal eher ein Spätaufsteher; er ist selten vor halb elf oder elf ansprechbar. Aber ich hätte daran denken sollen, daß er auf Campingtrips noch vor Sonnenaufgang munter aus den Federn hüpft. Natürlich funktionierte er hier und jetzt nach seinem Campingzeitplan, nicht nach seinem Schulzeitplan.

Es war also an der Zeit, mich um Unterstützung zu bemühen. Ich konnte mich an das Los Alamos Police Department wenden. Ich konnte mich an das Büro des zuständigen Sheriffs wenden, wo immer der saß. Ich konnte mich an die Highway-Streife wenden, oder wie immer man sie in New Mexico nannte.

Es gab da nur ein einziges Problem. In vier Stunden konnten sie so gut wie überall sein. Falls sie zu Fuß gingen, waren sie allerhöchstens dreißig Kilometer weit gekommen, vermutlich aber erheblich weniger angesichts der Tatsache, daß sie müde ausgesehen hatten, daß Lorie anscheinend geweint hatte.

Wenn sie jedoch jemand mit dem Wagen mitgenommen hatte, konnten sie schon wieder in Albuquerque sein. Oder sie hatten beschlossen, einen kleinen Abstecher zu machen, bevor sie wieder nach Hause fuhren. Vielleicht, je nachdem, welche Richtung sie eingeschlagen hatten, waren sie auch nicht mehr in dem Bundesstaat.

Ich fuhr zu einem Motel und nahm mir ein Zimmer. Ich rief Harry an. Er hatte nichts von ihnen gehört. Ich rief Donna an. Sie hatte nichts von ihnen gehört.

Und dann rief ich das Büro des Sheriffs an.

Das Telefon weckte mich aus einem ungewöhnlich tiefen Schlaf – von der Höhenveränderung fühlte ich mich wie erschlagen –, und einen Moment lang war ich so desorientiert, daß ich das Telefon nicht finden konnte.

Dann erinnerte ich mich, daß ich in einem Motel in Los Alamos war, und das Telefon stand auf der anderen Seite des Raumes auf diesem Ding von Kommode, das alle Motels zu haben scheinen. Ich stand auf, ging durch die Dunkelheit zu dem Telefon, das ich an seinem orangefarbenen Lämpchen ortete, und hob ab.

»Deb?« Es war Harry. »Ich habe etwas von Hal gehört. Oder genauer gesagt, über Hal. Er ist in Las Vegas.«

Ich war schlagartig hellwach. »Nevada?« jaulte ich auf. »Wie sind sie denn nach –«

»Las Vegas in New Mexico«, unterbrach mich Harry. »Du hast mich nicht ausreden lassen.«

»Wo zum Teufel ist Las Vegas, New Mexico?« fragte ich.

»Deb, würdest du mich verdammt noch mal ausreden lassen?« brüllte Harry. »Ich weiß nicht, wo Las Vegas, New Mexico, ist; ich habe noch nie davon gehört. Du bist es schließlich, die in New Mexico ist; sieh auf der Karte nach und finde es.«

»Oh, ich werde es finden«, sagte ich grimmig, »und dann werde ich da hinfahren und Hal mit meinen bloßen Händen erwürgen, bevor ich die beiden nach Hause bringe.«

»Na dann viel Glück«, sagte Harry, »denn dazu mußt du ihn erst aus dem Gefängnis holen.«

»Klar, Landstreicherei«, sagte ich resigniert und fragte mich, wie hoch die Kaution sein würde, und Harry sagte: »Nicht ganz, Deb.«

»Was meinst du mit *nicht ganz*?«

»Deb, der dortige Polizeichef hat mich angerufen und gesagt, sie haben Hal wegen Mordverdacht festgenommen.«

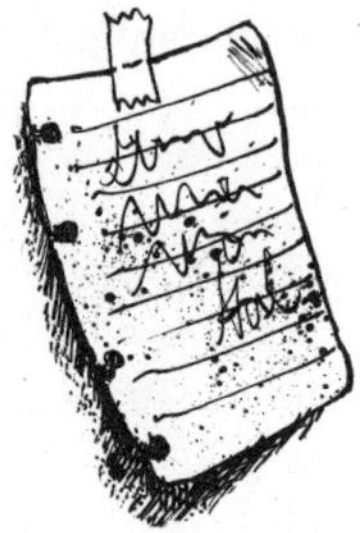

Kapitel 2

Erwachsene werden heute nicht mehr wegen irgendeines »Tatverdachts« in Haft genommen. Die Gerichte sind etwas pingelig geworden und verlangen so kleine Nettigkeiten wie ordnungsgemäß ausgestellte Haftbefehle, aus denen hervorgeht, wer verhaftet werden soll und aus welchen Gründen. Doch ein Jugendlicher, der nicht wenigstens annähernd dort ist, wo er sein sollte, und nicht annähernd das tut, was er tun sollte, gefährdet automatisch »sich oder andere«. Und wer »sich oder andere gefährdet«, kann, bis auf sehr wenige Ausnahmen, praktisch so lange festgehalten werden, wie jemand ihn festhalten will, und das unter fast jedem Vorwand, der jemandem einfällt.

Natürlich rief ich in Las Vegas an.

Natürlich sagte die Person, mit der ich sprach – eine Frau namens Vargas und, dem Krach im Hintergrund nach zu urteilen, saß sie offenbar in der Einsatzzentrale –, höflich, aber bestimmt: »Tut mir leid, Ma'am, ich kann Ihnen diese Informationen auf keinen Fall am Telefon geben.«

Okay, beruhige dich, Deb Ralston, sagte ich mir. Ich war selbst schon mal in ihrer Position, und ich würde solche Informationen auch nicht am Telefon geben.

Noch in der Unterwäsche – ich hatte aus irgendwelchen Gründen kein Nachthemd eingepackt – setzte ich mich aufs Bett, holte tief Luft und sah auf meine Uhr. Kurz nach fünf Uhr morgens. Also sechs Uhr morgens in Fort Worth, die Uhrzeit, um die ich normalerweise aufstehe, somit müßte ich allmählich wenigstens halbwegs geistig zurechnungsfähig sein. Benutze deinen gesunden Menschenverstand, sagte ich mir. Sei vernünftig. Was für eine dumme

Sache Hal auch immer angestellt hatte – und da ich Hal kannte, nahm ich an, daß das so ungefähr alles sein konnte, solange es richtig dumm war –, er hatte bestimmt niemanden ermordet. Das war absolut unmöglich. Exzentrisch – falls man das Wort auf einen Sechzehnjährigen anwenden kann – ist er; gewalttätig oder böse ist er nicht.

Ich ging zu meinem Koffer, der offen neben dem Telefon stand, und durchwühlte ihn ziemlich benommen nach Landkarten.

Keine Landkarten.

Ich suchte in meiner Handtasche und in meinem Bordgepäck, bevor mir einfiel, daß ich die Karten auf dem Beifahrersitz des gemieteten Ford Escort liegengelassen hatte. Und ganz bestimmt würde ich in dieser Aufmachung nicht nach draußen zum Wagen gehen.

Egal, dachte ich; was immer Hal angestellt hatte, er hatte bestimmt niemanden umgebracht. (Ich würde mir das immer wieder sagen.) Das Ganze war sicherlich ein Irrtum. Ich würde da hinfahren, die Sache klären, und damit hätte es sich, nur daß Hal, sobald ich ihn nach Hause gebracht hatte, wahrscheinlich für die nächsten zehn Jahre Hausarrest kriegen würde. In der Zwischenzeit würde es ihm nicht schaden, seinen jugendlichen Unverstand ein paar Stunden länger im Knast abzukühlen. Ich neigte sogar zu der Auffassung, daß er es verdient hatte, nach allem, was Harry und ich und Donna seinetwegen durchgemacht hatten.

Während ich mir das sagte – nicht sehr überzeugend –, ging ich duschen. Ich zog frische Sachen an. Ich frühstückte. Und dann fuhr ich nach Las Vegas. (Der Umstand, daß ich ungefähr um Viertel vor sieben bereits auf der Straße war, ließe sich dahingehend deuten, daß ich doch nicht so ruhig war, wie ich mir einzureden versuchte, aber das ist unerheblich.)

Der Karte nach, die ich beim Frühstück studiert hatte, waren es von Los Alamos (Die Pappeln, falls Sie kein Spanisch sprechen) bis Las Vegas (Die Wiesen) etwa zweihundert Kilometer. Ich konnte von Los Alamos über Santa Fe nach Las Vegas fahren, oder ich konnte von Los Alamos über Chimayo und Rodarte und Mora nach Las Vegas fahren. In jedem Fall würde ich über das Gebirge Sangre de Christo kommen. O verdammt, dachte ich, als mir einfiel, wie ich tags zuvor von Santa Fe im Schneckentempo die Berge hochgefahren war. Hundertsechzig Kilometer mit zwanzig Stundenkilometern, da konnte ich von Glück sagen, wenn ich in einem Tag da war, natürlich vorausgesetzt, ich würde nicht von einem zornigen Autofahrer, der dreißig oder vierzig oder fünfzig Kilometer lang hinter mir hing, von der Straße gedrängt oder erschossen.

Wenn ich durch Santa Fe fuhr, hatte ich die ganze Strecke über größere Straßen; wenn ich über Chimayo und so weiter fuhr, hatte ich kleinere Straßen. Andererseits würde ich, wenn ich durch Santa Fe fuhr, genau zur Rush-hour in die Hauptstadt des Bundesstaates kommen, was mich mindestens zwei Stunden kosten würde. Ich beschloß, es mit den kleineren Straßen zu wagen, obwohl der Gedanke an kleinere Straßen durch die Berge nicht gerade meine Stimmung hob. Im Geiste mit den Zähnen knirschend, checkte ich aus dem Motel aus.

Überraschung! Überraschung! Und zur Abwechslung mal eine angenehme. Die meiste Zeit über war kaum zu spüren, daß ich durch die Berge fuhr, nur daß die Luft so unglaublich klar war, wie sie es nur in großen Höhen ist. Es war fast so, als würde ich durch den Osten von Texas fahren. Kiefern, fast genau die gleichen, nur mit kürzeren Nadeln und irgendwie büscheliger. Das Unterholz im großen und ganzen genauso. Die gleiche rote Erde, hier nur etwas kräftiger orange, die gleichen eigenartig geformten Eisenerzsteine, sogar die gleichen sonnenbeschienenen Lichtungen mit dem hier und da grasenden Rotwild, nur daß es nicht die im Osten von Texas üblichen, kleinen niedlichen Weißwedelhirsche waren, sondern Maultierhirsche und oft auch Elche.

Den größten Teil der Strecke fuhr ich durch dichten Wald auf einem zweispurigen Highway, wobei mir absolut niemand begegnete außer ab und zu jemand auf einem Mountain-bike, der vielleicht für die Olympischen Spiele trainierte. Daß ich mir selbst befohlen hatte, ruhig zu werden, hatte nicht das geringste genutzt, aber diese friedliche Landschaft beruhigte meine Nerven wirklich. Ich würde gern für immer hier bleiben, dachte ich, bis mir wieder die Höhe und Weite einfielen und ich an so schreckliche Dinge wie vier Meter tiefe Schneewehen den ganzen Winter hindurch dachte. Selbst jetzt, Ende März, sah ich häufig große Flächen nicht geschmolzenen Schnees unter schattenspendenden Baumästen und auf den Nordhängen liegen. Und dann, mit einem Mal, war ich aus dem Wald heraus und blickte einen langen Hügel hinab auf Wiesenland, mit einem glänzendem See (Storrie Lake, laut meiner Karte) rechts vor mir. Ich war noch immer zirka dreißig Kilometer von Las Vegas entfernt, aber dreißig Kilometer über Land sind nicht vergleichbar mit dreißig Kilometern in der Stadt. Kurz vor Viertel vor neun kam ich in Las Vegas an, das, wie sich herausstellte, vom Gallinas River streng in zwei Hälften geteilt wurde, bei denen es sich, je nachdem, mit wem ich sprach, um Las Vegas und Ost-Las-Vegas oder die Altstadt und die Neustadt oder um den hispanischen und den angloamerikanischen Teil handelte (obwohl im angloamerikanischen Teil viele Spanischstämmige und im hispanischen Teil viele Angloamerikaner leben). Dank dieser nützlichen Informationen brauchte ich nur weitere zwanzig Minuten, um das Polizeirevier zu finden, das, wie sich herausstellte, in Angloamerikanisch/Neu/Ost-Las-Vegas im Gegensatz zu Hispanisch/Alt/Las-Vegas lag. Das Gebäude hatte eine Art Beigeton und sah aus, als wäre es rund achtzig Jahre alt, was für hiesige Verhältnisse recht neu zu sein schien, denn die Stadt bezeichnete sich, wie ich inzwischen erfahren hatte, als »Das Andere Las Vegas«. In der Altstadt hatte man mir bereits ein Mietshaus gezeigt, auf dessen Dach, wie man mir versicherte, General Soundso gestanden hatte, im Jahre 1840 oder so, um den Bürgern von New Mexico (von denen nur sehr wenige in Hörweite waren) zu verkünden, daß sie jetzt Bürger der Vereinigten Staaten waren. Im großen und ganzen, so hatte man mich ebenfalls informiert, hatte der Regierungswechsel das Leben der Menschen nur unwesentlich verändert.

Das wunderte mich nicht. Dagegen wunderte mich, daß mir das jeder unbedingt erzählen mußte, wo ich doch nur nach dem Weg zum Polizeirevier gefragt hatte. Ich konnte es mir nur mit einem übersteigerten Lokalpatriotismus erklären, den ich mit mehr Wohlwollen betrachtet hätte, wenn ich nicht so besorgt gewesen wäre.

Das Gebäude – das Mietshaus, nicht das Polizeirevier, das ich noch nicht gefunden hatte – blickte auf einen sehr interessanten kleinen öffentlichen Platz mit einer Art Aussichtsplattform oder Musikpavillon, wo etliche Leute, darunter zwei Streifenpolizisten, sehr beschäftigt zu sein schienen.

Das Polizeirevier war zirka elf Querstraßen entfernt, in der Nähe der Handelskammer, die wiederum in der Nähe des Rough Riders Museum lag. Zu meinem Verdruß stellte ich fest, daß ich bereits mehrmals daran vorbeigekommen war, während ich versuchte, mir auf die Wegbeschreibungen einen Reim zu machen, die mir verschiedene äußerst hilfsbereite, äußerst enthusiastische, aber mehr oder weniger schlecht informierte Einwohner gegeben hatten.

Die nächsten fünfzehn Minuten saß ich auf einem unbequemen Stuhl in einer Art kleinem Vorzimmer und blickte auf die Eingangstür, mit einer in Glas eingefaßten kabinenähnlichen Zentrale (kugelsicheres Glas, vermutete ich) rechts vor mir und zahlreichen anderen Türen, die in zahlreiche andere Richtungen führten, einschließlich einer Tür links hinter mir, auf der CHIEF'S OFFICE stand. Schließlich sagte mir die junge Frau in der Zentrale, die offenbar auch als Empfangsdame und Beamtin vom Dienst fungierte, daß Chief Salazar bereit sei, mit mir zu sprechen. Die Tür hinter mir summte. Da ich wußte, was zu tun war, wenn Türen summen, öffnete ich sie rasch, bevor sie Zeit hatte, es sich anders zu überlegen.

Chief Alberto Salazar saß hinter einem sehr ordentlichen Schreibtisch mit einem Namensschild. An einer Wand hinter seinem Kopf hingen mehrere eingerahmte Diplome, die mich darüber in Kenntnis setzten, daß Alberto Rafael Salazar einen Abschluß an der Universität von New Mexico gemacht hatte, an der juristischen Fakultät der Universität von New Mexico sein Juraexamen abgelegt und an der FBI-Akademie, der Elitepolizeischule für die besten und erfahrensten Polizeibeamten, ein Diplom erworben hatte.

Ich war gebührend beeindruckt.

Alberto Rafael Salazar war zirka fünf Zentimeter größer als ich mit meinen ein Meter achtundfünfzig. Normalerweise wäre er ein oder zwei Pfund schwerer gewesen als ich, aber im Augenblick war ich (mitsamt Passagier) eindeutig schwerer als er. Er hatte glattes schwarzes Haar und mandelförmige braune Augen und eine dunkle, eindeutig rötliche Haut.

Ich weiß zwar, daß die hispanische Bevölkerung im Norden von New Mexico mit größerer Wahrscheinlichkeit reines spanisches Blut in den Adern hat als die Kreolen-Mestizen in Mexiko. Doch auf den ersten Blick hätte ich gesagt, daß Alberto Rafael Salazar zumindest Dreiviertel-Hopi oder irgendeine andere Art von Puebloindianer war.

Natürlich stand ich nicht da und gaffte, während ich diese Überlegungen anstellte; ich sammelte Eindrücke, während ich meinen

Dienstausweis hervorholte und ihn über den Schreibtisch reichte. Salazar sah ihn sich an, gab ihn mir wieder, lehnte sich gemütlich zurück und sagte: »Also, Mrs. Ralston, und was kann ich für Sie tun?«

»Mein Sohn und seine Freundin sitzen bei Ihnen im Gefängnis«, sagte ich. Er runzelte die Stirn, blickte verwirrt und fing an, Papiere durchzusehen, während ich weiterredete. »Ich möchte die Sache klären und die beiden mit nach Hause nehmen.«

»Ihr Sohn ist Harold Ralston?« fragte er, wobei er mich mit dem verdutzten Ausdruck ansah, den die meisten Leute bekommen, nachdem ich ihnen als Hals Mutter vorgestellt wurde.

Ich nickte. »Hal. Wir nennen ihn Hal. Und bevor Sie fragen, ja, er ist adoptiert.«

»Wenn ich Sie so ansehe, könnte ich mir schon irgendwie denken, daß er adoptiert sein muß. Aber ich fürchte, es wird nicht ganz so einfach sein, ihn aus dem Gefängnis zu holen. Außerdem ist seine Freundin nicht bei uns.«

»Nein? Wo ist sie denn?«

»Wie heißt sie? Können Sie sie beschreiben?«

»Laura Hankins«, sagte ich und reichte ihm das Foto vom Schulfest über den Schreibtisch. »Zirka ein Meter sechzig, braune Haare, blaue Augen. Fünfzehn Jahre alt.«

Er schüttelte den Kopf. »Dann ist sie es nicht.«

»Was ist sie nicht?« unterbrach ich ihn.

»Das Opfer.«

Und erst in diesem Augenblick war mir ins Bewußtsein gedrungen, daß Lorie ja das Opfer sein könnte. Ich hatte nicht einmal ansatzweise daran gedacht, daß es, da Hal wegen Mordverdachts festgehalten wurde, ein Opfer geben mußte. Und dann machte es bei mir klick: Die vielen Menschen auf dem Platz in der Altstadt. Ich hätte erkennen müssen, was da vor sich ging, als ich sie sah. Da wurde ein Tatort untersucht, und die Leute schauten zu.

»Können wir am Anfang beginnen?« fragte ich und fühlte mich schwächer, als ich vermutlich klang. »Was soll Hal getan haben?«

»Der Anfang.« Salazar wühlte erneut Papiere durch. »Gestern gegen Mitternacht bemerkte einer meiner Streifenbeamten, daß zwei Personen auf dem Boden neben dem Pavillon auf dem Platz schliefen. Das ist natürlich verboten, aber sie hatten Schlafsäcke, und sie hatten kein Feuer gemacht oder sonst irgendwas Dummes in der Art angestellt, daher beschloß er, sie in Ruhe zu lassen und die nächste Schicht zu verständigen. Sie wurden mehrmals im Laufe der Nacht kontrolliert. Später dann, gegen vier Uhr morgens, fuhr wieder ein Streifenwagen vorbei und sah eine sehr große Person herumgehen. Er sah, wie sie sich über den anderen Schlafsack beugte und dann rasch aufrichtete. Und er hatte so ein – Gefühl. Der Beamte, meine ich. Er hatte bloß so ein Gefühl. Wissen Sie, was ich meine?«

Ich nickte. Ein erfahrener Polizist hat manchmal so ein Gefühl. Ein Anfänger nicht. Man braucht dafür in der Regel drei oder vier Jahre Erfahrung.

»Also hat er angehalten, um sie zu überprüfen. Der Verdächtige, der herumgegangen war, hatte Blut an den Händen und an seiner Kleidung. Die Frau auf dem Boden war mit einem Fleischermesser oder Jagdmesser regelrecht zerstückelt worden. Ganz in der Nähe auf dem Boden lag ein blutverschmiertes Jagdmesser. Die männliche Person sagte, es gehöre seinem Vater. Der Beamte fragte, wo sein Vater sei, und er sagte, sein Vater sei im Krankenhaus und er – Lady, ist alles in Ordnung mit Ihnen? Sie sehen etwas blaß aus.«

»Alles in Ordnung. Aber das Mädchen –«

»Ist nicht Ihre Laura Hankins. Der Junge sagte, er hätte sie tags zuvor zum ersten Mal gesehen und wüßte nicht mehr über sie als ihren Vornamen. April. Er fragte immerzu, wo Lorie sei. Er sagte, April sei in Lories Schlafsack und Lorie sei verschwunden. Er war das reinste Nervenbündel – versuchte immer wieder, sich von den Beamten loszureißen, und rief nach Lorie –, und wir haben ihn in eine Zelle gesteckt, damit er sich beruhigt, und schließlich einen Arzt kommen lassen, der ihm ein Beruhigungsmittel gegeben hat. Ich habe vorhin noch nach ihm gesehen, und er schläft noch immer. Also, wenn Sie möchten, gehe ich ihn wecken, aber ich würde sagen, Sie lassen ihn besser schlafen.«

»Lassen Sie ihn schlafen«, stimmte ich zu. »Aber Lorie ...«

»Ich habe Ihnen alles gesagt, was wir über Lorie wissen«, sagte er.

»Chief Salazar, sie ist fünfzehn Jahre alt. Ihre Mutter ist Polizeibeamtin und die Witwe eines Polizeibeamten.«

»Mrs. Ralston – Detective Ralston –, ich kann Ihnen nicht mehr sagen, als ich weiß. Ich würde vorschlagen, eine Suchmeldung über sie rauszugeben, aber das ist bereits geschehen – wir haben heute am frühen Morgen eine Suchmeldung rausgegeben, mit dem, was wir hatten, und vom NCIC vollständige Informationen zurückgekriegt. Ihre?«

»Meine«, bestätigte ich. Und wie oft hatte ich nicht schon auf seiner Seite des Schreibtisches gesessen und die gleiche Frustration empfunden, die er jetzt empfinden mußte. Er hatte recht. Gleich, wo Laura Hankins war, gleich, wie wichtig Laura Hankins für Hal oder Donna oder mich oder sonst jemanden sein mochte, er konnte mir Laura Hankins nicht geben, wenn er Laura Hankins nicht hatte.

Und aufgrund dessen, was er mir erzählt hatte, konnte er mir auch Hal nicht geben. Nicht im Augenblick. Nicht, solange er nicht erheblich mehr darüber wußte, was letzte Nacht auf dem Platz geschehen war, als er zum jetzigen Zeitpunkt wußte.

Er sah mich noch immer an. »Mrs. Ralston«, fragte er jetzt, »haben Sie schon mal ein Mordopfer gesehen?«

»Deb«, sagte ich. »Sagen Sie ruhig Deb zu mir. Alle nennen mich so. Ja, Chief Salazar, in sechzehn Jahren habe ich vermutlich Hunderte von Mordopfern gesehen. Und seit mittlerweile drei Jahren bearbeite ich ausschließlich Mordfälle.«

Er nickte. »Das habe ich mir gedacht. Daß sie Mordopfer gesehen haben, meine ich, nicht, daß Sie Mordfälle bearbeiten. Tja, wenn Sie bereit sind, können Sie sich und mir einen großen Gefallen tun. Die Sache ist die, wir haben hier in Las Vegas höchstens zwei Morde im Jahr, und die sind meist kein Problem – Sie wissen schon, die, wo man vierzehn Zeugen hat, und wenn der erste Wagen eintrifft, sitzt der Mörder weinend auf der Bordsteinkante.«

»Sie bitten mich um Hilfe?«

»Es ist ungewöhnlich«, sagte er, »aber sehen Sie, Sie wollen Ihren Jungen zurück, und ich kann ihn Ihnen unmöglich einfach so aushändigen. Nicht zum jetzigen Zeitpunkt, nicht so, wie es zur Zeit aussieht. So, wie ich es sehe, kommt er nur dann frei, wenn jemand anders es getan hat und wir es beweisen können. Nun, Sie haben eine ganze Menge mehr Mordfälle bearbeitet als ich. Aber sind Sie auch sicher, daß Sie in der Lage sind, an diesem zu arbeiten?«

»Das bin ich«, sagte ich.

»Und wenn Sie mithelfen und herausfinden, daß er es getan hat, was machen Sie dann?«

»Das wird nicht passieren«, sagte ich, »weil er es nicht getan hat.«

Fast die Hälfte des Platzes war mit einem Seil abgesperrt, und uniformierte Polizisten hatten davor Posten bezogen, und, wie fast immer bei einem Tatort, sah die Hälfte der Stadt neugierig von der anderen Seite des Seils aus zu. Diesmal gab es viel zu sehen. Salazar hatte mir auf dem Weg dorthin erzählt, daß die Spurensicherung von Santa Fe, der Hauptstadt des Bundesstaates, kommen würde, und bis jetzt nichts verändert worden war.

Nach bloßer Schätzung würde ich sagen, daß April – um wen auch immer es sich bei April handelte, jedenfalls die junge Frau in Harrys Schlafsack – etwa siebzehn oder achtzehn war. Aber ganz sicher konnte man das nicht sagen. Ihr hellbraunes oder dunkelblondes Haar war jetzt mit trocknendem Blut verklebt; ihre braunen Augen, halb offen, starrten blicklos in den Himmel. Ihr Gesicht war bleich; da sie offensichtlich fast ausgeblutet war, würden die Leichenflecke nicht sehr stark ausgeprägt sein, und die Leichenstarre hatte noch nicht eingesetzt. Sie war ein gutes Stück größer als Lorie, zirka ein Meter achtundsechzig bis ein Meter siebzig, aber sie hatte vermutlich in etwa das gleiche Gewicht. Sie war von Natur aus dünn, oder sie hatte gewissenhaft Diät gehalten, oder – was durchaus möglich war – sie war magersüchtig.

Irgend jemand würde die erfreuliche Aufgabe übernehmen müssen, die Messerwunden zu zählen und zu verzeichnen. Ich war froh, daß dieser Jemand mit an Sicherheit grenzender Wahrscheinlichkeit nicht ich sein würde. Der Schlafsack, mit vollständig geöffnetem Reißverschluß, schien keine Stiche aufzuweisen, aber ich wollte keine Vermutungen über den Zustand des Körpers in der blutdurchtränkten – aber offenbar teuren – Jeans und der Seidenbluse, die sie trug, abgeben. Auch Gesicht und Arme hatten zahlreiche Wunden, und an den Händen waren Abwehrverletzungen. Was bedeutete, daß sie wach gewesen war und versucht hatte zu kämpfen.

Die nackten Füße waren klein, mit sehr hohem Spann, und sie trug etwas an ihrem linken Knöchel, das ich auf den ersten Blick für eine Armbanduhr hielt. Ich bückte mich, um es mir genauer anzusehen. Es war keine Armbanduhr. Es war eine Art geflochtenes Lederband.

»Ich habe mir gedacht, daß Ihnen das auffallen würde«, sagte Salazar hinter mir. »Was meinen Sie, was das ist?«

Ich schüttelte den Kopf. Ich hatte keine Ahnung, was das war; so etwas hatte ich noch nie gesehen. »Sie muß sich gewehrt haben«, sagte ich. »Sie muß geschrien haben.«

Ich faßte den Rest meines Gedankens nicht in Worte, aber ich dachte ihn weiter. Hatte Hal sie schreien hören? Falls ja, was hatte er unternommen?

Wenn er sie nicht hatte schreien hören, warum nicht? Und das war die eigentliche Frage, denn wenn Hal aufgewacht wäre und gesehen hätte, was da geschah, dann würde auch er jetzt hier liegen, oder aber der Mörder, denn Hal hätte auf jeden Fall gekämpft, wenn er aufgewacht wäre und gesehen hätte, was passierte.

Die mutmaßliche Mordwaffe, ein großes Jagdmesser, das ich sofort wiedererkannte, lag etwa einen Meter weit weg. Harry hatte es selbst gemacht, aus grünem Plexiglas von der Kabinenhaube eines abgestürzten Jets und Angelschnur und Klebstoff und Perlen. Es mußte einmalig sein.

Es lag auf dem Boden zwischen den beiden Schlafsäcken, nicht weit von einem Paar teuer aussehender, aber etwas verdreckter, bunter Sandalen. Die Perlen, die Angelschnur und das grüne Plexiglas waren fast einheitlich mit Blut überzogen, dickem, geronnenem Blut, ebenso wie die Klinge. Doch darüber hinaus hafteten an der Klinge ein paar Fettkügelchen. Sicherlich war das Blut nur so hervorgeschossen; es wäre denkbar gewesen, daß es ein auf dem Boden liegendes Messer bespritzt hätte, oder ein Messer, das jemand gezogen hatte, um sich zu verteidigen. Aber die Fettkügelchen besagten, daß das die Mordwaffe war, punktum und ohne jeden Zweifel, denn wenn das Messer so weit in einen Menschen eingedrungen war, daß Fettkügelchen haften geblieben waren, dann war dieser Mensch danach nicht mehr weit gekommen.

Ich wußte, daß Salazar das wußte. Salazar wußte, daß ich das wußte. Er fragte mich natürlich, ob es das Messer meines Mannes war, da Hal ihm das bereits gesagt hatte, und natürlich mußte ich ihm sagen, daß Hal recht hatte, was wiederum eine kurze Erklärung nach sich zog, warum ich und nicht mein Mann unserem verlorenen Sohn nachgefahren war, um ihn nach Hause zu holen. Salazar äußerte sein Bedauern und wandte sich dann wieder korrekt seiner Arbeit zu, während ich meiner nachging, die im Augenblick darin bestand, den Tatort zu untersuchen.

Blut hatte den weißen Anstrich des Pavillons und das winterbraune Gras bespritzt, das gerade frühlingsgrün wurde, und Blut hatte Hals Schlafsack und Harrys Rucksack besudelt. Hals Rucksack war nicht da. War er bei Lorie, wo immer Lorie jetzt auch war?

Während ich die wenigen Dinge untersuchte, die bereits aus dem Rucksack genommen worden waren – ich achtete peinlich genau darauf, nichts anzufassen, bis mir gesagt wurde, daß die Spurensicherung fertig war –, fragte ich: »Sind Ihre Beamten sicher, daß hier nur zwei Personen kampiert haben?« Denn wieso war Lorie weg? Und wie lange schon? War Lorie von Aprils Schreien wach geworden, hatte sie gesehen, was passierte, ihren Rucksack geschnappt (oder Hals Rucksack, den sie benutzte?) und war weggelaufen? Hielt sie sich jetzt vielleicht irgendwo in den europäisch anmutenden, engen verwinkelten Sträßchen versteckt, die das Bild der Altstadt von Las Vegas teilweise prägten? War sie zum Highway gerannt, und hatte sie sich von einem Auto mitnehmen lassen, das sie, wie sie hoffte, nach Hause bringen würde?

Oder falls nicht, wenn sie schon vor dem Mord aufgebrochen war, wieso hatte sie nicht den Schlafsack mitgenommen, den sie zweifellos benutzt hatte? (Es sei denn, ich lag absolut falsch, und April und Hal hatten gemeinsam einen Schlafsack benutzt – was in ihrem Alter nicht unmöglich war, ganz gleich, was mir lieber wäre.)

Doch wenn sie von Aprils Schreien aufgewacht war, wieso hatte April in Lories Schlafsack gelegen?

Hatten Lorie und Hal zusammen in einem Schlafsack gelegen? Oder Lorie und April? Oder April und Hal?

Es blieb noch eine weitere finstere Möglichkeit, und ich schob den Gedanken an die Möglichkeit – Wahrscheinlichkeit – beiseite, daß, wer auch immer April getötet hatte, jetzt Lorie hatte. Und ich fragte mich erneut, woher April eigentlich gekommen war.

Ich fragte Salazar. Er erinnerte mich daran, daß Hal letzte Nacht – genaugenommen, heute morgen – nicht in der Verfassung gewesen war, irgend etwas zu erzählen, und daß sie bislang nicht mehr aus ihm herausgeholt hatten als den Vornamen der ermordeten Frau. Das war ein hartes Stück Arbeit gewesen, und es war durchaus möglich, daß das gar nicht ihr richtiger Vorname war; sie war noch nicht lange aus dem Alter raus, in dem alle Teenager ihren Namen ändern wollen. Natürlich hatten sie sie über NCIC laufen lassen – ihren Namen, grobe äußerliche Beschreibung –, aber zur Zeit schien niemand April zu vermissen.

Was bedeuten konnte, daß ihr Name nicht April war, oder es konnte bedeuten, daß noch niemand ihr Verschwinden bemerkt hatte, oder es bedeutete – nur vielleicht –, daß die Leute, die sie vermissen müßten, selbst irgendwo tot lagen.

Denn sogar anhand einer Leiche kann man für gewöhnlich einiges über den persönlichen Hintergrund des Opfers feststellen. Aprils zerschnittene Finger hatten lange Nägel, säuberlich manikürt mit blaßrosa Nagellack. Aprils Jeans und Bluse stammten eindeutig aus einem Laden, wo ich es mir nicht leisten könnte einzukaufen, und Aprils Tennisarmband war nicht aufgrund einer Reklame auf der Rückseite des National Enquirer gekauft worden. Aprils weiche blonde Haare waren nicht im Friseurladen einer Kleinstadt geschnitten worden, und Aprils Sandalen stammten nicht aus einem Supermarkt. Das alles besagte, daß eigentlich irgend jemand irgendwo April vermissen mußte.

Ich fand, daß es an der Zeit war, Hal zu wecken und ihm ein paar Fragen zu stellen.

Salazar schob seine Mütze nach hinten und nickte müde. »Könnte ihm was zu essen bringen«, sagte er. »Trinkt er Kaffee? Er braucht was, um wach zu werden.«

Kapitel 3

Mit zwei Hamburgern und der größten Cola, die ich in Las Vegas auftreiben konnte, gingen wir zu Hal, um ihn zu wecken. Er war noch weniger klar im Kopf, als er es normalerweise morgens ist, doch das war nach den Sedativen, die man ihm um vier Uhr früh oder wann auch immer gegeben hatte, wohl auch zu erwarten.

»Hi, Mom«, sagte er schläfrig. Er setzte sich auf – in einem Hemd mit Blut darauf, in Jeans mit Blut darauf; wieso hatte Salazar ihm die Sachen nicht weggenommen und ihn in einen Overall gesteckt? Er rieb sich heftig die Augen, reckte sich, die Arme nach hinten gestreckt, und dann sah er sich um. Seine Augen wurden größer, und er stieg aus dem metallenen Gefängnisetagenbett, wobei es ihm gelang, sich nicht den Kopf an dem oberen Bett zu stoßen. »Mom! Was machst du denn hier?«

»Was glaubst du wohl, was ich hier mache?« fragte ich und stellte die Cola mit den Hamburgern hin, damit ich ihn umarmen konnte. »Hal, wie konntest du –«

»Mom, ich habe nicht –«

»– nur so dumm sein –«

»Aber Mom –«

»– einfach so ganz allein loszuziehen, nur du und Lorie?«

»Ach, das.« Er setzte sich wieder, ziemlich abrupt. »Ja, das hab' ich gemacht.«

»Was hast du denn gedacht, wovon ich rede?«

»Von dem Mädchen. Mom, hast du das Mädchen gesehen?« Leichen sind für mich nichts Neues, aber sie kommen in Hals normalem Kosmos nicht vor, und er sah mehr als nur ein wenig grün aus.

»Leider ja. Hal, wer in aller Welt ist sie?«

Er zuckte die Schultern. »Eben irgendein Mädchen. Sie hat gesagt, sie heißt April. Hey, Mom, wo ist Lorie?«

»Wir hatten eigentlich gehofft, du könntest uns da weiterhelfen«, sagte Salazar hinter mir.

»Aber ich weiß es nicht. Ich habe Ihnen gestern abend gesagt, daß ich es nicht weiß. Sie war da, als ich eingeschlafen bin. Irgend jemand müßte sie doch finden können. Es sei denn –«

»Es sei denn, was?« fragte ich.

Er rappelte sich wieder auf, ein entsetzter Blick zeichnete sich auf seinem Gesicht ab. »Mom, glaubst du, der, der ... es getan hat ... hat sie mitgenommen? Lorie mitgenommen?«

»Ich vermute, Lorie hat gesehen, was passiert ist, ist abgehauen und hat sich versteckt. Sie wird irgendwann wieder auftauchen.«

»Glaubst du wirklich?«

Ich nickte, mit einem schlechten Gewissen. In Wahrheit glaubte ich das nicht. Wenn sie aus ihrem Versteck hervorkommen wollte, hätte sie das bereits getan; auf dem Platz wimmelte es von Polizeibeamten, und selbst der ängstlichste, scheueste Mensch müßte sich inzwischen sicher fühlen. Lorie ist niemand, den ich als ängstlich bezeichnen würde. Somit war das, was Hal vermutete, keine Möglichkeit; es war eine Wahrscheinlichkeit; aber es gab noch andere Möglichkeiten, von denen nicht alle ganz so schlecht waren.

»Ich werde Chief Salazar helfen«, sagte ich, »und wir werden sehr viel Hilfe von dir brauchen.«

»Was für Hilfe?«

»Müssen dir ein paar Fragen stellen«, sagte Salazar, noch immer hinter mir, »und wir brauchen ein paar Antworten. Verdammt viele Antworten.«

»Ach, die Art Hilfe«, sagte Hal. »Als Mom gesagt hat, sehr viel Hilfe, hab' ich gedacht ...«

Salazar bewegte sich ungeduldig. »Also, bist du nun soweit, mitzukommen und Fragen zu beantworten?«

»Äh – kann ich noch eine Minute haben?«

»Eine Minute wofür?« fragte Salazar.

Hal wandt sich ein wenig, und Salazar wiederholte die Frage. Hal blickte verlegen und platzte dann heraus: »Ich muß pinkeln.«

»Dann pinkel in Gottes Namen«, sagte Salazar und führte mich zurück in sein Büro.

Er wies mir einen Stuhl zu und sagte: »Ich zeig' ihm, wo er sich duschen kann. Sie können hier warten.«

Etwa eine halbe Stunde später tauchte Hal auf, im Gefängnisoverall und die Haare feucht und zerzaust. Salazar, der direkt hinter ihm ging, sagte ihm, er solle sich setzen, und er setzte sich, legte seine inzwischen kalten Hamburger und die halbgetrunkene Cola auf die Ecke von Salazars Schreibtisch.

Ich bin es nicht gewohnt, daß ein Polizeichef persönlich eine Ermittlung führt, geschweige denn, Gefangene zur Dusche begleitet. Doch ich lebe nun mal nicht in einer Kleinstadt. Salazar hatte vielleicht – wahrscheinlich – zwei Ermittlungsbeamte zur Verfügung. Mehr bestimmt nicht. Er hatte mir bereits gesagt, daß er nicht viel Erfahrung mit der Bearbeitung von Mordfällen hatte. Doch sehr wahrscheinlich war er der einzige in diesem Department, der überhaupt entsprechend ausgebildet war.

Und er war ganz sicher nicht dumm. Wenn ich das nicht schon bemerkt hätte, so spätestens dann, als er die ersten Worte an Hal richtete. »Ich habe in Fort Worth angerufen«, sagte er. »Sie sagen, daß deine Mom als Polizistin ziemlich auf Draht ist.«

Als Hal, den Mund voll Hamburger, eine undeutliche Antwort murmelte, dachte ich: Also deshalb. Ich hatte mich schon gefragt, wieso er mich seelenruhig in seinem Büro allein gelassen hatte. Ich würde das bei jemand Fremdes nicht machen, egal, mit was für Ausweispapieren der oder die besagte Fremde hereingekommen war. Papiere lassen sich nun mal viel zu leicht fälschen.

Nein, das war nicht der Grund. Zumindest war das nicht der einzige Grund. Salazar zeigte nach oben. »Siehst du das?« sagte er zu Hal.

Er blickte hoch. Ich auch. »Ja«, sagte Hal. »Und?«

»Das ist eine Kamera«, sagte Salazar. »Wenn ich einen Knopf drücke, kann man in der Zentrale alles sehen, was in diesem Büro vor sich geht. Also wirst du dich benehmen, ja?«

»Ich würde mich auch so benehmen«, protestierte Hal. »Wann werden Sie den Knopf drücken?«

»Oh, es ist lange her, daß ich das getan habe«, sagte Salazar. Sein Blick glitt vielsagend über mich hinweg.

Aha – während ich in seinem Büro gesessen und allen Impulsen widerstanden hatte, seine Akte über den Fall zu öffnen und seine

Notizen zu lesen, war ich von einer Kamera beobachtet worden. Wäre ich jemand anders, als ich behauptet hatte – hätte die Zentrale in Fort Worth sich geirrt oder falsche Angaben gemacht –, alles wäre auf Videoband gewesen.

Und natürlich lagen hier keine Waffen, und sein Schreibtisch und seine Aktenschubladen waren abgeschlossen. Das einzige, wo ich hätte drankommen können, außer der verführerischen Akte, waren Polizeilehrbücher und Tagesberichte.

Gerissener Kerl, dieser Salazar. Und seiner Miene nach zu urteilen, verfolgte er meine Gedanken genauso, als würde er sie selber denken.

Hal reduzierte derweil die Hamburger zu Krümeln. Ich wartete, bis er sprechen konnte, ohne dabei zu spucken, und sagte dann: »So Hal, dann leg mal los.«

»Womit loslegen?«

Salazar und ich mußten wohl gleichermaßen fassungslos dreingeschaut haben, denn Hal korrigierte sich sofort. »Ich meine, ich weiß natürlich, womit, aber wo soll ich anfangen?«

Salazar deutete auf mich.

»Fang in Fort Worth an«, sagte ich. »Wie seid ihr hergekommen?«

»Oh. Tja, wir sind getrampt.«

»Ich weiß ...« Ich hörte selbst, daß meine Stimme sich hob.

»Okay, okay, ich meine, dieser total nette Typ hat uns mitgenommen.«

»Was für ein total netter Typ?«

»Ein Fahrer. Ein Truckfahrer. Der hatte einen Riesentruck, und er war unterwegs nach Albuquerque, und er hat uns gesagt, wir könnten mitfahren, wir müßten nur unser Essen selbst kaufen. Er hat mich sogar ein Stück fahren lassen. Wow, Mom, das war toll! Der hat so viele Gänge!«

Ich konnte mir vorstellen, daß es toll war. Was ich mir lieber nicht vorstellen wollte, war ein Sechzehnjähriger, der erst seit vier Monaten Auto fährt, in der Regel unter strengster Aufsicht, und am Steuer eines Riesentrucks von wieviel Tonnen auch immer über den Highway rast. Aber es würde im Moment nichts bringen, typische Mommyäußerungen von mir zu geben. »Ihr seid also nach Albuquerque gekommen. Was dann?«

»Von da hat uns so ein richtig netter Typ nach Santa Fe mitgenommen.«

»Was für ein richtig netter –«

»Na, ich weiß nicht. Ich meine, ich weiß nicht, wie er heißt, woher soll ich wissen ...«

»Hast du schon mal was von fragen gehört?«

»Das wäre nicht höflich gewesen.«

»Ihr seid also mit nach Santa Fe genommen worden«, warf Salazar ein und unterbrach damit ein Gespräch, das sich gerade zu einem nicht allzu liebevollen Mutter-Sohn-Dialog entwickelte.

»Ja, zum Gouverneurspalast. Ich meine nicht den jetzigen Gouverneur. Es war ein richtig altes Gebäude mit einer tollen großen Veranda, wissen Sie, und der Typ, mit dem wir gefahren sind, der hatte so einen richtig alten Pick-up, aber er hatte jede Menge hübschen Schmuck dabei, und er wollte den Schmuck am Gouverneurspalast verkaufen.«

Das Ganze ergab für mich nicht den geringsten Sinn, und das war mir wohl auch anzusehen, denn Salazar, der langsam tiefer in seinen Sessel rutschte, erklärte: »Indianer dürfen vor dem alten Gouverneurspalast Schmuck verkaufen. Der ist im Kolonialstil erbaut und beherbergt heute ein Museum. Erzähl weiter, Hal.«

»Okay, also, er hat gesagt, er wäre ein Navajo. Und sein Schmuck war richtig hübsch. Wenn ich genug Geld gehabt hätte, hätte ich für Lorie was davon gekauft.«

»Er war ein Navajo, und sein Schmuck war hübsch, und er hat euch mit nach Santa Fe genommen. Wie seid ihr dann nach Los Alamos gekommen?«

»Also, wir haben da einen Platz zum Schlafen gefunden, eine Art Park, und dann haben wir uns am Morgen ein wenig Santa Fe angeguckt – hey, wieso haben da eigentlich praktisch alle Häuser eine Leiter bis zum Dach?«

»Das ist so Brauch«, sagte Salazar. »Wie deine Mutter schon gefragt hat, wie seid ihr nach Los Alamos gekommen?«

»Na ja, wir sind mitgenommen worden, von so ei-«

»-nem richtig netten Typ«, unterbrach ich ihn resigniert.

»Einer richtig netten Lady«, sagte Hal vorwurfsvoll. »Sie war auf dem Weg zur Arbeit. Sie hat gesagt, viele Leute, die in Los Alamos arbeiten, wohnen in Santa Fe. Da hat Lorie sie gefragt, warum sie jetzt zur Arbeit fuhr, wo es doch kurz vor Mittag war, und sie hat gesagt, sie habe Versuche laufen, die müsse sie überwachen. Und sie hat uns eine Zigarette angeboten, aber wir haben ›nein danke‹ gesagt.«

Ich kann es nicht leiden, wenn Hal so ungeheuer tugendhaft tut. Das bedeutet meist, daß er drauf und dran ist, irgend etwas anzustellen, und hofft, daß die offensichtliche Tugendhaftigkeit verdecken wird, was er vorhat. In diesem Fall wußten wir bereits, was er angestellt hatte, also dachte er vielleicht, sein tugendhaftes Gehabe verschaffe ihm mildernde Umstände.

Falls er das dachte, war er schwer auf dem Holzweg.

Aber sehr wahrscheinlich dachte er das gar nicht. Sehr wahrscheinlich dachte er nicht einmal so weit. Es war ihm einfach eingefallen, daß er nicht rauchen darf. Die Erkenntnis, daß das, was er getan hatte, sehr viel ernster war als rauchen, hatte sich vermutlich noch nicht in seinen Verstand geschlichen.

Aber wenigstens hatten wir sie mittlerweile in Los Alamos. Wir waren bei Montag. Gestern.

»Dann sind wir in dieses eine Museum gegangen«, sagte Hal, »und dann wollten wir zu diesem anderen Museum, bloß, wir haben uns ziemlich verlaufen, und wir sind gegangen und gegangen, und dann hat so ein voll bescheuerter Typ in einem Corvette so getan, als wollte er uns über den Haufen fahren, und wir mußten rennen, um von der Straße zu kommen, und Lorie ist hingefallen, und dann hat sie angefangen zu weinen, und dann hat sie gesagt, sie hätte ihre, äh, ich meine, sie hat gesagt –« Er brach jäh ab.

»Sie hat was gesagt, mein Sohn?« hakte Salazar sanft nach. Und es war merkwürdig, denn Hal war mindestens dreißig Zentimeter größer als Salazar, und inzwischen war Salazar so tief in seinen Sessel gerutscht und hatte die Füße auf seinen Schreibtisch gelegt, daß er praktisch lag, doch trotzdem hatte keiner von uns auch nur den geringsten Zweifel daran, daß er in diesem Raum die Kontrolle hatte.

»Sie, äh, sie hat gesagt, sie hätte ihre Tage gekriegt«, verriet Hal, verschämter, als man es von einem Jugendlichen mit zwei Schwestern erwarten würde. »Und dann haben wir so einen Laden gesucht und, äh, ein paar Sachen gekauft, und sie ist auf die Toilette gegangen. Und sie hat gesagt, sie hätte Krämpfe, und ich habe gesagt, wieso sie denn Krämpfe haben könnte, wo sie doch nicht beim Schwimmen war, und sie hat gesagt, nicht solche Krämpfe, du Blödmann, und ich habe nicht gewußt, wovon sie geredet hat.«

»Bei zwei Schwestern weißt du nicht –«

»Ach so. Ach, ja, okay. Solche Krämpfe. Na, ich hab' eben nicht nachgedacht.«

»Du denkst oft nicht nach. Weiter.«

»Dann haben wir die Leute in dem Laden gefragt, wie wir zu dem anderen Museum kommen. Und dann sind wir dahin, und Lorie hat gesagt, sie müßte noch einmal auf die Toilette, und das hat sie gemacht, und sie ist eine Ewigkeit drin geblieben, und ich bin rumgegangen und hab' mir alles angesehen und auf Lorie gewartet, und schließlich ist sie rausgekommen, und sie hat sich ein paar Sachen angesehen, und dann hat sie gesagt, sie will nach Hause, also sind wir rausgegangen, und dann hat sie gesagt, sie ist müde und will sich ausruhen, und ich hab' gesagt, willst du dich ausruhen oder willst du nach Hause. Und sie hat gesagt, sie will sich ausruhen und dann nach Hause. Also haben wir uns eine Weile ins Gras gesetzt, und dann sind wir losgegangen zu der Straße, von der wir dachten, sie wäre die Hauptstraße, nur, daß sie es nicht war, wie sich herausstellte, und wir sind von so einem Typ mitgenommen –«

»Kein richtig netter Typ?« konnte ich mir nicht verkneifen zu fragen.

Hal warf mir einen wütenden Blick zu. »Nein. Er war betrunken oder so, aber das haben wir erst gemerkt, als wir schon im Wagen saßen. Der ist gefahren wie ein Irrer, und er wollte nicht anhalten und uns rauslassen, und dann habe ich gemerkt, daß wir nicht auf der Straße nach Santa Fe waren, und ich habe gefragt, ob das eine andere Straße nach Santa Fe wäre, und er hat gelacht, und ich habe gefragt, wo er hinfährt, und er hat gesagt, das würden wir schon sehen, und ich hätte aus dem Wagen springen können, wenn ich allein gewesen wäre, nur, jedesmal, wenn er abbremsen mußte, hat er Lorie gepackt, und ich konnte Lorie doch nicht allein lassen, und deshalb –«

»Deshalb saßt du in der Klemme«, sagte Salazar.

»Ja. Ich saß in der Klemme. Wir saßen in der Klemme. Und dann hat er am Straßenrand angehalten und angefangen, na ja, Lorie zu begrapschen, und ich habe ihn geschlagen und Lorie aus dem Wagen gezogen, und wir haben unsere Rucksäcke geschnappt, und er wollte Lorie wieder begrapschen, und da habe ich mein Messer herausgeholt, weil, Mom, ich weiß, ich soll mich nicht schlagen, aber ich dachte, er würde, du weißt schon –«

»Ich habe nie gesagt, du sollst dich nicht verteidigen.«

»Aber er hat Lorie begrapscht, nicht mich.«

»Du darfst Lorie verteidigen. Aber wessen Messer –«

»Ach. Na ja, eigentlich ist es Dads, aber ich hatte gedacht ...« Er brach ab.

»Was hast du dir gedacht?«

»Na ja, wir mußten – ich meine, ich mußte doch irgendwas haben, um uns verteidigen zu können, falls nötig, auf so einem Trip. Und ich hab' genau gewußt, daß du mir nie erlauben würdest, einen Revolver mitzunehmen.«

»Hal, ich hätte dir nicht mal erlaubt, den Trip zu machen, und das weißt du ganz genau.«

»Na ja«, sagte Hal, ohne mich anzusehen, »also, jedenfalls hatte ich Dads Messer. Und es war ein richtiges Glück, daß ich es hatte. Dann ist er davongerast, und wir waren auf dieser Landstraße. Ich meine, da war nichts außer der Straße und den Kiefern, keine anderen Autos, keine Schilder, kein gar nichts. Dann hat Lorie geweint, und ich habe gefragt, ob sie da am Straßenrand sitzen und weinen will oder ob wir versuchen wollen, nach Hause zu kommen, und da hat sie mich angeschrien und gesagt, es wäre alles meine Schuld.«

»Und?« Salazar saß noch immer zurückgelehnt da, offenbar völlig entspannt, die Hände hinter dem Kopf verschränkt. »Ich finde, sie hatte recht.«

»Ja, aber sie hätte es nicht sagen müssen.«

»Ach ja, die Gefahren der Jugend«, sagte Salazar. »Wie seid ihr dann von A nach B gekommen?«

»Hä?« sagte Hal.

»Wie seid ihr nach Las Vegas gekommen?«

Hal starrte Salazar an. »Wir sind nicht nach Las Vegas gefahren. Weshalb hätten wir da hinfahren sollen?«

»Hal, du bist in Las Vegas«, sagte ich.

»Nein, bin ich nicht. Ich meine, ich weiß, in Geographie bin ich mies, aber ich weiß doch noch, in welchem Staat ich bin. Ich bin in New Mexico. Las Vegas liegt in Arizona.«

Jetzt blickte Salazar völlig verwirrt. Ich konnte es ihm nicht verübeln. Hal ist in Geographie ein hoffnungsloser Fall. Als meine ältere Tochter Vicky und ihr Mann mit ihrem Baby nach Tulsa gefahren sind, dachte Hal, sie führen nach Oregon oder Ohio.

Wenn ich ihn diesmal nach Hause bringe, dachte ich, sollte ich ihn den Atlas auswendig lernen lassen. Dann würde er vielleicht ein, zwei Tage keine Dummheiten anstellen können.

»Das Las Vegas, das du meinst«, sagte ich zu ihm, »liegt in Nevada. Nicht in Arizona.«

»Ach. Bist du sicher?«

»Absolut. Aber du bist in einer anderen Stadt, die, wie du schon richtig gesagt hast, in New Mexico liegt und ebenfalls Las Vegas heißt.«

»Ach. Bist du sicher?«

»Du hörst dich an wie eine Schallplatte mit Sprung. Ja, ich bin sicher.«

Salazar, der noch immer verdutzt dreinblickte, richtete sich so weit auf, daß er ihm eine Visitenkarte reichen konnte. »Wenn ich nicht wüßte, in welcher Stadt ich Polizeichef bin, wäre ich ziemlich arm dran.«

Hal studierte die Karte. »Ach«, sagte er schließlich. »Okay. Tja, das hab' ich nicht gewußt.«

»Also jetzt weißt du's. Und ich möchte wissen, wie ihr von dort, wo ihr aus dem Wagen gesprungen seid, hierhergekommen seid.«

»Ach. Also, Lorie hat schließlich aufgehört zu weinen, aber wir hatten großen Durst, und wir hatten nicht mehr viel Wasser in unseren Feldflaschen, weil wir vergessen hatten, sie in Los Alamos aufzufüllen, aber wir haben den Rest aufgetrunken, und dann sind wir einfach die Straße langgegangen.«

»In welche Richtung?« fragte ich.

»Wir wissen, in welche Richtung«, sagte Salazar. »Sie sind hier angekommen. Zumindest er ist hier angekommen.«

»Nicht zu Fuß. Das wäre mindestens ein Viertagemarsch gewesen.«

Salazar zuckte die Achseln. »Stimmt. Also?«

»Na ja, wir wußten, daß wir inzwischen weit weg von Los Alamos waren, und es wurde langsam dunkel, daher haben wir gedacht – habe ich gedacht –, bis zur nächsten Stadt wäre es vielleicht näher in die andere Richtung, also sind wir in die Richtung gegangen, in die der Wagen gefahren ist. Und dann kamen wir zu so einem Schild, auf dem was von einem Park stand, zu dem es nach links abging. Wir haben darüber gesprochen, und wir dachten uns, da gibt es wenigstens Toiletten und Trinkwasser, und vielleicht könnten wir da kampieren, und wir hatten noch Schokoriegel und so Zeug zum Essen, also würden wir nicht allzu großen Hunger kriegen, und Lorie hatte ihr, na ja, die Sachen, die sie brauchte. Und – und dann sind wir in die Richtung gegangen, und es waren, ach, ich weiß nicht, vielleicht zwei, drei Kilometer von der Hauptstraße weg, und Lories Stimmung wurde wieder richtig schlecht, aber dann kamen wir zu dem Park, und es gab da so eine Art kleines Restaurant, und ich wollte da für Lorie einen Hamburger holen, nur, der Laden hatte geschlossen, und da hab' ich Lorie einen von meinen Schokoriegeln abgegeben, und ich dachte, dann kriegt sie bestimmt wieder bessere Laune, aber von wegen.«

»Erklär mir einer die Frauen«, sagte Salazar zur Decke. »Und was dann?«

»Dann bin ich etwas herumgegangen, da waren jede Menge richtig tolle Ruinen, und ein Stück weiter weg auf einem Felsen stand so was wie ein ganzes Mietshaus, und in der Erde war ein voll irres Loch –«

»Ein voll irres Loch in der Erde?«

»Eine alte *Kiva*, die dort ausgegraben wurde, ein Zeremonienbau der Pueblo-Indianer. Bandelier«, sagte Salazar. Er sprach nicht mehr mit der Decke, zumindest soweit ich das beurteilen konnte; da er jetzt die Augen geschlossen hatte, war ich nicht ganz sicher, mit wem er sprach. »Bandelier Nationalpark. Ihr wart da, stimmt's, Hal? Wart ihr da?«

»Ich denke schon. Es fing jedenfalls mit B an.«

»Und wie spät war es?«

»Ich weiß nicht. Kurz vor Sonnenuntergang.«

»Die Sonne geht um diese Jahreszeit um sagen wir halb sechs, sechs unter, nicht?«

»Schätze ja.«

»Du und Lorie, ihr wart also um sechs Uhr gestern abend im Bandelier Nationalpark, und um vier Uhr heute morgen warst du auf dem Platz von Las Vegas mit der Leiche eines jungen Mädchens namens April, die in der Geschichte noch nicht aufgetaucht ist, und Lorie war nirgends zu finden. Klingt, als wäre in den zehn Stunden allerhand losgewesen. War das so?«

»Eigentlich nicht.«

»Was soll denn das heißen?« Salazar rappelte sich aus seiner lässigen Haltung hoch, die, wie ich vermutete, zu mindestens neunzig Prozent nur gespielt war, setzte sich aufrecht hin und blickte Hal an.

»Bloß, daß nicht viel passiert ist.«

»Dann erzähl mir doch, was passiert ist.«

»Also, wir waren in dem Park«, sagte Hal.

»So weit waren wir schon«, erinnerte Salazar ihn.

»Wir haben so einen Typen vom Park gefragt, so einen Typen in grüner Uniform –«

»Ein Ranger?«

»Ein Ranger, genau. Den haben wir gefragt, ob wir da kampieren könnten, und er hat gesagt, ja, aber es würde so kalt, daß, äh, er hat gesagt, es würde kalt.«

»So kalt, daß was?« Salazar war entschlossen, alle Einzelheiten zu erfahren.

»So kalt wie Altweibertitten im Januar «, sagte Hal schuldbewußt und blickte mich kurz an.

»Den Ausdruck habe ich schon mal gehört«, beruhigte ich ihn. »Aber hat er das vor Lorie gesagt?«

»Nein, bloß zu mir.«

»Aber er hat gesagt, ihr könntet dort kampieren«, drängte Salazar.

»Ja.«

»Warum habt ihr es dann nicht getan?«

»Wollten wir ja. Ich meine, wollte ich ja. Ich meine – also, na ja, vielleicht sollte ich das Ganze genauer erklären.«

»Eine wunderbare Idee«, sagte ich. Das Baby in meinem Bauch, das geschlafen hatte, wachte jäh auf und fing mit seiner Gymnastik an; zwischen Hal, der sich vor mir unmöglich aufführte, und Klein-Soundso, der sich in mir unmöglich aufführte, wurde ich ausgesprochen ungeduldig.

»Okay, also, ich bin rumgegangen und hab' mir Sachen angeguckt, und ich wollte zu diesem mietshausähnlichen Ding auf dem Felsen hoch, wovon ich gerade erzählt habe, nur, es wurde schon dunkel, und ich hab' mir gedacht, Lorie würde bestimmt nicht mitwollen, weil sie ziemlich müde war und so, na ja, ich hab' mir gedacht, ich lasse sie besser nicht allein, wenn es dunkel ist.«

Sein Urteilsvermögen war, soweit vorhanden, ausgezeichnet. Doch allem Anschein nach hatte er in keinster Weise die Möglichkeit in Betracht gezogen, daß er hätte ausrutschen können, wenn er im Dunkeln einen Felsen hochklettert. Ich mußte dankbar sein, daß Lorie bei ihm gewesen war.

»Also bin ich einfach herumgegangen und habe mir Sachen angesehen, und dann bin ich zurück zu den Gebäuden gegangen, na ja, zu der Toilette und dem Souvenirladen mit dem kleinen Restaurant und so, wo Bücher und alles Mögliche verkauft werden, nur, daß es geschlossen war, aber jedenfalls saß Lorie auf dem Boden und unterhielt sich mit einem Mädchen.«

»April?« fragte Salazar.

»Genau. Bloß daß ich da ihren Namen noch nicht wußte. Aber jedenfalls haben sich Lorie und das Mädchen April unterhalten, und ich glaube, Lorie hat wieder geweint, und April hat ihr irgend so'n Zeug gegeben.«

»Hat ihr was für ein Zeug gegeben?«

»Ich weiß nicht. Irgendwas zum Einnehmen. Sie hat gesagt, sie würde sich dann besser fühlen.«

»Wenn du *Zeug* sagst, meinst du damit Pillen oder so?«

»Ich weiß nicht. Ich hab's nicht gesehen. Aber Lorie hat gesagt, April hat ihr irgend so ein Zeug gegen die Krämpfe gegeben.«

Das, dachte ich, war weiß Gott einfach richtig ungeheuer informativ. »Irgend so ein Zeug gegen die Krämpfe« hätte alles sein können, von Aspirin, Midol oder Nuprin bis hin zu Haschisch, Crack oder LSD. Man hätte meinen sollen, das Kind von zwei Polizisten wäre vernünftiger, als von einer Fremden in einem Park irgend so ein »Zeug« anzunehmen. Aber man hätte auch meinen können, das Kind einer Polizistin – oder besser gesagt, die zwei Kinder von drei Polizisten – wären vernünftiger, als überhaupt so eine verrückte Tramptour zu unternehmen.

»Hast du gesehen, wie Lorie das Zeug genommen hat?« fragte Salazar, der offenbar dem gleichen Gedankengang folgte wie ich.

»Nee. Sie ist auf die Toilette gegangen.«

»Und wie hat sie sich verhalten, als sie von der Toilette kam?«

»Was meinen Sie mit, wie hat sie sich verhalten? Sie hat sich einfach wie Lorie verhalten.«

Vielleicht hatten Salazar und ich ja nur schlimme, mißtrauische Gedanken. Vielleicht hatte April Lorie bloß irgendwelche ganz gewöhnlichen rezeptfreien Schmerztabletten gegeben. Mädchen tun so etwas füreinander. Sogar Fremde.

Vielleicht.

Aber Aprils in Stücke gehackte Leiche in Lories Schlafsack im Park besagte, daß irgend etwas verdammt Außergewöhnliches in jener Nacht geschehen war, und Salazar – und ich, aber in erster Linie war es Salazars Job – mußte herausfinden, was und wie und warum.

»Okay, April hat Lorie also irgend etwas gegen die Krämpfe gegeben, und Lorie ist auf die Toilette gegangen und hat es genommen und was dann?« Salazar war absolut ruhig, absolut geduldig. Er wollte die Wahrheit aus Hal herauskriegen, und wenn er Hal dazu eine Woche lang vernehmen müßte, er würde sie aus ihm herauskriegen.

»Na ja, dann hat April gesagt, sie sei mit einem richtig netten Typen unterwegs.«

»April ist also auch getrampt?«

»Ich weiß nicht, ob sie getrampt ist oder ob sie den Typen gekannt hat. Jedenfalls hat sie gesagt, sie wäre mit dem unterwegs und er könnte uns wahrscheinlich mitnehmen.«

»Wo war er zu der Zeit?«

»Irgendwo in der Gegend.«

»Wo genau in der Gegend?« Salazar hatte sehr viel mehr Geduld als ich. Aber er trug ja nicht auch noch eine zusätzliche Person mit sich herum. Und er hatte nicht geschlagene sechzehn Jahre versucht, aus Hal einen vernünftigen Menschen zu machen.

»Ich weiß nicht«, sagte Hal. »Eben irgendwo in der Gegend. Vielleicht mußte er pinkeln oder so. Ich weiß nicht. Einfach irgendwo in der Gegend. Dann ist er zurückgekommen.«

»Zurückgekommen von wo?«

»Ich weiß nicht. Von da, wo er eben war.«

»War er zu Fuß oder mit dem Wagen?«

»Er hatte einen Wagen, aber in dem Moment war er zu Fuß. Ich meine, er ist da irgendwo zu Fuß unterwegs gewesen.«

»Also, er ist zurückgekommen, und was dann?«

»Dann hat April ihm von dem Typen erzählt –«

»Von welchem Typen?«

»Von dem Typen, der Lorie begrapscht hat. Schätze, Lorie hat es ihr erzählt, als ich herumspaziert bin. Da hat der Typ gesagt, er wäre ein Scheißkerl. Der andere Typ, meine ich.«

»Der Typ, der mit April zusammen war, hat gesagt, der Typ, der versucht hat, Lorie zu begrapschen, sei ein Scheißkerl«, stellte Salazar klar. »Ist das richtig?«

»Ja, das hab' ich doch gesagt. Dann hat der Typ –«

»Welcher Typ? Der Typ von April?«

»Genau, der Typ.«

»Wie war sein Name?«

»Ich weiß nicht. April hat dauernd Sugar zu ihm gesagt, aber ich glaube nicht, daß er so hieß.«

»Sehr wahrscheinlich nicht«, pflichtete ich ihm bei.

»Der Typ, der mit April zusammen war, hat also was getan?« fragte Salazar, nachdem er sich erfolgreich ein Lächeln aus dem Gesicht gewischt hatte.

»Er hat gesagt, er würde uns mit in die Stadt nehmen, die an dem großen Highway liegt. Er hat gesagt, er könnte uns nicht weiter mitnehmen, aber von dort könnten wir ganz leicht nach Albuquerque trampen. Also sind wir zu seinem Wagen gegangen.«

»Was für ein Wagen?«

»Ein Camaro. Rot.«

»Welches Baujahr?«

»Hab' nicht drauf geachtet. Es war inzwischen ziemlich dunkel.«

»Okay, du und Lorie seid also jetzt im Wagen mit dem Typen in dem roten Camaro. Wie sieht der Typ aus?«

»Wie irgend so ein Typ eben. Ganz normal.«

»Was heißt ganz normal? Ist er weiß? Schwarz? Mexikanischer Abstammung? Indianischer? Asiatischer?«

»Ach so. Er ist weiß.«

»Wie alt?«

»Keine Ahnung. So zwanzig oder dreißig.«

»Oder fünfundzwanzig?«

»Vielleicht auch fünfundzwanzig. Keine Ahnung.«

»Wie groß? Ist er eher so groß wie du oder eher wie ich?«

»Irgendwo dazwischen. Und er war nicht dick und nicht dünn. Eben ganz normal.«

Von dort aus, wo ich saß, konnte ich sehen, daß Salazar sich Notizen machte. Bislang hatte er *W/M 20-30, 1,75-1,85, 70-80, mittl. Stat.* »Haare? Augen?« fragte er jetzt.

»Braun.«

»Beides braun? Haare und auch die Augen?«

»Ja. Ich denke, ja. Aber vielleicht waren sie blau. Und er hat keine Brille getragen.«

Salazar schrieb *Haare brn Augen unbek.* »Wie lang waren seine Haare?«

»Missionarshaarschnitt.«

»Hä?«

»Mormonenmissionare«, stellte ich klar. »Rekrutenhaarschnitt. Stimmt's, Hal?«

»Hab' ich doch gesagt.« Hal klang beleidigt.

»Das wolltest du sagen.«

»Okay«, sagte Salazar, »was hatte er an?«

»Hose und Hemd und Stiefel und Jacke.«

»Was für –«

»Das wollte ich gerade sagen, Mom«, protestierte Hal. »Okay. Die Hose war irgendwie schwärzlich gräulich.«

»Anthrazit?« fragte Salazar.

»Genau. Anthrazit. Und das Hemd war blau. Hellblau. Und die Stiefel, na ja, eben Stiefel. Einfache Stiefel. Ich meine, es waren keine Cowboystiefel. Sie waren braun. Und es war eine Art Nylonjacke, ziemlich dick.«

»Skijacke?«

»Könnte sein. Ich weiß nicht, wie eine Skijacke aussieht.«

»Fort Worth, nein, das kannst du auch nicht wissen. Welche Farbe hatte die Jacke?«

»Blau. Marineblau.«

»Hatte er einen Schnurrbart, Vollbart, irgendwas in der Art?«

»Nee«, sagte Hal.

Jetzt hatten wir also so etwas wie eine Beschreibung. *W/M 20-30, 1,75-1,85, 70-80, mittl. Stat., braunes Haar, Kurzhaarschnitt, Augen unbek, anthrazitfarbene Hose, marineblaue Nylonjacke, einfache braune Stiefel, roter Camaro, Baujahr unbek.*

Was immer die auch nützen würde. Vermutlich gar nichts.

»Okay, er hat euch also bis hierher mitgenommen. Ist unterwegs irgendwas passiert?«

»Ja, und es hat mir nicht gefallen.«

»Was ist passiert?« fragte Salazar.

»Wir haben an einer Tankstelle gehalten, und als wir wieder in den Wagen gestiegen sind, wollte er, daß April hinten bei mir sitzt, und er wollte, daß Lorie vorne bei ihm sitzt, und das hat mir nicht gefallen.«

»Lorie denn?«

»Nein. Und April auch nicht. Sie war wütend.«

»War Lorie wütend, oder war April wütend?«

»April war wütend. Ich glaube, Lorie hatte Angst.«

»Warum hatte Lorie Angst?«

»Dieser Typ hat sie ununterbrochen angesehen.«

»Wie angesehen?«

»Sie wissen schon, wie«, sagte Hal und klang einen Augenblick so, als wäre er halbwegs bei Verstand. »Genau so, wie dieser andere Typ sie dauernd angesehen hat. Ich wollte nicht, daß er Lorie so ansieht. Ich habe gesagt, Lorie und ich sollten vielleicht aussteigen und zu Fuß gehen, und er hat gesagt, wieso wir das machen wollten, wo wir doch fast da waren? Und dann hat er gesagt, er würde uns das Abendessen spendieren, und ich habe gesagt, ich würde für unser Abendessen bezahlen, und er hat gesagt: ›Junge, spar dein Geld‹, und ich wußte nicht, was ich sagen sollte, und er wollte sowieso nicht anhalten. Dann hat er wieder gesagt, er würde uns das Abendessen spendieren, und Lorie hat gesagt, okay. Und dann sind wir in diese Stadt gekommen.«

»Welche Stadt?«

»Diese Stadt. Die, in der wir jetzt sind.«

»Las Vegas.«

»Ja, wenn Sie das sagen. Und dann sind wir in ein Restaurant gegangen, und er hat uns das Abendessen spendiert.«

»Welches Restaurant?«

»Ich weiß nicht mehr.«

Salazar fing an, Namen runterzurasseln. Man sollte nicht glauben, daß eine Stadt von der Größe von Las Vegas, New Mexico, mehr als etwa drei Restaurants hat, aber als Salazar keine Namen mehr einfielen und er die Gelben Seiten hervorholte, kam mir der Verdacht, daß es hier etwa so viele Restaurants gab wie in Fort Worth.

Nachdem Salazar das Telefonbuch zum dritten Mal durchgegangen war, entschied Hal sich für K-Bob's. Er glaubte es. Er war sich nicht ganz sicher, aber er dachte, daß es sich richtig anhörte. Er hatte dort einen Salat gegessen, und auf dem Salat war so rosa Zeug gewesen, und er hatte einen Hamburger und Pommes frites gegessen und einen Eistee getrunken. Er blickte ziemlich schuldbewußt drein wegen des Eistees, und ich achtete nicht drauf. Es ist mir egal, wenn er Tee trinkt. Schließlich war es seine Entscheidung, Mormone zu werden.

Er wollte uns gerade erzählen, was die anderen gegessen hatten, aber Salazar wollte es nicht hören. Dann überlegte er es sich anders: »Was hat April gegessen?«

Hal erzählte es uns.

»Und wie spät war es da ungefähr?«

Hal schwankte ein wenig und entschied sich dann für zirka halb zehn. Er fragte nicht, warum Salazar das wissen wollte. Ich auch nicht. Aber ich wußte ja auch, daß der Pathologe, wenn er erfuhr, was und wie spät sie gegessen hatte, anhand der Beschaffenheit des Mageninhalts ziemlich genau den Zeitpunkt ihres Todes bestimmen konnte. Was Hal vielleicht oder vielleicht nicht, aber sehr wahrscheinlich nicht helfen würde.

»Ihr habt also gegessen und was dann?«

»Dann hat er gesagt, er und April würden in ein Motel gehen, und er schlug vor, uns ein Zimmer zu besorgen, und Lorie und ich haben gesagt, nein, wir würden draußen kampieren. Er hat gesagt, es würde kalt werden, und ich habe gesagt, das würde nichts machen, wir hätten warme Schlafsäcke. Daraufhin hat er zuerst versucht, uns zu veralbern, und dann ist er fast sauer geworden, aber schließlich hat er gesagt, er würde uns irgendwo hinbringen, wo wir kampieren konnten.«

»Ihr wart also wirklich so dumm, noch einmal zu ihm in den Wagen zu steigen?« sagte ich.

»Mom, er hat nichts Schlimmes gemacht, er hat Lorie bloß komisch angesehen. Das war doch kein Grund, ihn vor den Kopf zu stoßen. Und er hat uns bloß zu diesem Platz gebracht und uns da rausgelassen, und er und April sind weggefahren.«

»Was dann?« fragte Salazar und enthielt sich der Bemerkung, daß dieser ominöse »Typ«, falls Hal April nicht getötet hatte, sehr wahrscheinlich der Mörder war.

»Dann haben Lorie und ich unsere Schlafsäcke ausgerollt und uns schlafen gelegt. Wir waren beide irgendwie richtig schläfrig, und Lorie hat gemeint, das käme von dem Zeug, das sie gegen die Krämpfe genommen hatte, aber ich glaube, es kam einfach vom vielen Marschieren und so, weil ich doch keine Medikamente genommen hatte. Dann sind wir beide eingeschlafen. Und dann weiß ich nur noch, daß ich mitten in der Nacht aufgewacht bin, weil ich pinkeln mußte, und ich bin aufgestanden und herumgegangen, um zu pinkeln und dann ... und dann ...«

»Und dann was?«

»Da waren ein paar Lichter an. Nicht viele, es war ziemlich dunkel, aber da waren Lichter auf dem Platz. Genug, um etwas Rotes und Glänzendes in Lories Schlafsack sehen zu können. Und ich hab' mich gefragt, was das ist, und hab' mich drüber gebeugt, um nachzusehen, und dann hab' ich ... das Mädchen gesehen. April. Ich hab' sie gesehen, und ... und, sie war tot. Ich meine, sie mußte tot sein. Und ich hab' mich umgesehen, ob mit Lorie alles in Ordnung war, ich meine, um Lorie zu suchen, und dann war da ein Scheinwerfer, und ein Polizist fing an, mich anzubrüllen.«

Und ab da kannten wir die Geschichte.

Aber in den wichtigen Fragen waren wir keinen Schritt weiter gekommen. Solche Fragen wie, wo war Lorie? Und wer war April? Und wie war April in Lories Schlafsack gekommen?

Und wer hatte April umgebracht, und warum hatte er es mit Harrys Jagdmesser getan?

»April hat dir gar nichts von sich erzählt?« fragte Salazar. »Ihren vollständigen Namen, woher sie kam, irgendwas?«

»Mir nicht«, sagte Hal mit Bestimmtheit. »Falls sie jemandem was erzählt hat, dann Lorie. Aber mir hat sie nichts erzählt.«

Kapitel 4

Ist er immer so?« fragte mich Salazar.

»Was meinen Sie mit *so*? Zerfahren?«

Salazar dachte darüber nach. »Ja«, sagte er. »Zerfahren. Das trifft es ziemlich gut.«

»Mehr oder weniger«, sagte ich. »Er ist nicht dumm. Er kriegt meist ganz anständige Noten in der Schule. Es ist bloß – na ja, der Arzt sagt, sehr wahrscheinlich hat er einen leichten Hirnschaden, ist entweder bei der Geburt passiert oder kommt einfach daher, daß seine leibliche Mutter schwer unternährt war. Die offizielle Bezeichnung ist extreme Hyperaktivität.«

»Wie alt war er, als das festgestellt wurde?«

»Drei oder so, warum?«

»Und zu dem Zeitpunkt war es zu schon spät, irgend etwas zu unternehmen?«

»Ach so, ja klar, wenn es schon vor der Geburt passiert ist oder ein Geburtsfehler war, dann kann man da einfach nichts –«

»Ich meine die Adoption. War sie bereits endgültig?«

»Was hat das damit zu tun –« Und dann brach ich ab, als ich begriff, was Salazar mich da fragte. »Hören Sie«, sagte ich, »wir haben Hal adoptiert, als er drei Monate alt war. Kinder sind keine Fische. Man wirft sie nicht zurück, wenn sie nicht perfekt sind.«

»Manche Leute tun das«, brummte Salazar und legte sein Klemmbrett ordentlich gerade auf die ordentlich gerade liegende Schreibtischunterlage.

Er blickte zu mir hoch, die dunklen Augen unergründlich, und wiederholte: »Manche Leute tun das.«

Ich wußte nicht, was ich darauf sagen sollte, also sagte ich nichts. Salazar schlug die Akte zu dem Fall auf und reichte sie mir. »Werfen Sie mal einen Blick rein«, sagte er. »Ich gehe Kaffee holen. Wollen Sie welchen?«

»Nein. Danke.«

»Soll ich Ihnen was anderes mitbringen? Vielleicht eine Cola?«

»Eine Cola Light wäre super. Danke.« Ich hörte mich schon an wie Hal, monoton, eine kaputte Schallplatte. Aber Salazar hatte so bitter geklungen. War er adoptiert und dann zurückgegeben worden? Hatte man ihn zurückgeworfen wie einen Fisch, der nicht groß genug war?

Falls ja, so ging es mich nichts an. Ich konzentrierte mich auf den Aktenordner, der, wie ich ungefähr erwartet hatte, absolut nichts enthielt, was ich nicht schon wußte.

Salazar kam wieder herein, beide Hände voll, Kaffee und zwei Cola. »Ich bringe dem Jungen auch eine«, sagte er. »Von diesen Sedativen kriegt man einen ganz trockenen Mund.«

Der Junge war natürlich Hal, der wieder in einer verschlossenen Arrestzelle saß. Er hatte dagegen protestiert, und ich hatte ihm gesagt, es sei nur vorübergehend, keine Sorge, und ich hatte ihm einen Taschenbuchkrimi gegeben, den ich in meine Handtasche gesteckt hatte, um ihn im Flugzeug zu lesen.

Ich hoffte, daß es wirklich nur vorübergehend war. Wie Salazar ganz richtig gesagt hatte, nachdem er Hal wieder eingeschlossen hatte, konnte er ihn wirklich nicht freilassen. Noch nicht. Wir hatten bislang nur seine Aussage über das, was passiert war, seit er sich in Fort Worth auf den Weg gemacht hatte. Keine bestätigende Zeugenaussage, keine Beweismittel, rein gar nichts.

Ich glaubte, daß Hal die Wahrheit sagte. Salazar sagte nicht, daß er es nicht glaubte, aber er sagte auch nicht, daß er es glaubte. Er konnte es nicht. Nicht, nachdem Hal über die Leiche gebeugt entdeckt worden war, mit Blut an den Händen und Blut an der Kleidung, mit einem Messer, das er von zu Hause mitgebracht hatte und das mit Blut und Gewebe daran zu seinen Füßen lag.

»Wir haben hier keine speziellen Unterbringungsmöglichkeiten für Jugendliche«, sagte Salazar, als ich ihm die Akte zurückgab. »Wir halten hier normalerweise keine Jugendlichen fest. Wir halten hier normalerweise niemanden lange fest.«

»Sie schicken sie nach Santa Fe?« fragte ich. Das machte Sinn. Santa Fe war die nächste größere Stadt und obendrein Hauptstadt des Bundesstaates.

Aber Salazar schüttelte den Kopf. »Erwachsene, ja. Aber nicht Jugendliche. Die kommen nach Nevada.«

»Nach Nevada?« Das kam mir komisch vor.

»Es gibt da ein Abkommen zwischen mehreren Bundesstaaten. Es klingt nicht ganz einleuchtend – ach, verdammt, Sie müssen das nicht unbedingt wissen, warum soll ich es Ihnen großartig erklären?«

Er hatte recht. Ich mußte es nicht unbedingt wissen. Ich kam aus Texas und würde demnach die Probleme von kleinen Bundesstaaten nicht besser verstehen können als die Probleme von kleinen Städten. Überhaupt wollte ich auch gar nicht wissen, welche Probleme New Mexico im Umgang mit jugendlichen Kriminellen hatte. Alles, was ich wissen wollte, war: »Was ist mit Hal?«

»Wenn Sie einverstanden sind – unter der Voraussetzung, daß die Zelle eigentlich nicht für langfristige Verwendung gedacht ist, was bedeutet, daß er räumlich beengt untergebracht ist –, werde ich ihn vorläufig hierbehalten. Es ist möglich, daß wir ihn noch einmal vernehmen müssen. Und – na ja, ich muß einfach seine Geschichte überprüfen, bevor ich irgendeine Entscheidung treffe.«

Recht ermutigend. Salazar war zwar nicht bereit zu sagen, daß er Hals Version der Ereignisse akzeptierte, aber sein Zögern deutete jetzt darauf hin, daß er zumindest dazu neigte, sie zu akzeptieren. Also mußte ich jetzt Harry anrufen und ihm sagen, daß Hal noch im Gefängnis saß, Lorie noch immer verschwunden war und ich in absehbarer Zeit wohl nicht nach Hause kommen würde. Ich mußte Donna anrufen und ihr sagen – was? Daß Lorie noch immer verschwunden war? Daß sie sich womöglich in der Gewalt von jemandem befand, der bereits wenigstens einen Menschen getötet hatte?

Ich wollte Donna nicht anrufen. Aber natürlich blieb mir nichts anderes übrig.

Solange wir auf die Ankunft der Spurensicherung aus Santa Fe warteten, gab es für mich ohnehin nicht viel zu tun. Da ich allem Anschein nach noch um einiges länger in Las Vegas, New Mexico, bleiben würde, als ich geplant hatte, war es ratsam, die Zeit zu nutzen, um mir ein Zimmer in einem Motel zu nehmen.

Also machte ich mich auf und nahm mir ein Zimmer – es gab jede Menge Motels, wie es jede Menge Restaurants gab –, und ich rief Harry an und erzählte ihm, was los war. Harry erinnerte mich daran, daß ich in zirka zwei Wochen ein Baby bekommen sollte, und ich erwiderte, daß ich das wisse, jetzt aber Donna anrufen müsse: »Bye.«

Dann rief ich bei Donna an, doch zu meiner Erleichterung war sie nicht da, und ich hinterließ einfach eine Nachricht auf ihrem Anrufbeantworter, daß wir an der Sache arbeiteten und ich wieder anrufen würde, sobald ich mehr wüßte. Ich rief Salazar an und informierte ihn, wo ich abgestiegen war. Und dann ging ich los und machte mich auf die Suche nach einer Buchhandlung, aber da die einzige Buchhandlung, die ich fand, eine sehr anspruchsvolle war und nur Bücher über den amerikanischen Westen führte, wonach ich eben nicht suchte, landete ich schließlich in dem allgegenwärtigen K-Mart, der inzwischen sogar die Provinz von New Mexico erobert hatte. Dort kaufte ich für Hal ein *Mad*-Heft, eine Ausgabe der Zeitschrift *Field and Stream*, ein paar Taschenbücher und – mit einer Prise Gehässigkeit – einen Taschenatlas. Als Wiedergutmachung für den Atlas, den er ganz bestimmt – und zu Recht – als Beleidigung auffassen würde, versuchte ich, für ihn eine Ausgabe der Zeitschrift *Dragon* zu finden, aber es gab keine, also kaufte ich ihm eine Zusatzpackung zu seinem Spiel *Kerker und Drachen*. Ich war mir zwar nicht sicher, was er damit ohne einen Drachenmeister und ohne die seltsamen Würfel mit den -zig Seiten anfangen konnte, aber zu Hause gab es Dutzende davon, und ich selbst weigere mich strikt, *Kerker und Drachen* zu spielen. Obendrein kaufte ich ihm noch eine Packung Millimeterpapier. Er konnte sich die Zeit im Knast damit vertreiben, Kerker zu entwerfen.

Ich gab die Sachen für Hal – einschließlich ein paar Snacks, denn der Junge ißt normalerweise vierzehnmal am Tag – im Polizeirevier ab. Die Frau in der Zentrale sagte, sie würde sie ihm bringen, und teilte mir mit, daß Salazar mit den Leuten von der Spurensicherung zum Tatort rausgefahren war. Ich sah keinen Grund hinterherzufahren, kehrte ins Motel zurück und versuchte, mich in eine halbwegs erträgliche Schlafposition zu bringen, aus der ich einige Zeit später – ich weiß nicht, wieviel später, da ich nicht auf die Uhr gesehen hatte, als ich mich schlafen legte – geweckt wurde, weil jemand an der Tür war. Ich öffnete sie, und Salazar kam herein und warf beiläufig eine Handvoll Schwarzweißfotos auf den Tisch.

»Meinen Sie, daß davon welche zu gebrauchen sind?« fragte er.

»Gebrauchen wofür?« Es waren ausschließlich Fotos von April, Nahaufnahmen. Das Blut war abgewaschen worden, die Wunden im Gesicht geschlossen. Aber es führte kein Weg daran vorbei, daß sie nach wie vor tot aussah.

»Für die Presse, Fernsehsender. Wir müssen sie irgendwie identifizieren. Wir haben ihre Fingerabdrücke bereits über Santa Fe überprüfen lassen, ohne Erfolg.«

Ich wählte zwei Fotos aus, auf denen sie am wenigsten wie eine Leiche aussah, und er bedankte sich und sagte, er würde davon einen Stapel Abzüge machen lassen. Schon wieder auf dem Weg zur Tür, drehte er sich um und sagte: »Die Nachmittagsschicht bei K-Bob's fängt um halb drei an. Ich bin einfach nicht schlau aus dem geworden, was Hal erzählt hat, wo sie zum Tanken gehalten haben – es könnte überall auf dem Weg von Santa Fe über Taos nach Mora gewesen sein –, also sehe ich keine Möglichkeit, das zu überprüfen. Morgen fahre ich zum Bandelier Nationalpark. Wollen Sie mitkommen?«

»Ja«, sagte ich. »Und ich möchte auch mit zu K-Bob's kommen.«

»Okay.«

Dann war er weg, und ich holte meine Karte heraus, um nachzusehen, wo Bandelier lag.

Niemand außer Hal, so beschloß ich einige Minuten später, wäre imstande, von Los Alamos in Richtung Santa Fe zu fahren, um nach Albuquerque zu kommen, und dabei im Bandelier Nationalpark zu landen. Santa Fe liegt südsüdöstlich von Los Alamos. Albuquerque liegt südsüdwestlich – wenn man den Rio Grande entlangfährt und nicht den Highway nimmt, der durch Santa Fe führt. Bandelier dagegen liegt fast genau in südlicher Richtung.

Ich verließ mein Zimmer, aß zu Mittag und sah mich in der Stadt um. Es gab nicht viel zu sehen. Ein College (klein), eine Bibliothek (noch kleiner), ein Fluß, aus dem sich eine Touristenattraktion machen ließe, was aber nicht geschehen ist, jede Menge kleine Läden, die offenbar auf das Touristengeschäft aus sind, jede Menge Gemischtwarenläden und kleine Geschäfte, die nicht auf Touristen aus sind. Wo immer ich auch hinging, ich kam einfach wieder und wieder zu dem Platz zurück, wo die Spurensicherung aus Santa Fe noch immer am Tatort arbeitete. Die Menschenmenge hatte sich aus Langeweile zum größten Teil zerstreut, und ich hatte einen viel zu guten Blick auf Schlafsäcke, Rucksäcke, Feldflaschen und so weiter, die ich sehr gut kannte und die jetzt nur noch als Beweismittel taugten. April war weggebracht worden; Harrys Messer war weggebracht worden; alles andere war noch da.

Um halb zwei fuhr ich wieder ins Polizeirevier. Natürlich war ich zu früh, aber ich war nervös. Salazar ließ mich in sein Büro kommen, damit ich mir mit anhören konnte, wie die Leute von der Spurensicherung erklärten, daß es keine brauchbaren Fingerabdrücke oder sonst etwas gab. Alles andere hätte mich auch einigermaßen erstaunt. Die Sachen sind das ganze Jahr über hinten in einem Pickup verstaut, der nicht in einer Garage steht.

Salazar erklärte mir, er habe sich für mich irgendeinen offiziellen Status einfallen lassen müssen und deshalb mit dem Staatsanwalt gesprochen, und ich würde nun vorübergehend von der Stadt Fort Worth »ausgeliehen« (ohne daß die Stadt Fort Worth davon verständigt wurde) und sei daher – vorübergehend – Detective in Las Vegas.

Das war nett, dachte ich. Es ist mir lieber, irgendeinen offiziellen Status zu haben. Salazar lieh mir sogar eine Dienstmarke und ließ mir einen Dienstausweis anfertigen. Ich hatte jetzt zwei Dienstmarken, nur, daß ich diese letztlich wieder würde abgeben müssen.

Dann fuhren wir endlich zu K-Bob's. K-Bob's ist eine Restaurantkette – ich erinnerte mich, daß ich mal in Wichita Falls in einem gegessen hatte, als wir dort an einer Tagung der Elks teilnahmen –, und wie die meisten Restaurants, die einer Kette angehören, unterschied sich diese Filiale praktisch in nichts von irgendeinem anderen K-Bob's irgendwo im Südwesten.

Salazar hatte ein Foto von April, und ich hatte das Foto von Hal und Lorie auf dem Schulfest, und nach einer Weile sagte eine Kellnerin – eine kräftige, grobknochige Blondine mit hochgesteckten Haarflechten; sie sah eher aus wie jemand aus Minnesota denn aus New Mexico – mit einem leichten, aber hörbaren spanischen Akzent: »Oh, ja, ich hab' sie gesehen. Mann, was ist denn mit dem Mädchen passiert? Sie sah gestern abend sehr viel besser aus. Ist sie krank oder so?«

»Sie ist tot«, sagte Salazar lapidar. »Dann waren die drei also hier, ja? Wer war sonst noch bei ihnen?«

»Tot? Ist sie das Mädchen vom Platz? Ich habe von der Sache gehört! Grace, Dolores, kommt mal her, erinnert ihr euch an die jungen Leute von gestern abend? Das ist das Mädchen, das auf dem Platz ermordet wurde! Wer hat es getan? War es der große Ausländer? Ich wette, es war der große Ausländer, nicht? Der Große? Der hier?« Sie zeigte natürlich auf Hal.

Inzwischen standen vier Kellnerinnen um uns herum und starrten auf das Foto, und die wenigen Kunden, die um diese ungewöhnliche Uhrzeit im Restaurant waren, kamen ebenfalls dazu und blickten interessiert. Und solche Leute nehmen wir als Geschworene, dachte ich wütend und sagte: »Sie ziehen allzu voreilige Schlüsse! Bislang hat Chief Salazar Ihnen bloß gesagt hat, daß sie tot ist, nicht, wie sie gestorben ist oder wo oder durch wen.«

Sie blickte verdutzt, und in das Schweigen hinein sagte Salazar rasch: »Wer war die andere Person bei ihnen? Wir wissen, daß da noch jemand war, aber wie hat er ausgesehen?«

Es lohnt sich nicht, die dürftigen Beschreibungsfetzen wiederzugeben, die wir ihnen mit Müh und Not entlockten; die vier Kellnerinnen waren eine wie die andere genauso schlechte Zeuginnen wie Hal, aber die Beschreibung – so dürftig sie auch ausfiel – stimmte mit der von Hal überein.

Somit war seine Geschichte zumindest ein wenig erhärtet worden. Lorie war lebendig in Las Vegas angekommen. Am Vorabend war noch ein Mann mit Hal und Lorie und April zusammen gewesen. Er war rund neun oder zehn Jahre älter als Hal, er war etwa ein Meter achtzig groß, von mittlerer Statur, hatte braunes Haar und einen normalen Herrenschnitt, blaue Augen (vielleicht), anthrazitfarbene Hose, hellblaues Hemd, braune Lederstiefel, dunkelblaue Jacke.

Eine Beschreibung, die auf Tausende von Männern überall passen konnte, und so vage, wie sich die Zeuginnen geäußert hatten, würde es nichts bringen, einen Polizeizeichner aus Santa Fe kommen zu lassen.

Wir gingen zurück zum Wagen. Salazar ließ den Motor an, schaltete das Funkgerät ein, und wir hörten aufgeregte Stimmen. Die Beamtin in der Zentrale, deren Monitore nur selten das Büro des Chief, aber ständig das Gefängnis zeigen, rief Unterstützung zum Revier. Streifenwagen waren unterwegs.

Als Salazar und ich dort ankamen, war die Aufregung vorüber. Ein sehr junger Streifenbeamter namens Larry Begay – Navajo, wie ich aufgrund des Namens vermutete – war in Hals Gefängniszelle.

Hal nicht.

Zu behaupten, daß diese Situation meinen Tag nicht unbedingt verschönerte – oder Salazars – oder auch Begays – wäre die Untertreibung des Jahrhunderts.

Hal umzubringen – ein Gedanke, mit dem ich schon zu Beginn dieser Expedition gespielt hatte – erschien mir von Minute zu Minute ratsamer, erst recht nachdem wir erfahren hatten, daß Hal Begay nicht nur die Schlüssel abgenommen, sondern auch besagte Schlüssel dazu benutzt hatte, um in einem Streifenwagen der Stadt Las Vegas davonzufahren, voll ausgestattet mit Sirene, Blaulicht, Polizeifunk und – genau das, was er brauchte, genau das, was ich mir schon immer für ihn gewünscht habe – ein Gewehr.

Voll geladen einschließlich einer Patrone in der Kammer.

Die Zentrale war ein kleiner Raum; da Salazar und ich uns hineindrängten, hatte die arme diensthabende Beamtin, erst recht angesichts meines gegenwärtigen Zustands, kaum Platz zum Atmen. Nicht, daß das Atmungsproblem irgendwem außer ihr wichtig war, denn Salazar hatte seine Streifenwagen wieder losgeschickt und saß jetzt selbst am Funkgerät.

»Hal, hier spricht Chief Salazar«, sagte er jetzt. »Deine Mom ist bei mir. Kannst du mich hören?« Salazar ließ die Mikrotaste los und fragte mich: »Weiß er, wie man ein Funkgerät bedient?«

»Müßte er eigentlich; ist ja so ähnlich wie bei einem CB-Funkgerät, und das hat er schon oft benutzt.«

»Hal, kannst du mich hören?« fragte Salazar wieder.

Diesmal erwiderte eine kratzende Teenagerstimme: »Ja, Sir.«

»Du hast da etwas verdammt Dummes angestellt«, sagte Salazar. »Warum hast du das gemacht?«

»Ich werde Lorie finden.«

»Wie? Was hast du vor?«

Einen Moment lang war es totenstill, bevor Hal erwiderte: »Ich werde sie suchen.«

»Wo willst du sie suchen?«

Wieder Stille. Salazar reichte mir das Mikro. »Hal«, sagte ich, »so etwas muß man richtig angehen. Wir wissen, wie man Lorie suchen muß. Du nicht. Aus dem Gefängnis auszubrechen und einen Wagen zu stehlen ist jedenfalls nicht die richtige Methode. Wenn du eine Idee hast, an die wir noch nicht gedacht haben, komm hierher zurück und erzähl es uns, und wir probieren es aus, versprochen. Ich will Lorie genauso dringend finden wie du. Aber jetzt mußt du zurückkommen.«

»Ich kann nicht, Mom. Ich muß Lorie finden. Und jetzt schalte ich das Funkgerät ab, damit ich nachdenken kann. Ihr macht mir zuviel Lärm.«

Und offenbar tat er genau das, denn es gelang uns nicht, wieder Kontakt mit ihm zu bekommen. Nach drei oder vier Versuchen gaben wir es auf, und Salazar informierte die Streifenwagen auf den Straßen – ich glaube, es waren insgesamt zwei –, was los war, nur für den Fall, daß sie es noch nicht selbst herausgefunden hatten. Dann gab er dem Büro des Sheriffs von San Miguel County telefonisch die gleichen Informationen durch, damit sie sie im ganzen Bundesstaat verbreiten konnten. Jedem gab er die gleichen Instruktionen: »Der Gesuchte ist nicht, ich wiederhole, nicht gefährlich. Versuchen Sie nicht, den Wagen zu stoppen. Informieren Sie mich bloß, in welche Richtung er fährt.«

Dann legte er den Hörer auf und wandte sich mir zu, wobei er sich vor Lachen schüttelte. Nach einem Moment des Erstaunens erkannte ich den Galgenhumor, der so häufig empörte Bürger dazu veranlaßt, wütend im Büro des Chiefs anzurufen: Polizeibeamte, die grobe Witze reißen, wenn Menschen zu Tode gekommen sind. Das Lachen-um-nicht-zu-weinen-Syndrom, das Hätte-ich-einen-Funken-Verstand-würde-ich-ihn-mir-wegpusten-Gefühl, das es einem ermöglicht, aus tiefer Niedergeschlagenheit schwarzen Humor zu machen und sie so zu verarbeiten.

Nach einem weiteren Moment erkannte Salazar das Gefühl in sich selbst und hörte auf zu lachen, obwohl das Lachen weiterhin in diesen fast schwarzen Augen lauerte, die jetzt gar nicht mehr so unergründlich waren, wie sie noch einige Stunden zuvor gewirkt hatten. »Ich hätte das gleiche gemacht«, sagte er. »Als ich sechzehn war, hätte ich, wenn ich gedacht hätte, Maria ist in Gefahr, genau das gleiche gemacht.« Als wir aus der Zentrale gingen, damit die Beamtin wieder zurück in ihre Ecke konnte, fügte er hinzu: »Es wäre sehr viel lustiger, wenn das Mädchen nicht wirklich in Gefahr wäre.«

Wieder in seinem Büro wandte Salazar sich mir zu und fragte: »Wo will er hin?«

»Woher in aller Welt soll ich das wissen?« fragte ich.

»Na ja, Sie müßten seine Gedankengänge jedenfalls besser kennen als ich.«

»Niemand kennt Hals Gedankengänge«, klärte ich Salazar auf. »Nicht einmal Hal.« Ich dachte einen Augenblick nach und ergänzte: »Hal schon gar nicht.«

Aber Hal ist bei mir, seit er ein Kleinkind war, und ich war fast die ganze Zeit über Polizistin. Er muß einfach das eine oder andere gelernt haben. »Bandelier«, sagte ich laut.

»Was?« fragte Salazar.

»Bandelier. Wenn Lorie bei – wem auch immer – ist, na ja, betrachten Sie es doch mal so. Er war mit April in Bandelier. Dort hat er Hal und Lorie aufgelesen. Es wäre sogar möglich, daß er auch April dort aufgelesen hat. Und vielleicht hat er Lorie zurück nach Bandelier gebracht, um zu versuchen, wieder jemand anders aufzulesen. Wenn ich Hal wäre, würde ich zum Bandelier-Park fahren.« Und dann fiel mir ein, daß Salazar und ich bereits beschlossen hatten, zum Bandelier-Park zu fahren, wenn auch nicht aus den Gründen, aus denen Hal dort hinfuhr.

»Er wird nicht dort ankommen«, sagte Salazar. Ich starrte ihn an, eher beunruhigt als verdutzt, und er sagte: »Sprit. Wie würden Sie vorgehen, um einen gestohlenen Polizeiwagen aufzutanken?« Und dann fing Salazar wieder an zu lachen. »Aber das ist noch nicht alles.«

»Was denn noch?« fragte ich ergeben.

»Der Junge hat sich eine alte Klapperkiste ausgesucht«, sagte Salazar. »Ich meine, er hat sich eine richtige Klapperkiste ausgesucht. Im Kühler ist ein Loch, ein kleines. Was kein großes Problem ist, in der Stadt. Man füllt einfach ab und zu Wasser auf. Wir wollten ihn in die Werkstatt bringen, sobald der Wagen, der gerade drin ist, fertig ist. Aber auf freier Strecke – tja. Die einzige Frage ist: Was passiert ihm zuerst, geht ihm der Sprit aus, oder kocht der Kühler über?

Also fahren wir einfach in Richtung Bandelier. Wir finden ihn zwischen hier und dort.«

»Auf welcher Straße?«

»Hä?«

»Welche Strecke fährt er zum Bandelier-Park? Und fährt er überhaupt in die richtige Richtung? Hören Sie, Sie kennen den Jungen nicht. Einmal wollte er nach Arlington und ist in Denton gelandet.«

Salazar, der den Nordosten von Texas nicht kannte, starrte mich mit leerem Blick an.

Ich versuchte es erneut. »Es gibt nun mal Leute mit einem katastrophalen Orientierungssinn. Und im Vergleich zu Hal sind die meisten davon regelrechte Brieftauben.«

»Aber es ist etwas völlig anderes, wenn man auf der Suche nach seiner Maria ist – oder seiner Lorie.« Salazar stand auf, klimperte mit Autoschlüsseln. »Ich fahre zum Bandelier Park. Wollen Sie mit oder nicht?«

Natürlich wollte ich mit.

Wir fuhren über kleinere Straßen, da Salazar und ich folgerten, daß Hal sich denken würde – natürlich fälschlicherweise –, daß ein gestohlener Polizeiwagen auf einer kleineren Straße weniger auffällig wäre als auf dem Highway.

Wir hatten recht. Der Streifenwagen parkte am Rand einer zweispurigen Straße westlich von Mora. Die Motorhaube war geöffnet, und alles, was ich von Hal sehen konnte, während er emsig mit Drähten hantierte, war der Hosenboden seines Gefängnisoveralls. Ich zuckte zusammen; als ich das letzte Mal mit geöffneter Motorhaube neben einem größeren Highway stand, kam ein Riesentruck vorbei, und der Luftsog klappte die Motorhaube zu und demolierte dieses lange Stangenteil (ich bin nun mal keine Automechanikerin), das die Motorhaube offen hält. Wenn ich den Kopf unter der Haube gehabt hätte, wäre ich dabei vermutlich auch demoliert worden. Aber entweder war hier kein Truck vorbeigekommen, oder der Wagen war um einiges solider gebaut als mein damaliger Lynx, der, wenn ich es recht überlege, sich nie ganz davon erholt hat, daß er etwa sieben Monaten zuvor eine Schrotladung in den Kühler abbekommen hatte. Hal schien unversehrt, obwohl er so beschäftigt war, daß er uns nicht einmal näher kommen hörte, bis Salazar fragte: »Benzin alle?«

Hal fuhr abrupt hoch, stieß sich den Kopf an der Motorhaube und benutzte ein recht interessantes Wort. »Verzeihung, Mom«, sagte er verlegen und wandte sich wieder Salazar zu.

»Benzin alle?« wiederholte Salazar, die rechte Hand ganz beiläufig auf den Kolben seiner Waffe gelegt.

»Ich glaube nicht«, sagte Hal, geflissentlich übersehend, wo Salazar seine Hand hatte. »Es sei denn, die Tankanzeige ist kaputt.«

»Was ist denn dann nicht in Ordnung?«

»Ich weiß nicht. Da leuchtet ein kleines rotes Lämpchen am Armaturenbrett, und ich weiß nicht, was das bedeutet. Der Motor hat komisch gerochen, und dann ist der Wagen stehengeblieben. Ich meine, mitten auf der Straße. Es hat irgendwie kling gemacht, und er ist stehengeblieben. Ich mußte ihn von der Straße schieben.«

»Zum Glück hast du immer schön brav deine Haferflocken gegessen«, sagte Salazar und nahm die Hand vom Revolverkolben. »Oder waren es Cornflakes? Zeig mir mal das kleine rote Lämpchen.«

Ich sah zu, wie die beiden das kleine rote Lämpchen inspizierten, und dann kam Salazar wieder zur Vorderseite des Wagens, gefolgt von Hal. »Das hier«, so teilte Salazar Hal ein klein wenig sarkastisch mit, »ist ein Kühler. Weißt du, wozu der gut ist?«

»Natürlich weiß ich, wozu der gut ist. Das hab' ich in der Fahrschule gelernt, und außerdem hat mein Dad es mir erklärt. Der kühlt den Motor.«

»Und haben sie dir in der Fahrschule auch beigebracht, Polizeiwagen zu stehlen?«

»Was?«

»Schon gut. Was sollte in einem Kühler drin sein?« Salazar entfernte die Kühlerkappe und schnüffelte.

»Wasser und Frostschutz, wieso?«

»Weißt du, was in dem hier drin ist?«

»Wasser und Frostschutz, schätze ich. Wieso?«

»Nein, mein Junge, der hier ist einfach randvoll, zum Bersten voll mit Luft. Heißer Luft.« Salazar warf die Kühlerkappe wie eine Münze in die Luft, fing sie auf, schnippte sie aufs Handgelenk. »Laß dir das eine Lehre sein. Wenn du das nächste Mal einen Wagen klaust, solltest du darauf achten, daß er keinen kaputten Kühler hat. Sonst kommst du nicht sehr weit.«

»Noch besser, du stiehlst nie wieder einen Wagen«, sagte ich.

»Deine Mom ist eine richtige Spielverderberin«, sagte Salazar. »Stimmt's? Okay, Junge, schließ den Wagen ab, bring mir die Schlüssel und versuch solche Dummheiten bloß nicht noch einmal. Du kannst verdammt noch mal von Glück sagen, daß dich wegen dieser Sache niemand umgepustet hat.«

»Werden Sie mich wieder verhaften?«

»Ich habe dich gar nicht aus der Haft entlassen. Verstehst du was davon, wie man Vermißte sucht?«

»Nein, aber –«

»Willst du, daß ich Lorie und diesen Mistkerl suche, der April umgebracht hat, oder willst du, daß ich meine Zeit damit vergeude, nach so einem Klugscheißer wie dir zu suchen?«

»Also, ich –«

»Gib mir die Schlüssel. Du brauchst sie nicht, um den Wagen abzuschließen. Wir schicken später jemanden raus, der ihn zurückfährt, vorausgesetzt, er ist fahrtüchtig.«

»Ich kann ihn fahren –«

»Von wegen. Ich habe dir schon gesagt, daß du ein Hornochse bist. Steig hinten ein.«

Hal stieg hinten ein, ließ sich auf den Rücksitz fallen und schmollte fast den ganzen Weg bis zum Bandelier-Park. Ich genoß es. Mit seinen ein Meter dreiundneunzig und achtzig Kilo war Hal eindeutig größer als seine Klassenkameraden. Er war seit zwei Jahren größer als Harry und schon wer weiß wie lange größer als ich. Er ist auch größer als die meisten seiner Lehrer. Und irgendwie ist ihm – nach Aussage seiner Lehrer und des Direktors – diese Größe wohl zu Kopf gestiegen.

Da mußte ein ein Meter sechzig großer, fünfundfünfzig Kilo schwerer Kleinstadtpolizeichef daherkommen, um ihn auf Normalmaß zu stutzen. Und wie ich schon sagte, ich genoß es.

Gerade als wir in den Bandelier Nationalpark hineinfuhren, wurde Hal plötzlich klar, was Salazar da vorhin gesagt hatte. Er setzte sich aufrecht hin. »Sie suchen nach dem Mörder von April?«

»Ja«, sagte Salazar.

»Dann denken Sie also, daß ich es nicht war.«

»Versuchsweise.«

»Wieso?«

»Weil du zu blöd dafür bist.«

Ich zuckte zusammen, und Hal sah gekränkt aus. Dann fragte er: »Wieso bin ich dann immer noch festgenommen?«

Salazar parkte den Wagen, öffnete die Wagentür, stieg aus und drehte sich um, einen Fuß auf der Erde und den anderen dort, wo das Trittbrett gewesen wäre, wenn Autos noch Trittbretter hätten. Er fing an, an den Fingern abzuzählen. »Ausgerissen«, sagte er.

»Ja, aber –«

»Klappe. Ausgerissen. Landstreicherei. Erregung öffentlichen Ärgernisses.«

»Was?«

»Pinkeln auf den Rasen der städtischen Anlagen vor den Augen eines Polizisten. Tätlicher Angriff auf einen Polizeibeamten, wobei du verdammt noch mal von Glück sagen kannst, daß du Begay überrumpelt hast, denn er könnte dir ohne Probleme den Kopf abreißen, wenn er wollte. Flucht. Autodiebstahl.«

»Ja, aber –«

»Hab' ich nicht gerade gesagt, du sollst die Klappe halten? Autodiebstahl. Und Nervtöterei. Wenn du es schaffst, dich mal eine Zeitlang vernünftig zu verhalten, könnte – könnte – ich vielleicht in Erwägung ziehen, einige der Vorwürfe fallenzulassen. Vorausgesetzt, du hast April nicht getötet.«

»Aber ich –«

»Klappe«, sagte Salazar. »Wenn ich was von dir hören will, sag' ich Bescheid.«

»Darf ich denn nicht mal mit meiner Mom sprechen?« protestierte Hal.

»Deine Mom ist beschäftigt.«

Ich kenne das Spiel »Guter Polizist/böser Polizist«. Ich muß natürlich immer den guten Polizisten spielen. Ich würde sagen, daß Salazar, weil er so klein und täuschend zart wirkt, meistens selbst den guten Polizisten gespielt hat. Aber gerade jetzt bot er eine ungeheuer gute Vorstellung in der Rolle des bösen Polizisten. Ich würde auf mein Stichwort aufpassen müssen, um den guten Polizisten zu spielen, denn in dieser Situation konnte es leicht passieren, daß der gute Polizist und Mom durcheinandergerieten.

Sehr leicht. Vielleicht war es besser, ich blieb einfach still und ließ Salazar beide Rollen spielen.

Was er bestimmt ausgesprochen effektiv machen würde.

Das Problem war nur, daß weder Salazar noch ich abschätzen konnten, wieviel Rollenspiel Hal brauchte. Offenbar mußte er ordentlich eingeschüchtert werden, damit er nicht wieder einfach so abhaute oder einen Wagen stahl, aber hatte er uns wirklich alles über den Fall erzählt? Über April? Über den Mann in dem roten Camaro? Konnte es sein, daß er uns – unabsichtlich oder absichtlich – etwas verschwieg?

Salazar blieb vor mir stehen, die Arme in die Seiten gestemmt, zwei Finger von jeder Hand unter seinen Revolvergurt geklemmt, und blickte zu der Gruppe von Steingebäuden hinüber, die das Zentrum des Bandelier-Nationalparks bilden, der in erster Linie (wie ich später herausfand) eine kleine archäologische Ausgrabungsstätte und ein naturbelassener wilder Campingplatz ist. Hal war hinter mir und schmollte vermutlich noch immer.

Salazar sagte: »Hal, wo war April, als du sie zum ersten Mal gesehen hast?«

Hal antwortete nicht.

Salazar drehte sich um. Ich mich auch.

Hal war schon wieder verschwunden.

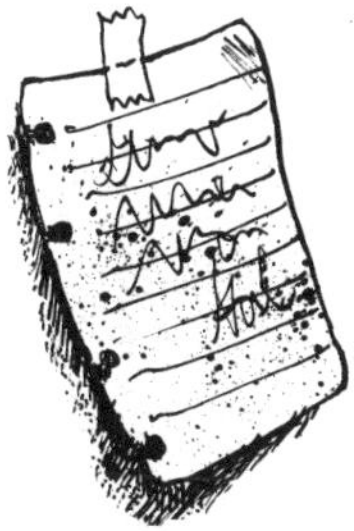

Kapitel 5

Salazar war natürlich schneller als ich. Wenn ich raten müßte, würde ich auch sagen, er war wütender. Er war an mir vorbeigesprintet, bevor ich auch nur registrieren konnte, daß der Polizeiwagen noch da war.

Na ja, natürlich war der Polizeiwagen noch da. Nicht mal Hal war so gedankenlos – oder so verzweifelt –, daß er seine achtdreiviertel Monate schwangere Mutter in einer gottverlassenen Gegend ohne Wagen zurücklassen würde. Aber wohin war er entschwunden und wie und natürlich warum? Diesmal?

Das alles lief auf eine einzige gute Frage hinaus. Es war eine Frage, auf die ich keine Antwort hatte, und inzwischen hatte ich eine weitere gute Frage. Wo in aller Welt war Salazar hin?

Am anderen Ende des Parkplatzes stand ein brauner Pick-up vom Parkservice, aber es war kein Ranger in Sicht. Knapp rechts von mir war ein Souvenirladen mit Café, aber auf dem Schild an der Tür stand IM WINTER GESCHLOSSEN. Knapp links von mir war ein verglaster Raum, wo offenbar Broschüren und Bücher verkauft wurden – zumindest konnte ich einen Ständer mit Büchern und Broschüren sehen –, aber ich konnte auch, ganz deutlich, ein Vorhängeschloß an der Tür sehen.

Ein großer schwarz-weißer Vogel, der ein Geräusch machte, das fast so klang, wie wenn ein rostiger Nagel aus einem alten Brett gezogen wird, kam mit schiefgestelltem Kopf, als wäre er gehängt worden (wieso kam mir ausgerechnet so ein Gedanke?), auf mich zu stolziert, kreischte erneut und beschloß dann offenbar, daß ich noch nicht reif war. Er flog in den Wipfel einer Kiefer, wo er sich niederließ, mich mißbilligend beäugte und zwischendurch kreischte.

Tut mir leid, Vogel.

Wohin Hal auch immer verschwunden war – wohin Salazar auf der Jagd nach Hal auch immer verschwunden war –, keiner von beiden machte dabei sehr viel Lärm.

Sehen Sie, Fort Worth ist nicht gerade Tokio oder Los Angeles, aber es ist trotzdem eine Großstadt. Und die Gegend, wo ich wohne – Summerfields – gehört nicht zum eigentlichen Stadtgebiet, aber man kann durchaus sagen, daß die Stadtplaner den Grund und Boden bestens genutzt haben. Es sind immer irgendwelche Leute in der Nähe, vielleicht nicht im selben Raum und nicht mal im selben Haus, aber es sind welche da. Irgendwo in der Nähe. Und es gibt immer Geräusche. Ein Flugzeug am Himmel. Die Heizung oder die Klimaanlage oder der Wasserboiler oder der Kühlschrank. Autos draußen auf der Straße. Der Hund von irgend jemandem – sehr häufig meiner; Pat ist zur Hälfte Pitbull und ausgesprochen geschwätzig. Verdammt, ich war es nun mal nicht gewohnt, allein zu sein – total, absolut, ganz und gar allein –, und jetzt war ich allein, bis auf den Wind in den Kiefern und einen Bach, der irgendwo in der Nähe floß, und diesen entsetzlichen, kreischenden Vogel. Ich hatte zwar ziemlich oft um etwas Frieden und Ruhe gebeten, aber das hier war, verdammt noch mal, einfach zuviel des Guten. Es gefiel mir nicht. Ich wollte, daß es aufhört.

Es war lächerlich, aber ich merkte, daß ich zitterte.

Na ja, vielleicht war es ja doch nicht so lächerlich. Vielleicht zitterte ich nicht, weil ich allein war. Vielleicht zitterte ich bloß, weil mir kalt war.

Der März in Fort Worth ist nicht gerade sommerlich. Noch um Ostern herum muß man mit einem Kälteeinbruch rechnen; es ist zu früh, um die Wintersachen wegzulegen und die Heizung abzudrehen. Aber meistens ist es Hemdsärmelwetter. Ich war das Wetter nicht gewohnt, das hier herrschte, genausowenig, wie ich die Einsamkeit gewohnt war, und es gefiel mir genausowenig wie die Einsamkeit.

Der Schnee war von den sonnigen Wiesenflächen verschwunden. Doch unter den Bäumen war noch immer jede Menge davon, und als ich anfing, ziellos herumzugehen, teils, um nach Hal oder Salazar oder einem Ranger oder sonst wem zu suchen, teils, um nach Beweisen zu suchen (obwohl ich keine Vorstellung hatte, was ich zu finden hoffte) und teils, um mich einfach nur aufzuwärmen, stellte ich fest, daß der Bach, den ich gehört hatte, noch immer stellenweise vereist war.

Eis schmilzt um null Grad, und über fließendem Wasser müßte es eigentlich schneller schmelzen.

Aber der Bach lag im Schatten, erst recht zum jetzigen Zeitpunkt, wo die Sonne im Westen tief stand und überall lange Schatten warf.

Inzwischen war ich den Pfad so weit entlanggegangen, daß ich die Felsenbehausungen sehen konnte, die Hal ziemlich unverständlich zu beschreiben versucht hatte. Wenn es nicht so kurz vor Sonnenuntergang wäre und ich hier Ferien machen würde, wenn ich nicht kurz vor der Geburt eines Babys stünde, würde ich zu ihnen hinübergehen. Natürlich war ich neugierig. Ich bin immer neugierig. Ich glaube nicht, daß jemand Polizist wird, der sich nicht vor Neugierde verzehrt. Aber jetzt war ganz sicher nicht der rechte Zeitpunkt für mich, die Ruinen zu besichtigen. Ich war weder dem Fußweg noch dem Aufstieg gewachsen.

Die Anasazi-Frauen haben den Fußweg und den Aufstieg gemeistert, schwanger oder nicht. Sie mußten. Ihre Heimstätten waren vor mir, vielleicht knapp zwei Kilometer entfernt und die nackte Wand der Sandsteinfelsen hinauf. Und ihr Wasser war hinter mir. Sie mußten das Wasser den Felsen hochtragen, eine Arbeit, die durch die Schönheit ihrer berühmten Töpfe sicherlich nicht sehr viel erleichtert wurde.

Wie hoch war wohl die Verbrechensrate bei den Anasazi? Sie waren die Vorfahren der Puebloindianer, und die Puebloindianer sind ein friedliches Volk. Aber dennoch hatten sich sehr viele warme Körper in einem Labyrinth aus kleinen, dunklen Räumen gedrängt. Ich zweifelte nicht daran, daß hier auch früher schon gemordet wurde, ganz unabhängig davon, ob hier noch kürzlich ein Mord geschehen war oder nicht.

In welchem Zustand mochten diese Felsenwohnungen sein? Ob einige davon nach heutigen Maßstäben benutzbar waren? Ganz langsam krochen meine Gedanken zurück auf ihren gewohnten Weg, ihren Polizeimodus. Konnte es sein, daß der Mann mit dem roten Camaro sich dort versteckt hatte? Hatte er April mit dorthin genommen? Hatte er dort mit April kampiert, bevor er April tötete, falls er April getötet hatte?

Hielt er Lorie dort versteckt?

Dachte Hal, daß er Lorie vielleicht dort versteckt hielt?

Ich vermutete, daß Hal genau das dachte. Aber Hal konnte unmöglich schon dort angekommen sein, zu Fuß; Salazar auch nicht. Und keiner von beiden war zu sehen. Also war Hal nicht auf dem Weg dorthin, und Salazar war nicht auf dem Weg dorthin. Sie waren irgendwo anders in dem dichten Kiefernwald um die sonnige Wiese zwischen den Felsenwohnungen und dem Bach, und ich konnte nicht anders, als mir Sorgen zu machen, was vielleicht gerade dort geschah, wo sie waren. Hal hatte sein Glück inzwischen überstrapaziert.

Ich war gegangen und hatte nachgedacht; jetzt plötzlich merkte ich, daß ich still stand. Ich hätte keinen Schritt weitergehen können, unter gar keinen Umständen; erst mußte ich stehenbleiben und meine Gefühle ordnen und zu begreifen versuchen, was los war, was nicht einfach war, da ich nicht den geringsten Schimmer hatte. Sämtliche Haare auf meinen Armen standen aufrecht, und ich hätte keinen Schwur getan, daß die Haare auf meinem Kopf nicht das gleiche taten. Ich fühlte –

Haben Sie schon mal ein wenig zu nahe an einem ganz, ganz großen Dynamo gestanden?

Waren Sie schon mal draußen in einem Gewitter, und haben Sie das Prickeln gespürt, das Ihnen verrät, daß der Blitz gleich ganz in ihrer Nähe einschlagen wird?

So ein Gefühl war das. Nur anders. Was auch immer mir das Gefühl gab, es kam von irgendwo vor mir auf dem Weg, genauer gesagt, irgendwie links von der Stelle, wo ich stand mit Blick auf den Felsen. Ich war mir nicht sicher, ob ich wissen wollte, was es war, ich wußte nur, daß ich es herausfinden wollte, weil ich es mußte. Irgend etwas, das soviel Energie erzeugt ...

Doch zuerst zog ich mir die Jacke aus und versuchte, die Haare auf meinen Unterarmen zu glätten, die hartnäckig aufrecht stehenblieben, und dann gab ich es auf und hängte mir die Jacke über den rechten Arm und fuhr mir mit den Fingern durchs Haar.

Und dann schrie ich auf, ganz unwillkürlich. Es war niemand da, und dann, von einer Sekunde auf die andere, war jemand da und blickte mich ein wenig entschuldigend an, so klein und schlank und dunkel wie Salazar, in der braunen Uniform, wie sie Parkranger tragen, wenn sie nicht gerade Waldgrün anhaben. »Alles in Ordnung, Lady?« fragte er.

»Ich glaube schon.« Ich versuchte noch immer das Prickeln aus den Haaren zu bekommen. »Ich habe nur so ein eigenartiges Gefühl. Haben Sie hier irgendwo einen Generator oder so?«

»Nein. Aber manche Leute reagieren so. Ich habe es nie gespürt, aber ich habe schon Leute erlebt, die davon noch mehr gepackt waren als Sie.«

»Wovon?«

»Der Großen Kiva. Kommen Sie, ich zeig's Ihnen.«

Ich folgte ihm um eine Biegung des Weges zum Rand von dem, was Hals absolut unbeschreiblich wunderbares Loch in der Erde sein mußte. Eine Kiva – ein kreisrundes Loch in der Erde, in dem Puebloindiander und ihre Vorfahren geheime und vermutlich heilige Zeremonien abhielten – ist üblicherweise überdacht. Diese hier nicht, nicht mehr, und vermutlich waren in ihr schon seit über eintausendzweihundert Jahren keine Zeremonien mehr abgehalten worden. Aber ich war ganz sicher, daß das, was sie heilig gemacht hatte, nicht verschwunden war. Ich spürte, daß von ihr eine überwältigende Kraft ausging.

Ganz plötzlich, genauso plötzlich, wie es mich gepackt hatte, war das Gefühl verschwunden. Ich sah etwas auf dem Boden des Lochs, in dem Schnee und dem Matsch und dem Schlamm, das nichts mit den Anasazi oder dem, was sie dort getan hatten, zu tun hatte, und mein Verstand war nicht mehr auf Übersinnliches gepolt.

Was ich sah, war ein roter Schal.

Ein roter Schal, der mir gehörte.

Und gleichzeitig nahm ich hinter mir eine laute Auseinandersetzung wahr, eine Baritonstimme, die sich lebhaft über das allgemeine Thema »Du kindischer Hornochse« ausließ, und eine nicht sonderlich sichere Tenorstimme, die protestierte: »Was kann ich denn dafür, daß sie gerade die Toiletten saubergemacht haben! Ich mußte pinkeln!«

»Du brauchst eine Blasentransplantation«, brüllte Salazar, »aber vorher brauchst du eine Gehirntransplantation! Könnte passieren, daß sie dir dein Spatzenhirn rauspusten, bloß weil ...«

»Hal«, rief ich laut dazwischen, »hast du Lorie meinen roten Schal geliehen?«

Totenstille. Absolut. Sogar der gräßliche Vogel hielt den Schnabel, und der Parkranger starrte mich an, als befürchtete er, ich würde jeden Moment durchdrehen. Salazar sagte nichts; er wartete bloß. Soviel ich weiß, können Indianer sehr gut warten. Diese Tugend sollte ich mir aneignen. In diesem Augenblick gelang es mir ganz gut.

Wie zu erwarten, hatte Hal die Stille als erster leid. »Ich hab' gedacht, du hättest bestimmt nichts dagegen, wenn –«

»Hal«, wiederholte ich, »hast du Lorie meinen roten Schal geliehen?«

»Na ja, ich dachte –«

»Hal, hast du –«

»Ja!« brüllte er.

Inzwischen konnte ich hören, wie Hal krachend durchs Unterholz auf mich zukam. Ich konnte Salazar nicht hören, aber als ich mich umdrehte, sah ich, daß er direkt neben Hal war. Seine Geräuschlosigkeit hing zum Teil mit dem Unterschied zwischen ein Meter sechzig und ein Meter dreiundneunzig zusammen, aber wohl eher mit dem Unterschied zwischen sechzehn und über vierzig und noch eher mit dem Unterschied zwischen völliger Selbstbeherrschung und totaler Zerfahrenheit. Salazar war sichtlich wütend. Was ich ihm nicht verübeln konnte. Vielleicht mit Ausnahme von Hals Vater, seines Pfadfinderleiters, seines Ringkampftrainers, seines Schwagers (des angehenden Psychiaterschwagers, nicht des Anwalts) und mir schafft es kein Erwachsener, lange mit Hal zusammenzusein, ohne wütend zu werden. Wie wütend, hängt zum großen Teil davon ab, wie eng die Beziehung ist, die der Betreffende gerade mit Hal hat.

Salazars Beziehung zu Hal war im Moment enger, als es sich jeder geistig normale, nicht verwandte Erwachsene wünschen würde.

Mittlerweile waren Hal und Salazar zu mir an den Rand der Kiva gekommen und blickten hinein. »Hatte sie den gestern abend noch?« fragte ich Hal.

»Wen?«

»Den Schal. Hatte Lorie gestern abend meinen Schal noch?«

»Ach so. Ja.«

»Bist du sicher?«

»Ja, absolut. Sie hatte ihn gestern abend. Sie trug ihn am Tisch.«

Trotz Hals Beteuerungen war es möglich, das der Schal gestern nachmittag in der Kiva gelandet war, als Hal mit Lorie hier war. Aber Hal war sich vollkommen sicher, daß Lorie nicht weiter als zur Toilette gegangen war, und wenn sie Krämpfe gehabt hatte, konnte ich das durchaus glauben. Die Kiva war mindestens vierhundert Meter von der Toilette entfernt.

Es war ausgeschlossen, daß der Schal jemand anders gehörte. Ich hatte im Winter ein umfangreiches Stickprojekt gestartet – und wieder aufgegeben. Der Schal war nicht mit einem Regenbogen und einem Flugzeug bestickt, sondern mit einem halben Regenbogen und einem Viertel Flugzeug. Ich konnte die Stickerei von hier aus sehen. Es war eindeutig mein Schal.

Ich sagte es Salazar, und er nickte. Er wandte sich um und sah Hal an. Er griff in seine Tasche. Er sah Hal wieder an. »Hal«, sagte er mit bemüht kontrollierter Stimme, »kannst du fünf Minuten lang das tun, was man dir sagt? Genau das, was man dir sagt?«

»Ich kann immer –«

Salazar unterbrach die beleidigte Unschuld. »Kannst du? Und wirst du?«

»Ja, Sir.«

»Fabelhaft. Dann geh zu meinem Wagen. Geh direkt zu meinem Wagen. Geh nicht über Los. Ziehe keine zweihundert Dollar ein. Sieh in den Kofferraum. Da liegen eine Kameratasche und eine schwarze Aktentasche. Du nimmst sie heraus und stellst sie neben den Wagen. Du behältst den Schlüssel in der Hand, damit du ihn nicht im Kofferraum liegenläßt, und machst den Kofferraum zu. Bring die Kameratasche und die schwarze Aktentasche mitsamt Inhalt sowie den Schlüssel direkt zu mir. Trödel unterwegs nicht rum. Bleib nicht stehen, um dir die Landschaft anzusehen. Bleib noch nicht mal stehen, um zu pinkeln. Ist das absolut klar?«

»Ja, Sir.«

Nachdem Hal offenbar fromm und brav in Richtung Parkplatz davongetrottet war, sagte der Ranger: »Dürfte ich wissen, was hier vor sich geht?«

Salazar erzählte es ihm. In allen Einzelheiten, und der Ranger fluchte. »Ich habe den Camaro gesehen«, sagte er, »aber mir ist nichts aufgefallen. Verstehen Sie. Mir ist weder der Fahrer noch sonst was aufgefallen. Ich erinnere mich nicht, eins von den Mädchen gesehen zu haben.«

»Haben die hier kampiert? Der Typ mit dem Camaro, meine ich?« fragte Salazar.

Langes Schweigen. »Das kann ich Ihnen nicht sagen«, sagte der Ranger schließlich. »Im Sommer könnte ich es Ihnen sagen, aber nicht unbedingt um diese Jahreszeit. Regulär waren sie jedenfalls nicht hier. Regulär muß man sich bei uns anmelden, wenn man hier kampieren will, aber es würde uns nicht unbedingt auffallen, wenn jemand es nicht tut. Ich würde gern sagen, daß es uns auffallen würde, aber ich bin mir da wirklich nicht sicher. Die Sache ist, bei uns kann man nur wild kampieren – keine Feuerstellen, kein fließendes Wasser, keine Latrinen, rein gar nichts außer den Sachen hier. Der Park wird im Sommer viel genutzt. Aber um diese Jahreszeit? Mann, es ist verdammt kalt, wenn die Sonne untergeht. Wir schließen ab und gehen nach Hause. Ich meine, na ja, zu Hause, das ist ein Wohnwagen im Park – wir sind hier –, aber das heißt nicht, daß wir die ganze Nacht hier Streife gehen. Ich kann Ihnen sagen, daß niemand ein Feuer gemacht hat, es sei denn, es war ein ganz kleines Feuer in den Ruinen, dann hätten wir weder Rauch noch Flammen gesehen. Aber hier gibt es jede Menge Möglichkeiten, sich zu verstecken. Es gibt jede Menge Möglichkeiten, einen Wagen zu verstecken.«

»Und jede Menge Möglichkeiten, eine Leiche zu verstecken?«

»So viele Möglichkeiten, wie man sich nur denken kann«, sagte der Ranger. Er deutete zu den Ruinen. »Da draußen liegen Leichen, die wir nie gefunden haben, und da liegen Leichen, die wir nie finden werden. Viele Leute haben hier gelebt und sind hier gestorben. Eine frische Leiche? Vielleicht. Irgendwann. Am Geruch und den kreisenden Geiern. Aber vielleicht nicht. Vielleicht nie. Kommt drauf an, wie gut sie versteckt wurde.«

»Verdammt«, sagte Salazar. »Verdammt und zugenäht.«

»Tut mir leid. Aber so sieht's nun mal aus.«

»Ich weiß«, sagte Salazar und warf mir einen Blick zu.

»Ich weiß es auch«, pflichtete ich bei. »Das heißt aber nicht, daß es mir gefallen muß.« Ich blickte in Richtung Parkplatz, in der Hoffnung, daß Hal nicht in Hörweite war.

Er war es nicht. Er kam gehorsam zurückgetrottet, beladen mit der Kameratasche, der schwarzen Aktentasche und den Autoschlüsseln. Er hatte das Schlüsseletui zwischen den Zähnen, offenbar um die Schlüssel ja nicht fallenzulassen. »Wisch die Schlüssel ab«, sagte Salazar, »und gib sie deiner Mutter.« Er blickte mich kurz an. »Ach nein, gib sie nicht deiner Mutter. Leg sie dahinten auf den Baumstumpf in die Sonne. Ich nehm sie gleich selbst da weg«, fügte er hinzu. »Ich kann Spucke nicht ausstehen«, brummte er leise, während er die Kamera aus der Tasche nahm.

Am Rand der Kiva machte er mehrere Fotos. Es war eine gute Kamera; er setzte ein Teleobjektiv auf und konnte so Fotos machen, die nach dem Vergrößern wie Nahaufnahmen wirken würden. Dann blickte er auf die altersschwache Holzleiter, die in die Kiva hinabführte. Er blickte Hal an.

»Ich geh runter und hol es«, bot Hal eifrig an.

»Ich würde dein Angebot gerne annehmen«, sagte Salazar, »aber das ist meine Aufgabe.« Er sah wieder die Leiter an, ziemlich besorgt, und sagte dann: »Ach verdammt. Du kannst die Leiter festhalten. Ich möchte nicht, daß sie wackelt. Und ich schwöre, ich bringe dich um, wenn du wieder in der Gegend verschwindest, während ich runterklettere. Ist das klar?«

»Hören Sie, ich kann es für Sie holen«, bot der Ranger an. »Ich muß heute oder morgen sowieso da runter, um den Müll zu entfernen. Manche Leute sind richtige Schweine.«

»Sie können mit mir zusammen runtergehen«, sagte Salazar. »Aber Sie können nicht an meiner Stelle runtergehen. Das ist mein Job.«

Während Hal die beiden grauen abgeblätterten Holzpfosten festhielt, die oben über den Rand der Kiva hinausragten, stieg Salazar – mit der Kamera um den Hals, Notizbuch und Stift und Maßband in der Gesäßtasche und Beuteln für Beweismittel im Halfter (sein Dienstrevolver war jetzt in meiner Handtasche) – die Leiter hinab. Der Ranger – sein Name, wie wir inzwischen wußten, war Nelson, was gemessen an seinem Gesicht und seiner Statur verblüffend unhispanisch und unindianisch war – wartete derweil nervös und wurde erst munterer, als Salazar brüllte: »Hey, Nelson! Sie können jetzt runterkommen!«

Hal hielt weiter diensteifrig die Pfosten fest, als Nelson hinabstieg. Ich sah vom Rand aus beklommen zu. Ich müßte eigentlich auch da unten sein. Es war auch mein Fall (was er natürlich nicht war), und es war Lorie, die vermißt wurde, und ich war für sie verantwortlich (was ich natürlich nicht war). Aber die Logik beherrschte den Augenblick. Es war möglich – durchaus möglich –, daß ich die Leiter hinabsteigen konnte. Ich war mir ziemlich sicher, daß ich sie nicht wieder hochkommen würde, und einen Hubschrauber zu rufen, der in die Kiva hinabflog, um mich rauszuholen, schien mir keine besonders gute Idee.

Also dachte ich einen Moment lang nach, bis mir Fergie einfiel. Die bezaubernde Prinzessin oder Herzogin, oder was immer sie ist. Als Fergie schwanger war, ist sie Ski gefahren. Sie ist geritten. Sie hat praktisch alles gemacht, was sie machen wollte. (Sie war zwar auch über fünfzehn Jahre jünger als ich, aber darüber wollte ich jetzt nicht nachdenken.) Und was war schon eine Leiter? Bloß eine vereinfachte Treppe. Und so tief war es auch wieder nicht. Nicht sehr, sehr tief.

Ich näherte mich der Leiter.

»Mom, ich finde, du solltest das besser nicht tun«, sagte Hal nervös.

Ich spähte über den Rand, blickte direkt die Leiter hinab. Wie stabil war sie? Ich wog auch jetzt nicht *so* viel. Mehr als ich sollte – wie mein Arzt mir ständig sagt –, aber nicht so viel.

»Mom, ich finde *wirklich,* du solltest das besser nicht tun«, sagte Hal.

Natürlich hatte er recht.

Natürlich stieg ich die Leiter trotzdem hinab.

In diesem Punkt war Salazar zweifellos mit Hal einer Meinung, aber er merkte erst, daß ich kam, als ich schon unten war. Seine Bemerkung klang, als hätte er Unterricht bei meinem Mann Harry genommen. »Sie sind runtergekommen, also kommen Sie auch wieder rauf«, war alles, was er zu mir sagte.

Das war nur recht und billig.

Also konnte ich mir jetzt ansehen, was sie sich anguckten. Für mich sah es so aus, als wäre mein Schal zufällig hier hineingeweht oder vielleicht – nur vielleicht – mit Absicht hinabgeworfen worden. Er hing an einem Stück Holz, das hineingeworfen oder -geschleudert worden war, aber es führten keine Fußspuren dorthin, und so matschig, wie es hier unten war, hätte man Fußspuren sehen müssen.

Und so war es auch, am Rand der Kiva, und ich erkannte auf den ersten Blick, daß diese Fußabdrücke von keinem der beiden Männer stammten, die jetzt daneben standen. Die Fußabdrücke stammten von einem Mann – einem großen Mann mit Turnschuhen. Na ja, ich hätte nicht beschwören können, daß ein Mann die Fußabdrücke hinterlassen hatte, aber wer es auch immer war, er hatte größere Füße als ich, und meine sind etwas größer, als mir lieb ist. Das zweite Paar Fußabdrücke, außer den Spuren, in denen Nelson und Salazar und ich selbst standen, stammte von einer Frau, und diesmal war ich sicher, fast hundertprozentig sicher. Es waren die Fußabdrücke einer Frau mit Sandalen mit hohen Absätzen. Und ja, ich wußte, daß es Sandalen waren, weil sie an einer Stelle so tief in den zähen Schlamm eingesunken war, daß ich die Spuren der Riemen erkennen konnte.

Zugegeben, ich hatte Lorie schon eine Zeitlang nicht mehr gesehen, bevor sie von Fort Worth aufgebrochen war, und ich hatte ehrlich gesagt nicht einmal daran gedacht, Hal zu fragen, was für Schuhe sie angehabt hatte, aber ich habe Lorie zuletzt irgendwann im letzten Herbst in Sandalen gesehen, und ich habe Lorie noch *nie* in Sandalen mit hohen Absätzen gesehen. Sie trägt einfach keine hohen Absätze.

Dagegen hatte ich ein Paar Sandalen mit hohen Absätzen auf dem Boden zwischen Hals und Harrys Schlafsack liegen sehen. Ein Paar bunte Sandalen mit hohen Absätzen mit getrocknetem Schlamm an den Sohlen und zum Teil an den Riemen.

»Haben Sie Gips?« fragte ich Salazar.

Er sah mich mit einem Ausdruck an, in dem ich nicht gerne angesehen werde. »Nein, ich habe keinen Gips«, antwortete er.

Während Nelson das Maßband neben einen Fuß in der Länge ausgezogen hielt, machte Salazar etliche Fotos mit gerade nach unten gerichteter Kamera. Sie würden für erkennungsdienstliche Zwecke ausreichen. Er machte ähnliche Fotos von den Turnschuhabdrücken. Nein, wir hatten noch keine Turnschuhe, die wir mit den Abdrücken vergleichen konnten. Aber wir würden welche haben.

Wir würden sie finden müssen, wenn ich es schaffen wollte, Hal mit nach Hause zu nehmen.

Nachdem wir die Schuhabdrücke fotografiert und den Schal an uns genommen hatten, machten wir drei uns auf die Suche. Ich war mir zwar nicht sicher, was wir an einem so idiotischen Ort zu finden hofften, aber das kommt sehr oft vor – man sucht, ohne zu wissen, wonach man eigentlich sucht, aber doch in der Hoffnung, irgend etwas zu finden, das einem irgendwelche Hinweise gibt, die zur Lösung des Falles beitragen. Diesmal hatten wir Glück. Wir fanden etwas, obwohl ich nicht den blassesten Schimmer hatte, wie nützlich es sein würde. Die Spuren führten zu einer Stelle, wo eine Feuerstelle in die Wand eingelassen worden war, vermutlich als die Kiva neu war. Unterhalb davon befand sich eine Art Steinsims, der trotz der winterlichen Unmengen an Schnee und Regen einigermaßen trocken geblieben war, und auf diesem Sims lag ein Doppelschlafsack. Neben dem Schlafsack lag ein Beweisstück anderer Art, ein gebrauchtes Kondom.

Das brachte mich ins Grübeln. Denn wenn April und der Mann mit dem roten Camaro hier ihr Lager aufgeschlagen hatten und wenn er von Anfang an geplant hatte, sie umzubringen, warum hatte er es dann für nötig befunden, ein Kondom zu benutzen? Warum die Vorsichtsmaßnahme, ein Mädchen nicht schwanger zu machen, wenn er es ohnehin umbringen wollte?

Das fragte ich, und Salazar sagte: »Vielleicht hatte er gar nicht vor, sie umzubringen. Oder vielleicht wollte er sie noch nicht umbringen, und sie hat darauf bestanden, daß er eins benutzte. Oder vielleicht hat er gedacht, sie hätte eine Infektion. Oder vielleicht hatte sie ihre Tage, und er war da zimperlich.«

Salazar, selbst recht zimperlich, sammelte das Kondom auf, indem er es mit einem Zweig, der daneben gelegen hatte, auf eine Karteikarte schob. »Ich hab' richtiggelegen«, sagte er und präsentierte mir die Trophäe. An der Außenseite war getrocknetes Blut. Er ließ das Kondom in einen Beweismittelbeutel gleiten und fing an, das Etikett zu beschriften.

Ich dachte an den Tatort auf dem Platz in der Stadt. »Zimperlich?« fragte ich.

»Na ja«, sagte Salazar und schwieg dann.

»Ich frage mich, warum gerade hier«, sagte Nelson. »Es gibt jede Menge gemütlichere Plätze. Es gibt jede Menge Plätze, wo man einfacher hin- und wieder zurückkommt. Wieso also hier?«

Das fragte ich mich auch. Das hätte ich wirklich gern gewußt. Und dann erinnerte ich mich plötzlich an die Energie, die ich verspürt hatte, kurz bevor ich die Kiva sah, und ich fing an zu zittern. Ich blickte zu Nelson hinüber, und ich konnte sehen, daß auch er daran dachte. Ich wollte Salazar nichts davon erzählen. Ich wußte nicht, ob er es schon mal gespürt hatte oder schon mal davon gehört hatte, und ich wollte nicht, daß er mich für verrückt hielt.

Ich sah zu ihm hinüber.

Er würde mich nicht für verrückt halten. Er stand da und starrte wie gebannt auf irgendeinen Punkt an der Kivawand, der mir nicht das geringste sagte, aber zweifellos ihm, und der starre Ausdruck in seinem Gesicht verriet, daß er an irgend etwas dachte, das für mich keinerlei Bedeutung haben würde, aber – wie die Wand der Kiva – zweifellos für ihn.

»Salazar?« fragte ich. »Alles in Ordnung mit Ihnen?«

»Alles in Ordnung.«

»Was für ein Indianer sind Sie eigentlich?« platzte ich heraus.

Ohne sich umzudrehen, ohne den Blick von dem abzuwenden, was er da sah und das nicht da war, erwiderte er: »Ist das wirklich die Frage, die Sie stellen möchten?«

Nein, das war sie nicht. Er hatte recht. »Wissen Sie, wie eine Kiva funktioniert? Funktionieren soll?«

»Ja.«

»Gibt Ihnen das irgendwie Aufschluß darüber, was – was hier passiert ist?«

»Vielleicht.« Er wandte sich um und sah mich an. »Vielleicht. Aber ich bin mir nicht sicher. Alles, was ich Ihnen mit Sicherheit sagen kann, ist – ach verdammt. Ich kann Ihnen nichts mit Sicherheit sagen. Aber, es war Blasphemie. Es war Blasphemie. Es ist mir egal, was Ihre Religion ist, es war Blasphemie. Können Sie allein hier rauskommen? Ich muß einen großen Beweismittelbeutel holen.«

Ich blieb noch so lange in der Kiva, daß ich mithelfen konnte, den Schlafsack einzusammeln, der vielleicht nicht das geringste mit dem Verbrechen zu tun hatte, und dann schaffte ich es, allein aus der Kiva rauszukommen, obwohl ich zugeben muß, daß ich mir beim Aufstieg aus tiefstem Herzen wünschte, ich wäre nie da runtergestiegen.

Als ich oben auftauchte, befanden Salazar und Nelson sich in einer engen Besprechung – mit eng meine ich, daß sie die Köpfe zusammengesteckt hatten, weit genug von Hal entfernt, damit er sie nicht hörte –, und ich befahl Hal, sich eine Weile nicht vom Fleck zu rühren, während ich zu den beiden hinüberging. Wie sich herausstellte, ging es gerade um die Frage, ob sie jetzt die Ruinen durchsuchen oder besser warten sollten. Salazar sprach sich dafür aus, sie jetzt zu durchsuchen. Nelson legte dar, wie lange vier Leute, darunter eine Person, die eigentlich nicht in der Verfassung war zu klettern, brauchen würden, um die Ruinen zu durchsuchen.

Nelson setzte sich durch, indem er Salazar zusicherte, daß er das Hauptquartier des Park Service verständigen und von anderen Parks ein paar zusätzliche Ranger anfordern lassen würde und daß sie morgen früh bei Sonnenaufgang eine große Suchaktion starten würden. Was so ziemlich der früheste Zeitpunkt war, um überhaupt eine richtige Suche durchführen zu können.

Salazar, Hal und ich gingen zurück zum Wagen der Polizei von Las Vegas, wobei Hal als Packesel diente und die Fotoausrüstung und so weiter trug. Salazar trug selbst die gesammelten Beweisstücke.

Ich versuchte ein einziges Mal, Salazar zu fragen, was er vorhin gemeint hatte. »Was passiert eigentlich in einer Kiva?« fragte ich.

Er wandte sich jäh zu mir um. »Würden Sie einen Mormonen fragen, was eigentlich im Tempel passiert?«

»Nein, aber –«

»Dann fragen Sie mich nicht, was eigentlich in einer Kiva passiert. Ich werde es Ihnen nicht sagen. Alles, was Sie wissen dürfen, können Sie selbst herausfinden, wenn Sie zum Beispiel zum Pueblo San Ildefonso gehen und bei den Zeremonien zuschauen; und Sie können noch sehr viel mehr herausfinden, als Sie wissen dürfen, wenn Sie in den einschlägigen Ethnologiebüchern nachlesen. Aber ich werde es Ihnen nicht sagen. Ich sage Ihnen, was eigentlich *nicht* in einer Kiva passieren sollte. Was auch immer in der hier passiert ist, sollte nicht passieren. Und mehr müssen Sie nicht wissen. Jetzt und überhaupt.«

»Was, wenn Sie vor Gericht gefragt werden?«

»Dann gehe ich wegen Mißachtung des Gerichts ins Gefängnis.« Er meinte es ernst.

Ich hielt den Mund und sah mir die Gegend an, das wenige, das ich noch erkennen konnte. Die Sommerzeit war noch nicht in Kraft getreten, und der Himmel war inzwischen stockdunkel.

Salazar fuhr etwa dreißig Minuten lang schweigend, und dieses Schweigen war so düster, daß nicht einmal Hal sich traute, ihn zu stören, bis er schließlich sagte: »Okay. Tut mir leid. Es war nicht Ihre Schuld. Es ist bloß – wir haben hier ständig mit diesen verdammten, dämlichen *pahanas* zu tun, die Indianer spielen wollen, und sie versuchen, ihre Nase in eine vier- bis fünftausend Jahre alte Tradition zu stecken und alles über Nacht zu lernen, und sie lernen alles falsch und verdrehen es dermaßen, bis nicht einmal die Menschen, denen die Tradition gehört, sie wiedererkennen. Es würde Ihnen bestimmt nicht gefallen, wenn Leute aus den Dingen, die Ihnen heilig sind, eine Art Spielplatz machen würden. Und ich kann Ihnen sagen, uns gefällt es auch nicht. Deshalb dürfen Touristen nach San Ildefonso keine Kameras mehr mitnehmen.«

»Sind Sie aus San Ildefonso?« fragte ich.

Er schwieg wieder eine Zeitlang vor sich hin. »Eigentlich nicht.«

»Aber Sie waren schon einmal dort.«

»Ich war schon mal dort. Ich ... darf da hin. Ich darf da hin, wie Sie es nicht dürften. Wenn Sie verstehen, was ich meine.«

»Okay«, sagte ich. »Ich verstehe, was Sie meinen. Und falls es Sie interessiert – falls es was hilft, wenn ich es sage –, ich versuche nicht, Kameras nach San Ildefonso hineinzuschmuggeln, und ich trage auch keine kurze Hose, wenn ich Kathedralen besichtige.«

Salazar lachte leise. »Schön, daß Sie da eine Parallele sehen. Die meisten *pahanas* sehen keine.«

»Was bedeutet *pahanas?«* fragte Hal.

»Es ist ein Zwitterwort. Es ist ein Hopi-Wort, an das ich eine englische Pluralendung gehängt habe.«

»Okay, aber was bedeutet es?«

»Es bedeutet weiße Menschen.«

»Dann bin ich kein *pahana.«*

»Stimmt.«

»Dann kann ich also nach San Ilde-soundso?«

»Klar. Wie jeder andere Tourist.«

»Aber ich bin kein –«

»Pahana. Richtig. Du bist auch kein Puebloindianer. Tut mir leid.« Salazar hörte sich nicht so an, als täte es ihm sonderlich leid. Er fing sogar an zu pfeifen, während er fuhr.

Hal grübelte ein Weilchen vor sich hin, und dann hob sich seine Laune. »Hey, Chief Salazar«, sagte er, »müssen Sie mich wieder einsperren?«

»Ist das eine blöde Frage, oder ist das eine blöde Frage?« erwiderte Salazar.

»Sie wissen doch, daß ich April nicht getötet habe.«

Salazar dachte darüber nach. »Okay, stimmt, ich bin mir jetzt einigermaßen sicher – nicht hundertprozentig sicher, aber einigermaßen sicher –, daß du April nicht getötet hast.«

»Wieso wollen Sie mich dann noch immer einsperren?«

»Soll ich die Vorwürfe gegen dich noch einmal aufzählen?«

»Okay, aber ich wollte doch Lorie finden.«

»Erzähl das Begay, zumal er und noch jemand morgen mit einem Mechaniker hier rauskommen müssen, um den Wagen zurückzufahren, den du gestohlen hast.«

»Okay, aber ich wollte doch nicht ...« Hals Stimme erstarb, und er sah Salazar bedrückt an. »Okay, schätze, ich wollte doch. Aber ich mußte Lorie finden.«

»Hast du Lorie gefunden?«

Selbst ich fand die Frage ziemlich unfair, und Hals Stimme klang gekränkt, als er erwiderte: »Nein, aber Sie auch nicht.«

»Ich mußte meine Zeit damit vertun, dich zu suchen. Nenn mir einen guten Grund, warum ich dich aus dem Gefängnis lassen sollte.«

»Ich kann Sachen für Sie tragen.«

»Ich habe Hände.«

»Ich wäre auch die Leiter runtergestiegen, aber Sie haben mich ja nicht gelassen.«

»Das war mein Job. Und du hättest nicht gewußt, wonach du suchen solltest.«

»Ich weiß, wie man mit Teenagern redet.«

Salazar öffnete den Mund, schloß ihn wieder, und dann gelang es ihm, einen raschen Blick über die Schulter zu werfen. »Wie kommst du darauf, daß wir in diesem Fall mit irgendwelchen Teenagern reden müssen?«

»Ich bin ein Teenager. April war ein Teenager. Lorie ist ein Teenager. Wer immer der Typ auch ist, er mag Teenager.«

»Da ist was dran. Es gibt da nur ein Problem.«

»Welches denn?«

Salazar fuhr den Wagen an den Straßenrand, stellte den Schalthebel auf Parken und wandte sich nach Hal um. »Mein Junge, du siehst asiatisch aus. Was glaubst du wohl, wie viele Asiaten wir in Las Vegas haben?«

»Keine Ahnung. Wie viele?«

»So gut wie gar keine. Vielleicht zehn, höchstens. Wir habe jede Menge Hispanos und Angloamerikaner.«

»*Pahanas*«, unterbrach ihn Hal. Er ist immer stolz auf sich, wenn er ein interessantes neues Wort gelernt hat.

»Angloamerikaner«, sagte Salazar. »Die Hispanos sind auch *pahanas,* es sei denn, sie sind es nicht.«

»Hä?«

»Etwa die Hälfte der Hispanos sind wie ich, sie sind richtige Indianer mit spanischem Namen, wie ich. Also sind sie keine *pahanas.* Aber wenn sie in erster Linie spanischer Herkunft sind, dann sind sie *pahanas.* Jetzt vergiß das mal mit den *pahanas,* okay? Wir haben da in Las Vegas noch ein kleines zusätzliches Problem, und das betrifft dich sehr viel mehr als die Frage, wer ein *pahana* ist und wer nicht.«

»Das wäre?« Die Frage kam von mir. Auch meine Neugierde war jetzt geweckt.

Salazar seufzte und ließ wieder den Wagen an. Als er losfuhr, sagte er: »Ich sage es nur verdammt ungern, aber hier bei uns gibt es verdammt viel Rassismus. Wir haben jede Menge Hispanos, die keine Angloamerikaner mögen. Wir haben jede Menge Angloamerikaner, die keine Hispanos mögen. Wie überall – ja, wie überall – sind die Rassisten zwar eine ziemlich kleine Minderheit. Aber man muß eins bedenken. Was meint ihr, was passiert, wenn dieser kräftige, große, gutaussehende asiatische Typ hier rumläuft und anfängt, sich nach den Mädchen zu erkundigen? Also, wenn du dich nach hispanischen Mädchen erkundigst, werden die hispanischen Typen ziemlich sauer. Und wenn du dich nach den angloamerikanischen Mädchen erkundigst, werden die angloamerikanischen Typen ziemlich sauer. Und Hal, wenn die hispanischen Typen und die angloamerikanischen Typen mal richtig sauer aufeinander sind, prügeln sie sich meistens schon deshalb nicht, weil sie wissen, daß sie es dann mit mir zu tun kriegen, aber falls sie es doch tun, wird vermutlich keiner von ihnen ernstlich verletzt werden, weil sie ein gut funktionierendes Unterstützungssystem haben. Aber wer gibt dir Rückendeckung? Was für ein Unterstützungssystem hast du?«

»Leider hat er vermutlich recht, Hal«, sagte ich.

»Ich komm ziemlich gut mit Leuten klar«, sagte Hal mit einer sehr verletzten Stimme, die diesmal nur zu einem Viertel gespielt war. »Mom kann Ihnen das bestätigen.«

»Stimmt das?« fragte Salazar mich.

»Eigentlich ja«, sagte ich. »Mit Gleichaltrigen.«

»Hal, ich werde darüber nachdenken müssen«, sagte Salazar. »Ich meine, sei vernünftig, auch wenn du April nicht getötet hast – und du hast recht, ich glaube nicht, daß du es warst –, hast du trotzdem genug angestellt, um dich für die nächsten zehn Jahre hinter Gitter zu bringen, wegen Diebstahls eines Polizeiwagens, Flucht, Angriff auf einen Polizeibeamten und so weiter. Ich sehe zwar auch viele mildernde Umstände, aber ich werde gründlich darüber nachdenken müssen, bevor ich dich auf freien Fuß setze. Ich sperre dich diese Nacht ein. Aber ich werde darüber nachdenken. Soviel verspreche ich dir.«

Hal war nicht sonderlich glücklich darüber. Ich, ehrlich gesagt, auch nicht. Aber Salazar hatte recht.

Kapitel 6

Als ich am nächsten Morgen ins Polizeirevier kam, war Salazar offenbar schon mindestens eine Stunde da. Auf einer Seite seines Schreibtisches saß Hal und blickte ungeheuer schuldbewußt drein, was ihm nicht zu verdenken war, denn der Stuhl gegenüber war mit einem finster dreinblickenden jungen Mann besetzt; er war etwa sechs Jahre älter als Hal, ein stämmiger Bursche, größer als Salazar, aber deutlich kleiner als Hal, und sein dunkles, fast quadratisches Gesicht war links am Kinn unübersehbar von einem bläulichroten Bluterguß entstellt. Ich brauchte nicht viel Fantasie, um zu vermuten, daß ich vielleicht, nur vielleicht, auf Begay blickte.

Begay war in Zivil, und Salazars Gesicht sprach Bände. Er führte etwas im Schilde, und weder Hal noch Begay hatten Sinn für seinen Humor. Begay protestierte gerade aufs heftigste.

»Klar kann ich jemanden davon überzeugen, daß er ein Navajo ist«, sagte Begay, »wenn der Betreffende noch nie einen Navajo gesehen hat, aber ich, ich bin selbst ein Navajo, und daß ausgerechnet ich das machen soll –«

»Ich habe nicht gesagt –«

»Sie haben gesagt, überzeugen Sie sie, daß er mein Cousin ist«, raunzte Begay, so frustriert, daß er absolut nicht mitbekam, daß er soeben den Polizeichef unterbrochen hatte.

»Muß Ihr Cousin denn ein Navajo sein?«

»Ich bin ein Navajo«, stellte Begay erneut klar. »Aus dem Clan Stinkendes Wasser, wenn es für Sie von Bedeutung ist.« (An dieser Stelle kicherte Hal unglücklicherweise, und Begay blickte noch wütender als zuvor.) »Also, wie soll es da möglich sein, daß ich einen Cousin habe –«

»Na«, sagte Salazar, »die Schwester Ihrer Mutter könnte einen Mexikaner geheiratet haben.«

»Hat sie aber nicht.«

»Hätte sie aber. Sie können so tun, als ob.«

»Jedenfalls habe ich auch noch nie einen so großen Mexikaner gesehen.«

»Ich aber«, sagte Salazar.

»Ich auch«, sagte ich, »aber bevor Sie beschließen, Hal als Mexikaner auszugeben, sollten Sie sich sein Schulzeugnis ansehen. Er ist zwei Jahre hintereinander in Spanisch durchgerauscht.«

»So was Blödes habe ich wirklich noch nie gehört«, grollte Begay weiter. »Ich meine, sehen Sie doch, der Bursche ist Koreaner!«

»Ich bin kein Koreaner«, protestierte Hal. »Ich bin Amerikaner.«

»Dann bist du ein koreanischer Amerikaner.«

»Ich bin nicht koreanisch irgendwas. Ich habe bloß koreanische Gene und Chromosomen.«

»Wie soll ich dich also nennen?« fragte Begay. »Asiatisch wäre genauso dumm, wie mich und Salazar und Chief Nockahoma als Indianer zu bezeichnen. Wir sehen uns keinen Deut ähnlich. Genausowenig wie Chinesen und Japaner und Koreaner.«

Ohne die geringste Schwierigkeit erkannte ich augenblicklich, daß Begay Baseballfan war. Ich konnte sein Argument verstehen, obwohl ich stark bezweifelte, daß Chief Nockahoma, das Maskottchen der Atlanta Braves, überhaupt Indianer war.

»Also, wie soll ich dich nennen?« fragte Begay erneut, vermutlich rhetorisch.

Aber Hal nahm die Frage ernst. »Sie könnten mich einfach Hal nennen.«

Begay sagte: »Ach, Scheiße!« und Salazar lachte laut auf.

»Ich denke, das reicht jetzt«, sagte Salazar weiter. »Okay, Hal, wir werden das beherzigen.«

Hal war ausnahmsweise still. Salazar gab den scherzhaften Ton auf. »Also schön, Begay, Sie haben absolut recht«, sagte er. »Ich kann ihn nicht als Mexikaner ausgeben. Aber er hat auch recht. Er ist jemand, der herumgehen und Fragen stellen könnte und vielleicht Antworten bekäme, die wir Erwachsenen – ja, das schließt auch Sie mit ein, Begay – nicht stellen könnten und bestimmt nicht beantwortet bekämen. Jugendliche reden mit Jugendlichen.«

»Ich brauche keinen Leibwächter«, protestierte Hal.

»Nein, nur einen Bewacher«, sagte Salazar. »Ach, verdammt. Begay, würden Sie mal einen Moment rausgehen?«

»Ich möchte jetzt gerne in den Umkleideraum gehen und meine Uniform anziehen«, sagte Begay. »Ich würde nicht gerne den Tag damit verbringen –«

»Sie verbringen den Tag so, wie Sie es aufgetragen bekommen, genau wie alle anderen hier im Department. Jetzt mal kurz raus mit Ihnen. Ich überlege noch.«

Begay, der so mürrisch dreinblickte wie Hal an seinen schlechtesten Tagen, stand auf und ging ganz leise zur Tür hinaus, knallte sie ganz sachte zu, aber mit einem heftigen kleinen Klicken, das jedem, der genau hinhörte, unmißverständlich klarmachte, daß er die Tür zugeknallt hatte und sie sehr viel fester zugeknallt hätte, wenn er geglaubt hätte, damit durchzukommen.

»Hör mal, Hal«, sagte Salazar, »du bist wegen Lorie so durcheinander – und ich kann es dir nicht verübeln –, daß es dir den letzten Rest gesunden Menschenverstand, den du vielleicht hast, geraubt hat. Und gestern waren wir alle viel zu müde, um vernünftig zu denken. Aber jetzt hör mir zu, und deine Mom wird bestätigen, was ich sage. Hal, ich kann dich nicht freilassen. Ich kann es einfach nicht. Nein, ich glaube nicht, daß du April umgebracht hast, und ich glaube, die Staatsanwaltschaft wird es genauso sehen wie ich und deshalb keinen Haftbefehl gegen dich erlassen – obwohl ich es nicht beschwören kann, denn solange wir in der Sache nicht jemand anders haben, reichen die Beweise gegen dich aus. Und natürlich behalte ich dich nicht deshalb in Haft, weil du auf den Rasen gepinkelt hast. Wenn du gestern einen klaren Kopf behalten hättest, könnte ich dich jetzt – versuchsweise – freilassen.«

»Aber –«

»Junge, würdest du wohl mal drei Minuten damit aufhören, mich zu unterbrechen, und mir zuhören? Gestern hast du einen Polizeibeamten niedergeschlagen. Das ist ein Verbrechen. Du bist aus dem Gefängnis ausgebrochen. Das ist ein Verbrechen. Du hast einen Polizeiwagen gestohlen. Das ist ein Verbrechen.«

»Ich habe ihn mir nur ausgeliehen –«

»Red keinen Scheiß. Du hast einen Polizeibeamten niedergeschlagen und bist aus dem Gefängnis ausgebrochen und hast einen

Polizeiwagen gestohlen. Basta. Und, Junge, dafür kommst du vor Gericht.«

Ich hatte ein ungutes Gefühl im Magen. Aber Salazar hatte wieder mal recht. Manche Dinge kann man nicht durchgehen lassen.

»Ich muß vor Gericht?« wiederholte Hal. »Sie meinen, ich kann nicht nach Hause, auch wenn wir Lorie tatsächlich finden?«

»Oh, du darfst nach Hause«, sagte Salazar. »Aber auf Bewährung.«

»Mom –« Hal klang, als würde er jeden Moment losheulen.

»Hal, er hat recht«, sagte ich leise. »Er kann dich nicht einfach freilassen, nicht bei solchen Sachen.«

»Ich werde in der Kirche ganz schön Ärger kriegen«, wandte Hal ein.

»Du wirst auch zu Hause ganz schön Ärger kriegen. Es ist nicht so, als hättest du es nicht besser gewußt. Im Gegenteil. Und es ist noch schlimmer, wenn sich jemand, der es eigentlich besser weiß, danebenbenimmt, als wenn jemand sich danebenbenimmt, der es nicht besser weiß. Genau deshalb können Polizisten korrupte Polizisten nicht ausstehen.«

»Aber ich bin kein Polizist.«

»Du bist kein Polizist, und du bist nicht korrupt«, stimmte ich zu. »Aber dein Verhalten war verwerflich.»

»Was bedeutet das?«

»Es bedeutet, daß du einen Hornochsen aus dir gemacht hast«, sagte Salazar. »Hör zu, ich tue dir einen Gefallen. Ich gebe dir die Chance, bei diesen Ermittlungen mitzuhelfen, und wenn du deine Sache gut machst, erzähle ich es dem Jugendgericht. Aber ich kann dich – auf keinen Fall – ohne Bewachung auf die Straße lassen. Nicht zu deinem Schutz, sondern zu meinem Schutz. Kapiert?«

»Ich denke, ja«, brummte Hal, mit einem Ausdruck, der verriet, daß er eigentlich gar nichts kapiert hatte.

»Es gibt da einen alten Ausdruck«, sagte Salazar. »Und der lautet: SDA. Soll heißen: ›Sicher deinen Arsch‹ oder vielleicht auch ›Sicher dich ab‹. Es bedeutet, wenn du ein Risiko eingehst, sorg dafür, daß nicht du es bist, der Schwierigkeiten kriegt, wenn die Sache schiefgeht. So, im Moment versuche ich, mich abzusichern. Also, entweder du gehst raus und stellst Fragen in Begleitung eines Bewachers, oder du hockst weiter in deiner Gefängniszelle und spielst Fang-den-Hut. Du kannst es dir aussuchen. Ich lasse dir freie Wahl.«

»Ich will rausgehen«, sagte Hal, »aber wenn ich schon einen Bewacher haben muß, muß mein Bewacher ausgerechnet Begay sein?«

»Leider ja«, sagte Salazar.

»Wieso?«

Salazar schwieg lange, bevor er sagte: »Sieh es mal von Begays Standpunkt aus. Du bist ihm gestern entwischt. Was glaubst du, wie er sich da gefühlt hat?«

»Aber –«

»Du hast gegenüber Leuten wie mir und Begay und deiner Mutter und nahezu jedem einen Vorteil. Du bist groß. Du bist größer als etwa neunzig Prozent der Leute auf der Straße, und das ist dir zu Kopf gestiegen. Also, ich muß dir was sagen. Begay ist ein harter Bursche. Begay ist ein sehr viel härterer Bursche als du. Du bist Begay nicht entwischt, weil du größer bist als Begay; du bist ihm entwischt, weil Begay dir vertraut hat, weil deine Mom ein Polizist ist und weil sie hier ist, um uns zu helfen, und deshalb hat er auf dich nicht so aufgepaßt, wie er auf jeden anderen aufgepaßt hätte. Aber ich will dir eins sagen. Begay wird dir nie wieder vertrauen, es sei denn, du beweist ihm, daß er dir vertrauen kann. Und du wirst Begay nie wieder entwischen. Du denkst, weil du groß bist, bist du auch clever. Na, ich verrat dir was. Das stimmt nicht. Wenn du groß bist, bist du nur groß. Und ich werde Begay die Chance geben, dir das zu beweisen, wenn du ihn dazu zwingst.«

»Das ist nicht fair«, protestierte Hal, und ich mußte über seinen Tonfall lachen.

»Das Leben ist nicht immer fair«, schaltete ich mich ein. »Aber so ist es nun mal.«

Salazar ging zur Tür seines Büros und rief Begay wieder herein. »Begay, es ist mir egal, was für eine Tarngeschichte Sie sich einfallen lassen. Irgendeine Geschichte oder keine Geschichte. Hal kann von mir aus irgendein Typ sein, den Sie an der Bushaltestelle kennengelernt haben, wenn Sie wollen. Aber heute werden Sie und Hal durch die Stadt gehen und Fragen stellen. Halten Sie sich möglichst im Hintergrund und lassen Sie Hal die Unterhaltungen führen; Sie klingen viel zu sehr wie ein Polizeibeamter. Ich gebe Ihnen nur noch eine zusätzliche Anweisung. Lassen Sie ihn nicht aus den Augen.«

»Das werde ich nicht«, sagte Begay grimmig.

»Brauchst du Geld?« fragte Salazar.

»Wofür?« fragte Hal.

»Ich weiß nicht, wofür«, sagte Salazar. »Wo kommen Teenager mit anderen Teenagern ins Gespräch? Für Flipperautomaten? Videospiele? Irgendwas in der Art? Hamburger?«

Ich griff in mein Portemonnaie und gab Hal einen Zehndollarschein und alles Kleingeld, das ich hatte. »Das ist vielleicht das einzige Mal in deinem Leben, daß ich dir freiwillig Geld für Videospiele gebe«, sagte ich zu ihm, »also genieß es, solange du kannst.«

»Haben Sie Geld dabei, Begay?« fragte Salazar.

»Ja, Sir. Etwas.«

»Merken Sie sich, was Sie ausgeben. Sie kriegen es zurück.«

»Ja, Sir.«

Ich habe schon fröhlichere »Ja-Sirs« gehört und fröhlichere Gesichter gesehen als die von Hal und Begay, als sie zur Tür hinausgingen. »Glauben Sie, das war eine gute Idee?« fragte ich, nachdem sich die Tür hinter ihnen geschlossen hatte.

Salazar zuckte die Achseln. »Wahrscheinlich nicht. Ich hatte auch früher schon schlechte Ideen. Und ich bin sicher, ich werde noch etliche mehr haben. Aber daß er mit Begay zusammen ist, hat eine gute Seite, die Sie nicht kennen.«

»Welche?«

»Navajos hassen Leichen. Navajos – im allgemeinen, mit Ausnahmen – glauben an Geister. Sie nennen sie *chindi*. Wenn du jemanden tötest, kannst du damit rechnen, daß dir sein Geist für den Rest deines Lebens um den Hals hängt. Was bedeutet, wenn Hal sich wieder solche Mätzchen leistet wie gestern, wird Begay ihn aufhalten, aber Begay wird nicht riskieren, ihn zu töten, es sei denn, ihm bleibt wirklich keine andere Wahl. Und ich habe hier im Department Leute, von denen ich das nicht behaupten kann. Manche von denen habe ich geerbt. Manche von denen habe ich selbst eingestellt. Seien wir ehrlich, jemand, der nicht bereit ist zu töten, ist in jedem Polizeidepartment fehl am Platze.« Er blickte mich herausfordernd an.

»Ich habe einen Mann getötet«, sagte ich. »Vor zirka sieben Monaten. Es hat mir nicht gefallen. Aber ich mußte es tun, also habe ich es getan.«

»Tut mir leid«, sagte Salazar. »Ich wollte das Thema nicht –«

»Es ist passiert«, fiel ich ihm ins Wort. »Es ist passiert. Das ist alles. Ich habe – keine Geister.«

»Begay hätte welche.«

Hal und Begay erstatteten uns später Bericht über das, was passiert war. Ihre auf Band aufgenommenen Aussagen waren zwar nicht so vorschriftsmäßig, wie man es sich gewünscht hätte, aber sie waren äußerst detailliert.

Auf der Straße wandte sich Hal an Begay. »Hey, es tut mir leid«, sagte er.

»Ja«, entgegnete Begay, die Hände in den Taschen und die Schultern hochgezogen gegen den scharfen Wind, der den Frühling nicht zur Kenntnis nahm.

»Ich meine, es tut mir wirklich leid. Ich wollte Sie nicht schlagen.«

»Von wegen, du wolltest mich nicht schlagen. Man kann niemanden schlagen, ohne es zu wollen.«

»Ich meine, ich hab' nicht richtig drüber nachgedacht.«

»Klar. Und du kannst verdammt froh sein, daß ich nicht bewaffnet war.«

»Hey, das wollte ich Sie schon die ganze Zeit fragen. Wieso waren Sie eigentlich nicht bewaffnet?«

»Hättest du meine Pistole genommen, wenn ich bewaffnet gewesen wäre?«

»Natürlich nicht. Ich hab' mich bloß gewundert.«

»Du hast mir den Kiefer gebrochen und mir die Autoschlüssel geklaut, aber meine Pistole hättest du nicht mitgenommen. Klar. Das glaube ich dir gern. Und ich glaube auch ehrlich an den Mann im Mond.«

»Ich hab' die Autoschlüssel gebraucht und die Pistole nicht. Und wegen des Kinnhakens habe ich mich doch schon entschuldigt. Außerdem ist der Kiefer gar nicht gebrochen.«

»Gestern hat er sich aber so angefühlt.« Dann grinste Begay. »Okay, du hast mir nicht den Kiefer gebrochen. Aber verdammt, Mann, ich hätte nie gedacht, daß du so auf mich losgehst. Ich hab' gedacht, die haben dich bloß wegen Rumtreiberei eingebuchtet. Und deine Mom ist ein Polizist und so – Mann, ich habe dir vertraut. Und ich vertraue nicht sehr vielen Leuten, schon gar nicht in einer Gefängniszelle.«

»Hören Sie, es tut mir wirklich leid«, sagte Hal unglücklich. »Ich meine, es tut mir wirklich sehr, sehr leid.«

»Okay, es tut dir also wirklich sehr, sehr leid. Und was bringt mir das? Meinst du, ich fühl' mich dann nicht mehr wie ein Idiot, weil ich dich hab' entwischen lassen? Was bringt es mir ...«

Hal dachte ernsthaft darüber nach. »Vielleicht verhindert es, daß Sie irgendwann getötet werden?«

»Wie meinst du das denn?«

»Sie werden niemandem mehr im Gefängnis vertrauen.«

Begay lachte los. »Darauf kannst du Gift nehmen. Okay, du hast recht. Kann sein, daß du mir eine wichtige Lektion erteilt hast. Ich werd' versuchen, ensprechend dankbar zu sein, aber nicht heute.«

»Ich würde immer noch gern wissen, warum Sie nicht bewaffnet waren.«

»Weil es gegen die Vorschriften ist, mit einer Handfeuerwaffe in die Zelle zu gehen. Man deponiert sie in einem kleinen Safe außerhalb des Zellenganges, und wenn du glaubst, ich werde dir zeigen, wo der ist oder wie man ihn aufkriegt, dann bist du nicht ganz dicht im Oberstübchen.«

Es ist unnötig, im einzelnen zu schildern, wo in der Stadt sie überall waren. Es gibt Treffpunkte für Jugendliche, es gibt Treffpunkte für Teenager, und Larry Begay war jung genug, um zu wissen, wo diese Treffpunkte waren, selbst wenn er es nicht durch seine Arbeit als Polizist gewußt hätte, was natürlich der Fall war. Und soviel älter als sechzehn ist einundzwanzig nun auch wieder nicht. Gegen Mittag, während Salazar und ich noch dabei waren, vielen Leute viele Fragen zu stellen, ohne irgendwelche Antworten zu bekommen, duzten Hal und Larry sich bereits, amüsierten sich bei Videospielen und verstanden sich einfach prima, obwohl – wie Salazar gesagt hatte – Begay Hal noch immer nicht vertraute und daraus auch keinen Hehl machte.

Doch ob Begay Hal vertraute oder nicht, sollte bald keine Rolle mehr spielen, zumindest nicht was die Ermittlungen betraf, denn als sie sich in einer Snackbar Hamburger kaufen wollten, schnappte Hal zufällig den Namen April auf. Er stupste Begay an, und Begay nickte und griff in seine Tasche. Er hatte seine Dienstmarke bereits gezückt, als er an dem Tisch anlangte, wo die vier Mädchen saßen, die sich über April unterhielten.

Und um halb eins saßen wir im Besprechungszimmer, weil Salazars Büro für so viele Personen zu klein war. Außer Hal, Begay, Salazar und mir waren da jetzt noch Lydia Morris, Ione Aristides, Miranda Mendoza, Dawn McKay und ihre Lehrerin Teresa Butler. Sie waren alle vom Armand Hammers United World College, das zu meiner Überraschung in Las Vegas einen Campus hatte, und zwar im Haupthaus und den Nebengebäuden eines scheußlichen umgebauten viktorianischen Gebäudes, das von den Einheimischen »die Burg« genannt wurde, und sie hatten gerade auf dem Foto von April ihre gute Freundin April Greene aus Richmond erkannt. Nicht Richmond, Virginia, sondern ein Richmond, das südlich von London in England liegt.

Die Mädchen sprachen alle Englisch mit unterschiedlichen nichtamerikanischen Akzenten, und trotz ihrer Freizeitkleidung umwehte sie alle unverkennbar der Hauch, daß sie weitaus mehr Geld hatten, als wahrscheinlich gut für sie war. Aber im Augenblick waren sie völlig fassungslos, vor allem Teresa Butler, eine etwas zu elegante Frau Mitte Dreißig.

»Wieso habt ihr mir nicht erzählt, daß sie verschwunden war?« fragte sie zum fünften Mal. »Wieso habt ihr sie gedeckt?«

»Wir wollten ihr nicht die Ferien verderben«, sagte Lydia Morris mit einem vornehmen britischen Akzent.

»Ferien! Lydia, das Kind ist tot!«

»Aber wir haben nicht gewußt, daß sie sterben würde«, protestierte Ione. »Sie wollte doch bloß –«

»Wollte bloß was?« fragte Teresa Butler. »Sie wollte bloß was?«

»Sie wollte sich amüsieren«, sagte Dawn. »Sie hatte die ständigen Vorschriften satt –«

»Vorschriften! Kind, du weißt nicht –«

»Hören Sie auf, uns Kinder zu nennen«, sagte Miranda leise. »Wir sind keine Kinder, und Sie behandeln uns dauernd wie Kinder, und das ist wahrscheinlich mit ein Grund, warum April ausgerissen ist. Sie wollte sich amüsieren.«

Salazar, der aufmerksam beobachtet und zugehört hatte, entschloß sich zu unterbrechen. »Wann ist April abgehauen?« fragte er.

»Das würde ich auch gern wissen«, sagte Teresa Butler.

Die Mädchen sahen einander an; offenbar fand zwischen ihnen eine wortlose Konferenz statt. Dann sagte Miranda, die nicht so redselig wie die anderen Mädchen zu sein schien, aber dafür schneller zum Punkt kam: »Sie ist öfter mal abgehauen. Diesmal vor etwa drei Tagen.«

»Du meinst, sie ist vorher auch schon weggewesen?« wollte Butler wissen.

»Sie hatte einen Freund«, sagt Dawn.

»Das war ein echter Kerl«, fügte Lydia hinzu und kicherte.

»Ein echter Kerl?« sagte Salazar. »Dann hast du ihn also gesehen?«

Wieder wechselten die Mädchen Blicke untereinander. »Ich habe ihn nicht gesehen«, sagte Lydia. Alle pflichteten ihr leise murmelnd bei, bis auf Ione, die schuldbewußt schwieg.

»Woher wißt ihr dann, daß er ›ein echter Kerl‹ war?« fragte ich.

»Das hat April gesagt.«

»Aha, April hat also gesagt, daß er ein echter Kerl war? Was meinst du denn dazu, Ione?« Salazar war das Schweigen des Mädchens also nicht entgangen; er starrte sie jetzt an, so eindringlich und aggressiv, wie er nur konnte; da meine Augen (weniger abschätzend, wie ich hoffte), Hals Augen (ungeheuer neugierig) und Begays Augen (etwa so aggressiv wie Salazars; in einer Kultur, in der Starren gesellschaftlich inakzeptabel ist, kann man unmöglich höflich starren) alle auf sie gerichtet waren, klappte sie ziemlich rasch zusammen. »Ja, ich hab' ihn gesehen«, sagte sie und brach in Tränen aus.

Das führte zwangsläufig zu einer kurzen Verzögerung, während der sie von ihren Freundinnen und, oberflächlich, von ihrer Lehrerin getröstet wurde, bevor sie sich entschied, wieder hinter ihrem Taschentuch (Spitze) aufzutauchen und mich anzusehen.

Ich weiß nicht, warum sie mich ansah. Vielleicht wirkte ich von den offiziellen und halboffiziellen Gesichtern rundherum am wenigsten bedrohlich.

»Kann ich allein mit Ihnen sprechen?« fragte sie.

Ich blickte Salazar an, und er zuckte die Achseln. »Was soll's. Sie können in mein Büro gehen.«

In dem keine Schreibmaschine stand. Wenn also dieses Mädchen, Ione, tatsächlich bereit war, eine echte Zeugenaussage zu machen, so war ich nicht imstande, sie aufzunehmen. Aber das spielte ohnehin keine Rolle. Sie war nämlich nicht bereit, eine Aussage zu machen. Sie wollte mit mir strengvertraulich sprechen, nur unter der Bedingung, daß ich das, was sie zu sagen hatte, weder Salazar noch sonstwem erzählen würde.

»So ein Versprechen kann ich dir nicht geben«, sagte ich.

»Aber wieso?«

»Ione, deine Freundin ist tot, und wir müssen herausfinden, wer sie umgebracht hat. Außerdem besteht die große Wahrscheinlichkeit, daß die Freundin meines Sohnes – und sie ist erst fünfzehn – sich jetzt in der Gewalt der Person befindet, die April umgebracht hat. Wir möchten sie lebend zurückhaben. Das bedeutet, daß wir von dem, was du uns erzählst, all das verwenden müssen, was sich möglicherweise verwenden läßt. Ich kann dir versprechen, daß ich von dem, was du mir erzählst, nichts weitergeben werde, was mir für die Ermittlungen nicht relevant erscheint. Aber mehr kann ich nicht tun.«

Ione saß unruhig und unschlüssig da. Sie hatte einen sehr hübschen Siegelring am rechten Ringfinger, und sie drehte ihn so oft um den Finger, daß ich schon fürchtete, sie würde sich eine Blase drehen, als sie schließlich sagte: »Ich schätze, Sie müssen es wissen. Bei der Obduktion würde es ohnehin herauskommen. April ist – April war schwanger.«

»Ach?«

»Die anderen Mädchen haben es nicht gewußt. Sie hat es nur mir erzählt.«

»Dann war sie wohl ganz schön durcheinander.«

»Nein.«

»Sie war nicht durcheinander?«

»Nein, weil er das Baby wollte.« Ione drehte wieder an dem Ring. »Sie hat mir gesagt, er sei verheiratet, aber er und seine Frau verstanden sich nicht, und er hat gesagt, er wollte seine Frau loswerden und sie – April – heiraten, aber er hatte ein Baby aus der Ehe, und er wollte, daß April sich um das Baby und um ihr Baby kümmert. Er hat gesagt, daß er Kinder liebt. Er wollte eine ganze Menge Kinder.«

»Und was hat April davon gehalten?«

Ione drehte ihren Ring, und ein Ausdruck tiefen Unbehagens zeichnete sich auf ihrem Gesicht ab. »April hat zu mir gesagt, sie würde alles versprechen, aber zwischen Versprechen und Tun läge ein weiter Weg, und sie würde sich nicht um das Balg einer anderen kümmern. Sie hat gesagt, ein eigenes Kind wäre schon schlimm genug und sie wäre sich nicht einmal sicher, ob sie es haben wollte. Ich hab' sie gefragt, was sie damit meinte, und sie hat gesagt, vielleicht würde sie es wegmachen lassen. Ich hab' gesagt, das ist Sünde, und sie hat bloß gelacht und gesagt, sie würde nicht an Sünde glauben. Wie kann man denn nicht an Sünde glauben?«

»Wer weiß? Erzähl weiter.«

»Wie denn? Das ist alles. Mehr hat sie mir nicht erzählt. Ich glaube, sie war betrunken.«

»Hat sie sich oft betrunken?«

»Ziemlich oft, ja.«

»Jetzt erzähl mir von ihrem Freund. Wie heißt er?«

»Ich weiß nicht. Ich bin ihm nie begegnet.«

»Du hast gesagt, du hast ihn kennengelernt.«

»Nein, ich habe nicht gesagt, daß ich ihn kennengelernt habe.«

»Aber du hast gesagt –«

»Ich habe gesagt, daß ich ihn gesehen habe. Ich habe nicht gesagt, daß ich ihn kennengelernt habe. Sie hat ein ziemliches Geheimnis um ihn gemacht. Sie wollte nicht, daß eine von uns ihn kennenlernt. Aber einmal habe ich sie in der Stadt gesehen, und er war bei ihr.«

»Woher weißt du, daß es ihr Freund war, wenn du ihren Freund nicht kennengelernt hast?«

Ione verzog das Gesicht. »Das war ziemlich offensichtlich«, sagte sie spröde.

»Aber April hat ihn dir nicht vorgestellt?«

»April hat so getan, als hätte sie mich nicht gesehen.«

»Dann kennst du seinen Namen also nicht.«

»Nein. April hat ihn immer Sugar genannt.«

Hal hatte uns das gleiche erzählt. Und wir würden bestimmt nicht »Sugar« über das NCIC laufen lassen, ganz gleich, wie viele Frauen er – möglicherweise – ermordet hatte.

»Kannst du ihn beschreiben?« fragte ich.

Sie gab eine Beschreibung ab, die sich, bis auf die Kleidung, ungefähr mit den bisherigen Beschreibungen deckte. So weit, so gut. »Ich werde jetzt mit Salazar sprechen«, sagte ich. Ohne Iones Zustimmung abzuwarten, ging ich zur Tür und rief Salazar in sein eigenes Büro, um ihm das wenige mitzuteilen, das Ione mir mitgeteilt hatte, während Ione vornübergebeugt da saß und mit ihrem Ring spielte.

Dann wandte er sich an Ione. »Wenn wir jemanden kommen lassen, der dir hilft, meinst du, du wärst imstande, eine erkennbare –«

»Oh, ich kann nicht zeichnen!«

»Du mußt nicht zeichnen.«

»Und diese Zeichnungen, wie nennen Sie die, Phantomzeichnungen, ich finde, die bringen überhaupt nichts. Ich würde mich selbst nicht darauf wiedererkennen –«

»Hierbei wird überhaupt nicht gezeichnet«, sagte Salazar geduldig. »Es ist eine Art Fotomontage.«

»Wirklich? Von so was habe ich noch nie gehört. Es ist keine Phantomzeichnung? Ich habe mal was über Phantomzeichnungen in einem Buch gelesen, aber –«

»Es ist keine Phantomzeichnung, aber so ähnlich wie eine Phantomzeichnung. Ich denke, wir sollten jetzt lieber ...«

Ione Aristides, drei Kellnerinnen von K-Bob's und Hal arbeiteten zusammen mit dem Mann vom Erkennungsdienst aus Santa Fe, der die Ausrüstung für die Fotomontage in einem dunkelblauen Metallkoffer mitgebracht hatte. Salazar und ich sahen zu; Begay durfte – zu seiner offensichtlichen Erleichterung – gehen, damit er seine Uniform anziehen und wieder wie ein Polizist aussehen konnte.

Bei so vielen Zeugen – na gut. Jeder, der länger als drei Wochen bei der Polizei ist, weiß sehr genau, wie unzuverlässig die Aussage eines Augenzeugen ist. Ich persönlich würde mich niemals nur mit Aussagen von Augenzeugen begnügen; ich bräuchte zusätzlich einige von den bei Laien verpönten Indizienbeweisen. Zwei Menschen sehen niemals – wirklich niemals – ein und denselben Vorfall, ein und dieselbe Person auf genau die gleiche Weise; im Grunde kann man sogar davon ausgehen, daß bei zwei Leuten, die sich über die Einzelheiten einer Sache absolut einig sind, einer von beiden lügt – und noch wahrscheinlicher lügen beide.

Bei fünf Zeugen gab es also jede Menge Widersprüche, und der Erkennungsdienstler schwitzte und strich sich häufig die Haare aus den Augen, bis schließlich ein Bild zustande kam, das nach übereinstimmender Meinung aller Zeugen Ähnlichkeit mit dem Mann in dem roten Camaro hatte (den Ione auch gesehen hatte). Alle fünf Zeugen waren sich zwar darüber einig, daß sich das Phantombild noch verbessern ließe, aber da sie sich nicht einigen konnten, wie, schien es daher ratsam, es so zu lassen, wie es war. Zumindest vorläufig.

Der Erkennungsdienstler machte von dem Phantombild mehrere Polaroidfotos, die er uns daließ. Das Phantombild selbst nahm er mit, um es im Labor erneut zu fotografieren und die Fotos an Presse und Fernsehen zu geben, damit – so unsere Hoffnung – irgendein Bürger das Foto sehen und uns oder das kriminaltechnische Labor in Santa Fe anrufen und sagen würde: »Hey, der Mann auf dem Foto, wissen Sie was? Der sieht genauso aus wie ...«

Und dann würden wir den Telefonhinweisen nachgehen, und in neun von zehn Fällen würde es nicht die richtige Person sein, aber wir hätten immer noch die Chance, beim zehnten Mal auf den Richtigen zu treffen. Und dann würde einer hingehen, um an die Tür zu klopfen, und er würde den roten Camaro in der Auffahrt stehen sehen und sich zurückziehen und auf Verstärkung warten, und vielleicht – vielleicht – vielleicht – Lorie wohlbehalten wiederfinden.

Eine unangenehme kleine Aufgabe war noch zu erledigen, nachdem der Erkennungsdienstler sich wieder auf den Weg nach Santa Fe gemacht hatte und die vier Mädchen in einem Polizeiwagen zurück zur »Burg« – Verzeihung, zum United World College – gebracht worden waren. Und zwar die vorschriftsmäßige Identifizierung der Leiche, und Teresa Butler schien für diese Aufgabe prädestiniert.

April sah bei weitem nicht mehr so schlecht aus wie am Morgen, trotz der Obduktion, weil die Haut so gekonnt wieder straff über den Schädel gezogen worden war, daß niemand, der noch keine Obduktion gesehen hat, sich auch nur ansatzweise hätte vorstellen können, wie sie geöffnet worden war. Die Schnitte im Torso waren säuberlich genäht und ohnehin mit einem Tuch abgedeckt, und das Gesicht war gewaschen worden. Sie war eindeutig tot; niemand hätte bei ihrem Anblick gedacht, daß sie schläft, bei dem mittlerweile steifen und kalten Körper und den permanent halb geöffneten Augen. Aber das brutale Grauen des Blutbades in dem Schlafsack war verschwunden.

Für mich sah sie gar nicht so schlimm aus.

Aber ich bin den Anblick – und den Geruch – von Leichen gewohnt. Natürlich nahm ich den Geruch wahr, aber sogar in meinem schwangeren Zustand hatte er keine besondere Wirkung auf mich. Ich hatte völlig vergessen, wie er auf jemanden wirken kann, der noch nie auch nur in der Nähe einer Leichenhalle gewesen war.

Teresa Butler war Leichen nicht gewohnt. Teresa Butler war Leichenhallen nicht gewohnt. Sie identifizierte April und mußte sich dann übergeben.

Als sie sich wieder erholt hatte, wurde sie gebeten, sich anzusehen, ob die Sachen, die an und bei der Leiche gefunden worden waren, ihr vielleicht bekannt vorkamen. Sie identifizierte den Schmuck, die Armbanduhr; sie war jetzt ruhiger. Doch dann kam sie zu dem blutbefleckten Fußgelenkband aus Leder. Sie drehte es in der Hand, behutsam, vorsichtig; sie wollte helfen, aber sie wollte nichts berühren, das mit einer Leiche in Berührung gewesen war. Sie blickte mich an. »Das habe ich noch nie gesehen.«

»Aber das übrige Zeug gehört ihr?« sagte Salazar.

»Das übrige Zeug, wie Sie es nennen, gehört ihr. Aber das hier nicht. Das heißt, falls doch, so habe ich es zumindest noch nie gesehen.«

Salazar nahm das rundgeflochtene Lederband und blickte mich an. »Wir hätten die Mädchen noch nicht wegschicken sollen«, sagte er.

»Ich kann Sie mit zur Schule nehmen«, bot Butler an, wobei sie mich ansah. Das irritierte mich. Selbst wenn sie Salazar antwortete, blickte sie mich an.

»Dann mal los«, sagte Salazar. »Ich sag' Begay, er soll hinterherfahren, damit er Sie zurückbringen kann.«

»Das hab' ich schon mal gesehen«, sagte Miranda. »Na ja, vielleicht nicht genau das, aber –«

»Du meinst, sie hatte mehrere?« fiel Teresa Butler ihr ins Wort.

Miranda blickte sie an. »Sie hatte nicht mehrere. Soviel ich weiß, hatte sie kein einziges. Aber sie werden in meiner Heimat hergestellt. Arme Leute stellen sie her und verkaufen sie auf den Märkten.«

»Und wo ist deine Heimat?« fragte ich.

Miranda warf ihr Haar zurück. »Yucatán. Ich komme aus Yucatán. Wir wohnen in Mérida. Ich stamme von dem ersten Kolonialgouverneur ab.«

Ich war mir relativ sicher, daß der erste Kolonialgouverneur von Mérida mitsamt seiner ganzen Familie bei einem Aufstand der Maya niedergemetzelt worden war, die doch nicht so unterwürfig waren, wie er geglaubt hatte, aber vielleicht irrte ich mich. Jedenfalls beschloß ich, nichts zu sagen. »Du glaubst also, es könnte in Mexiko hergestellt worden sein?«

»Yucatán. Es könnte in Yucatán hergestellt worden sein. Aber vielleicht auch nicht.«

Offensichtlich wollte Miranda mir auf keinen Fall erlauben, Yucatán Mexiko zu nennen, obwohl Yucatán eindeutig ein Teil von Mexiko ist, und ich fragte mich allmählich, ob es in Yucatán eine Separatistenbewegung gab, von der ich noch nie gehört hatte. Ich gab es auf. Den Blick noch immer auf das Lederband gerichtet, sagte ich: »Und du hast April nie damit gesehen?«

»Nie.« Miranda warf das geflochtene Lederband auf den Papierumschlag, aus dem ich es genommen hatte. »Es ist ordinär. Wieso hätte ihr so etwas gefallen sollen?«

»Aber sie trug es, als sie starb. Es muß ihr gefallen haben.«

»Oder dieser gemeine Kerl wollte, daß sie es trägt. Das wäre doch denkbar.«

Das war denkbar. Es war ebenfalls denkbar, daß Miranda alles dramatisierte; wie mir schien, hatte sie einen gewissen Hang zum Drama. Ich dachte, nicht zum ersten Mal, daß es wahrscheinlich keine allzu gute Idee war, einen Haufen verwöhnter Kinder reicher Eltern weit entfernt von zu Hause in eine Schule in einem Ort zu stecken, wo es nichts gab, was ihren möglicherweise übersättigten Appetit anregte, um dann, im Namen der Demokratie, einem Haufen Kinder mittelloser Eltern Stipendien zu geben und sie mit den reichen Kindern zusammenzutun – die sie, auch wenn sie es noch so gut meinten, zwangsläufig ausgrenzen mußten. Aber das war schließlich nicht meine Sache.

Ich tat das Lederband zurück in den Papierumschlag, steckte ihn in einen Plastikbeutel und ging zur Tür hinaus. Draußen sah ich, daß Begay hinter dem Lenkrad eines Streifenwagens geduldig auf mich wartete.

»Gut, daß Sie kommen«, sagte er zu mir. »Salazar möchte, daß wir so schnell wie möglich zurückkommen.«

»Ich hoffe, Hal hat nicht schon wieder was angestellt«, war mein erster Gedanke, und ich sprach ihn laut aus.

Begay lachte. »Hal wird fürs erste keine Dummheiten mehr machen. Wir hatten ein kleines Gespräch.«

»Sein Vater und ich haben oft kleine Gespräche mit ihm. Sie nützen selten was.«

Begay lachte wieder. »Wie weit würden Sie denn gehen, um ihren kleinen Gesprächen Nachdruck zu verschaffen?«

»Na ja ...«, sagte ich, und Begay sagte: »Aha. Ich bin erheblich kleiner als Hal. Aber er hat Angst vor mir. Jetzt.« Sein fröhliches Grinsen widersprach seiner gespielt bedrohlichen Stimme à la Boris Karloff, und er ließ mich auch nicht wissen, wie er jenes Wunder bewirkt hatte. Ich beschloß, nicht zu fragen. Jedenfalls hatte Hal keine sichtbaren Prellungen und ließ keinerlei Anzeichen erkennen, daß er Begay nicht mochte. Wenn Begay Hal also erfolgreich etwas Vernunft eingebleut hatte, so lag es mir fern zu fragen, wie.

»Ich hab' Sie kommen lassen«, sagte Salazar, »weil das Phantombild in den Nachrichten gesendet worden ist und jetzt schon Leute anrufen, die glauben, die Person auf dem Bild erkannt zu haben. Deb, darauf setze ich Sie an. Machen Sie sich gleich morgen früh an die Arbeit.«

Einen Moment lang – nur einen Moment lang – war ich gekränkt. Woher nahm er sich das Recht, mir Befehle zu erteilen? Ich hatte ihm lediglich meine Hilfe angeboten.

Und dann hörte ich auf, mich gekränkt zu fühlen. Ja, ich hatte meine Hilfe angeboten. Und er hatte mich beim Wort genommen und mir eine Dienstmarke und einen Dienstausweis gegeben, und er behandelte mich wie eine Mitarbeiterin seines Departments, und ich hatte weiß Gott kein Recht, mich deshalb zu beklagen. Wenn es mir nicht paßte, bräuchte ich nur zu sagen, daß ich es mir anders überlegt hatte und keine Lust mehr hatte mitzuarbeiten.

Und dann könnte ich so lange in meinem Motelzimmer schmoren, bis die Sache erledigt war, und mir Sorgen um Hal und Lorie machen.

Ich nahm die Liste mit Namen und Adressen, sah sie mir an, bat um einen Stadtplan (den Salazar mir sofort reichte; er mußte mit der

Frage gerechnet haben), sagte: »Ich weiß nicht, wie lange ich brauche, um die alle zu überprüfen« und ging.

Und ließ Hal weiter – oder wieder, oder wie immer man es auch sehen mag – im Gefängnis.

Kapitel 7

Ich fuhr einen Mietwagen, und mir kam der Gedanke, daß die von Avis mir ja vielleicht den Versicherungsschutz streichen würden, wenn sie wüßten, daß ich den Wagen für Polizeiarbeit benutzte. Aber ich beschloß, mir deshalb keine Sorgen zu machen. Statt dessen saß ich nach dem Frühstück im Wagen und versuchte, meine Gedanken zu sammeln.

Auf dem Sitz neben mir lag ein Polizei-Walkie-talkie; Salazar hatte den Leuten in der Zentrale gesagt, daß ich mich ab und zu melden würde. Es wäre nicht ganz sicher für mich, so hatte er erklärt, ohne ein Funkgerät durch die Gegend zu kurven. »Außerdem«, so hatte er hinzugefügt, »bin ich es langsam leid, ständig hinter Ihnen herzutelefonieren oder Sie zu suchen, wenn ich Sie was fragen muß.«

Das leuchtete mir ein.

Ich hatte das Foto von April dabei, das, was wir für das beste gehalten hatten; eine Vergrößerung, die jemand von einem Foto meines Fotos von dem Schulfest gemacht hatte, und zwar einen Ausschnitt davon, der nur Lories Gesicht zeigte; und das Foto von dem Phantombild des Verdächtigen, den ich mich weigerte, Sugar zu nennen, ganz gleich, wie April ihn auch genannt hatte. Ich glaubte nicht, daß sein Name wirklich Sugar war, und es behagt mir nicht, mit Verbrechern allzu vertraulichen Umgang zu pflegen.

Nicht, daß wir irgendeinen Beweis hatten – bis jetzt jedenfalls noch nicht –, daß er ein Verbrecher war. Aber wir hatten zweifellos allen Grund zu der Annahme.

Außerdem hatte ich allerlei andere Fotos dabei, von Männern und Frauen unterschiedlichen Alters, verschiedener Rassenzugehörigkeit und in allen möglichen Posen, so daß ich eine Fotogegenüberstellung improvisieren konnte, falls das notwendig wurde, was nicht unwahrscheinlich war.

Ich sah mir erneut die Namens- und Adressenliste an, die Salazar mir gegeben hatte. Ganz oben stand das Wardance Motel. Irgendwer im Wardance Motel – eine Frau namens Julia Gonzales – glaubte, die Person auf dem Phantombild erkannt zu haben. Okay, also auf zum Wardance Motel. Ich merkte mir die Adresse und sah auf meinem Stadtplan nach.

In dieser Phase der Ermittlungen war ein Motel ein ausgezeichneter Ausgangspunkt. Motelgäste füllen nämlich Meldekarten aus, und auf diese Meldekarten schreiben sie ihren Namen und ihre Privatadresse und das Kennzeichen ihres Wagens.

Zumindest theoretisch machen sie diese Angaben.

Das Wardance Motel war ein Billigmotel und schämte sich nicht im geringsten, als solches wahrgenommen zu werden. Es hatte keinen Swimmingpool; es hatte kein Restaurant, und es hatte, wie sich herausstellte, auf den Zimmern kein Telefon. Allerdings hatte es große, saubere Zimmer, in denen man schlafen oder fernsehen konnte. Sein Besitzer wollte oder konnte sich keine Telefone für die Zimmer leisten. Und außerdem, wenn keine Telefone da sind, können auch keine Telefone gestohlen werden.

Angerufen hatte die Inhaberin, genauer gesagt, die Mitinhaberin. Julia Gonzales, eine kleine hispanische Frau, viel kleiner als ich und vermutlich an die zehn Jahre jünger. Sie hatte das Phantombild in den Nachrichten eines Santa-Fe-Lokalsenders gesehen, und sie war sicher, daß sie den Mann kannte.

»Erzählen Sie, was Sie über ihn wissen«, sagte ich.

»Na ja, er kommt immer mal wieder zu uns«, sagte sie. »Nicht regelmäßig. Bloß so ab und zu. Und vor vor zwei Tagen war er hier.«

»Allein?«

»Nein, er hatte so ein Mädchen dabei. Hat er meistens.«

»Dieselbe?«

Sie drehte sich unvermittelt um und schaltete den kleinen Fernseher ab, der in dem Küchen-Wohnzimmer-Büro hinter der Rezeption plärrte. Dann wandte sie sich wieder mir zu. »Nicht immer. Aber meistens. Jedenfalls in den letzten zwei Monaten.«

Ich holte Fotos hervor, und sie erkannte April augenblicklich. Also war unser Unbekannter tatsächlich hier abgestiegen, und ich war ungeheuer ermutigt. Vielleicht hatten wir ihn bald.

Er hatte seinen Namen mit Darren Fletcher angegeben, als Adresse hatte er eine Straße ohne Stadt angegeben, und beim Autokennzeichen hatte er den Bundesstaat weggelassen.

Mehr konnte Julia Gonzales mir nicht sagen. Er hatte nie vom Büro des Motels aus telefoniert, aber es gab jede Menge öffentliche Telefone, und es gab keinen Grund, warum er das Motelbüro für private Angelegenheiten hätte nutzen sollen.

Das Zimmer war saubergemacht und wieder benutzt worden, seit er es benutzt hatte. Natürlich konnten wir auf jeden Fall jemanden kommen lassen, um das Zimmer nach Fingerabdrücken zu untersuchen, aber der Gedanke erschien mir nicht sonderlich sinnvoll, und ich vermutete, daß Salazar das genauso sah.

Ich gab über Funk durch, daß ich ins Revier kommen würde, um mit Salazar zu sprechen, und die Zentrale meldete, daß Salazar auf mich wartete.

Auch wenn es nichts brachte. Darren Fletcher war entweder ein richtiger oder ein falscher Name – irgendwo in der Welt gab es bestimmt einen Darren Fletcher –, aber es war mit an Sicherheit grenzender Wahrscheinlichkeit nicht der richtige Name des Mannes mit dem roten Camaro. Die angegebene Straße gab es nicht in Las Vegas, und auch nicht – wie Salazar überprüfen ließ – in Santa Fe. Salazar sagte, er hätte keine Lust, jede Stadt in New Mexico überprüfen zu lassen, und ich stimmte ihm zu; sehr wahrscheinlich hatte sich jemand die Adresse ausgedacht. Und das Autokennzeichen?

Julia Gonzales war natürlich nicht nach draußen gegangen, um sich den roten Camaro anzusehen, obgleich sie mir erzählt hatte, daß der Mann einen roten Wagen fuhr, und es könnte ein Camaro gewesen sein, aber sie verstünde nichts von Autos. Doch wie fast jeder, der ein Motel führt, hatte sie darauf vertraut, daß der Kunde – der Gast, wie sie sagte – das Kennzeichen seines Autos kannte.

Was er vermutlich auch tat. Aber das hier war falsch. Binnen kurzem erfuhren wir vom bundesstaatlichen Zentralcomputer, daß dieses Kennzeichen nicht existierte, zumindest nicht in New Mexico.

»Verdammt«, sagte Salazar. Es schien sein Lieblingswort zu sein. Er saß da und grübelte etwa fünfundvierzig Sekunden vor sich hin, und dann sagte er: »Na ja, wir hätten uns denken können, daß es so einfach nicht wird. Wir haben morgen nachmittag einen Termin für Hal im Jugendgericht vereinbart.«

»Was?« sagte ich. Der Übergang erschien mir sehr plötzlich.

»Hören Sie, Sie sind nicht hergekommen, um meine Mordfälle zu lösen. Sie sind hergekommen, um Ihren Sohn nach Hause zu holen. Wir haben jetzt genug in der Hand, daß niemand mich drängen wird, ihn wegen Mordes zu verhaften, und wegen der anderen Sachen kriegen wir ihn auf Bewährung raus. Sie sollten also nach Hause fahren. Es ist bringt nichts ...«

»Salazar«, fiel ich ihm ins Wort, »ich bin hergekommen, um meinen Sohn und seine Freundin nach Hause zu holen. Solange wir Lorie nicht gefunden haben, rühre ich mich nicht vom Fleck.«

»Oh. Jaja.« Er versank wieder ins Grübeln, und ich zog meine Jacke aus. Es wurde langsam warm in seinem Büro.

Er setzte sich aus der lässigen Haltung, die er beim Grübeln einnahm, abrupt auf und starrte mich an. »Ein Schulterhalfter?«

»Derzeit kann ich ja wohl kaum einen Revolvergürtel tragen«, stellte ich klar, und er lachte.

»Aber ein *Schulterhalfter?* Ich hab' noch nie gesehen –«

»Salazar, ich trage immer ein Schulterhalfter«, sagte ich zu ihm und fühlte mich unerklärlich müde.

»Wirklich? Ich meine, bei uns tragen die Polizistinnen alle Uniform, deshalb – aber ich dachte –, ich meine, im Fernsehen haben die weiblichen Detectives ihre Waffe in der Handtasche. Glaube ich zumindest. Ich guck' nicht sehr viel Fernsehen.«

Und wie alle Männer, dachte ich, sagte es aber nicht, verallgemeinern Sie ganz schön. »Salazar«, fragte ich, »wissen Sie, wie einfach es ist, jemandem die Handtasche wegzunehmen?«

»Stimmt«, gab er zu. »Dann hat Ihnen also mal jemand die Handtasche weggenommen?

»Nein. Einmal haben wir einen Bankräuber verfolgt. Es war spät abends, und es war kalt, aber die Heizung in meinem Wagen funktionierte etwas zu gut. Sie war nämlich voll aufgedreht und klemmte, und ich konnte sie nicht abschalten. Also, wie ich schon sagte, es war spät abends, und wir verfolgten einen Bankräuber. Ich wollte nicht erst meine Pistole aus der Handtasche nehmen müssen, falls ich ihn fand – ich war allein im Wagen. Also hab' ich sie aus meiner

Handtasche genommen und in meine Jackentasche gesteckt. Und dann wurde es immer heißer im Wagen, und ich hab' die Jacke ausgezogen und auf den Sitz neben mich gelegt. Und als ich einen Wagen entdeckte, der so aussah, wie der, den ich suchte – eine halbe Stunde später –, hab' ich nicht mehr daran gedacht. Ich dachte, meine Pistole wäre noch in meiner Handtasche, wo sie normalerweise war. Ich habe also meine Handtasche genommen und bin aus dem Wagen gestiegen und hab' die Handtasche geöffnet, während ich zu dem Typen ging, den ich gestoppt hatte, und als ich dann in das Halfter in der Handtasche griff, war das Halfter leer.«

»Scheiße«, sagte Salazar und zog das Wort in die Länge. »Und was dann?«

»Dann habe ich geblufft, was das Zeug hielt. Zum Glück war es nicht der richtige Wagen. Falls doch, hätte mir der Bluff vielleicht nicht viel genützt. Also habe ich den Mann weiterfahren lassen, und dann mußte ich mich übergeben. So geschockt war ich.«

»Das kann ich mir vorstellen.«

»Und inzwischen war es Mitternacht. Ich hatte Dienstschluß. Und als ich am nächsten Nachmittag meinen Dienst antrat, trug ich ein Schulterhalfter, und seitdem trag' ich immer eins.«

»Tja, das ist verständlich. Ich hätte bloß nie gedacht, daß eine Frau ein Schulterhalfter trägt. Ich hab' gedacht –« Er hielt inne und überlegte. »Ich glaube, ich habe nie darüber nachgedacht. Aber wenn ich darüber nachgedacht hätte, hätte ich gedacht, daß die Brust im Wege ist.«

Ein Mann, der kein Blatt vor den Mund nahm, dieser Salazar, und sich auch nicht durch einfache biologische Fakten in Verlegenheit bringen ließ.

»Wieso? Die Riemen gehen über die Schultern und zurück, und das Halfter sitzt unter der Achsel.«

»Wird wohl. Ich habe nie eins getragen.«

»Probieren Sie's mal. Es ist bequem.«

Sogar so bequem, daß ich es ein paarmal vergessen und meine Jacke, Weste oder meinen Blazer ausgezogen hatte und mitten in der Innenstadt von Fort Worth in Bluse und Schulterhalfter unbekümmert über die Straße gelaufen war. Wobei ich jedesmal jede Menge Blicke auf mich zog. Ich sah keinen Grund, es Salazar zu erzählen; er würde es selbst herausfinden, falls er irgendwann selbst ein

Schulterhalfter trug, und ohnehin wird ein Mann mit Revolverhalfter nicht so angestarrt wie eine Frau. Selbst wenn sie ein Schulterhalfter trägt, das wirklich das einzige praktische Halfter für eine Frau ist. Auch wenn Männer das nicht so sehen. Ich meine, überlegen Sie doch mal. Unsere Taille – im allgemeinen, wenn wir nicht gerade schwanger sind – ist im Vergleich zur Hüfte viel schmaler als bei einem Mann. Demzufolge sitzt ein Hüfthalfter, das bei einem Mann relativ flach anliegt, an der Hüfte einer Frau in einem ausgesprochen merkwürdigen Winkel, erst recht wenn sie, wie Männer sagen, wohlgeformt ist. Dadurch kommt man schlechter an die Pistole ran und kann sie schlechter ziehen.

Nein, ich werde auf gar keinen Fall, unter keinen Umständen, nicht einmal unschwanger, wieder ein unpraktisches Hüfthalfter oder ein unsicheres Handtaschenhalfter benutzen, obwohl ich stets eine Pistole in der Handtasche habe, wenn ich nicht im Dienst bin und auch davon ausgehen kann, nicht plötzlich doch im Dienst zu sein.

Was eigentlich so gut wie immer passieren kann. Wie bei einem Bekannten von mir, der friedlich vor einem Einkaufszentrum in seinem Wagen saß und Zeitung las, während seine Frau ein paar Lebensmittel einkaufte, als plötzlich zwei schwerbewaffnete Bankräuber aus einer Bank in dem Einkaufszentrum gestürmt kamen. Was vielleicht nicht besonders schlimm gewesen wäre, wenn sie ihn nicht erkannt hätten, er nicht in seinem Privatwagen ohne Funkgerät und ohne CB-Funk gesessen hätte und wenn er bewaffnet gewesen wäre.

Er hat keinen Kratzer abbekommen, aber ich bezweifle, daß seine Versicherung sich über die sechsunddreißig Einschußlöcher in seinem Wagen gefreut hat. Genausowenig, wie er sich darüber gefreut hat, daß er nichts anderes machen konnte, als einfach nur dazusitzen und ihnen nachzuwinken, wie er es ausdrückte.

Ich hing meinen Gedanken nach, und Salazar grübelte erneut vor sich hin.

»Worum geht's?« fragte ich.

Er raffte sich auf. »Hä?«

»Was macht Ihnen Kopfzerbrechen?«

Er zuckte die Achseln. »Mir macht das Sorgen, was wir *nicht* haben, um irgendwie weiterzukommen.«

»Soll heißen?«

»Überlegen Sie doch mal. Ein Lederband, das *möglicherweise* aus Yucatán stammt, nur, daß es dafür keine Erklärung gibt. Keine ihrer Freundinnen hat es je an ihr gesehen, aber sie hätte rein zeitlich gesehen unmöglich in Yucatán gewesen sein können, um es von dort mitzubringen, nicht in der Zeit zwischen ihrem Verschwinden und ihrer Ermordung. Ihr Schal, den Lorie getragen hat, der in der Kiva lag. Die einzige Möglichkeit, wie er da hineingekommen sein kann, scheint die zu sein, daß Lorie wieder dort war, als April schon tot war, aber ... aber. Wir wissen es nicht. Es ist – ach, verdammt. Wir haben ein paar unbedeutende, kleine Einzelteile, aber es sieht nicht im geringsten so aus, als wären es Teile desselben Puzzles. Und Ihr Darren Fletcher. Okay, in Las Vegas wohnt kein Darren Fletcher – und falls doch, wieso sollte er dann hier in ein Motel gehen? – und auch nicht in Santa Fe oder Albuquerque, zumindest soweit ich es aus den Telefonbüchern ersehen kann, und er ist auch nicht im NCIC-Computer, und sein Wagen ist nicht in New Mexico zugelassen. Und es könnte ja auch sein, daß er in Texas oder Arizona oder Kalifornien lebt, und er muß ja schließlich nicht im Computer vom NCIC sein, oder? Ich meine, falls er außer April nicht noch andere auf dem Gewissen hat, ist er schon in dem Motel abgestiegen, lange bevor er einen Mord begangen hat – oder auch nur daran gedacht hat. Warum also sollte er *nicht* Darren Fletcher sein? Es scheint wahrscheinlicher, daß er es ist, als daß er es nicht ist.

»Dann wollen Sie ihn also vom NCIC überprüfen lassen, mit den Informationen, die wir über ihn haben?«

»Genau.«

»Haben Sie was vom Bandelier Park gehört?« Das Gebiet war vermutlich seit Tagesanbruch von Rangern abgesucht worden.

»Ja. Sie haben eine Feuerstelle gefunden, wo jemand in den Ruinen kampiert hat. Feuer kalt, nichts zurückgelassen. Nicht das geringste. Kann also sein, daß es Fletcher und April waren oder Fletcher und Lorie, oder vielleicht war es auch nur ein gewissenhafter Camper, der weiß, daß man seinen Müll wegräumt. Ach, verdammt!« Er fuhr sich mit den Fingern durch das dichte, schwarze Haar, so daß es aussah wie ein zotteliger Wollteppich.

»Ach, verdammt«, sagte er erneut und verfiel wieder ins Grübeln.

Ich störte ihn erneut. »Sind noch irgendwelche Anrufe eingegangen?«

»Hä?« sagte er, setzte sich aufrechter hin und blinzelte.

»Noch irgendwelche Anrufe? Von Leuten, die glauben, das Phantombild erkannt zu haben.«

»Oh. Ja. Zwei, drei Dutzend. Sie wissen ja, wie das ist.«

Leider weiß ich, wie das ist. Wird ein Phantombild – oder auch ein Foto – im Fernsehen gezeigt, glaubt alle Welt, die Person gesehen zu haben. Und damit nicht genug. Wenn man überlegt, wie viele Leute schwören, daß sie Elvis Presley in letzter Zeit gesehen haben, wo Elvis Presley doch eindeutig und ohne jeden Zweifel tot und begraben ist, kann man sich in etwa vorstellen, was die Polizei für Hinweise bekommt, wenn sie bei der Suche nach jemandem die Öffentlichkeit um Hilfe bittet. Und im Gegensatz zum *National Enquirer*, der nur die Elvis-Storys überprüft, die wahrscheinlich klingen (das heißt, die wahrscheinlich die Auflage erhöhen), müssen wir jedem einzelnen Hinweis nachgehen.

Dann breitete Salazar einen Haufen Karteikarten mit Namen und Adressen und Telefonnummern auf dem Schreibtisch aus, um möglichst diejenigen auszuschließen oder wenigstens auf später zu verschieben, an denen wahrscheinlich am wenigsten dran war und/oder die wahrscheinlich am wenigsten zu gebrauchen waren, um zu entscheiden, wohin ich gehen und mit wem ich als nächstes sprechen sollte.

Was nutzte es uns schließlich, daß der Mann mit dem roten Camaro *möglicherweise* im Dairy Queen einen Hamburger gegessen hatte, wenn – was sehr wahrscheinlich war – niemand im Dairy Queen sich das Autokennzeichen gemerkt hatte? Oder ihn persönlich kannte, was noch weniger wahrscheinlich war, weil man, wenn man jemanden persönlich kennt, nicht die Polizei anruft und sagt: »Ich hab' ihm gestern im Dairy Queen einen Hamburger und einen Schokoladenshake serviert.« Nein, man ruft die Polizei an und sagt: »Hey, der Typ auf dem Foto. Der sieht genauso aus wie ...«

Oder, was noch wahrscheinlicher ist, man ruft seinen Freund an und sagt: »Hey, das ist komisch, findest du nicht, daß der Typ auf dem Foto im Fernsehen genauso aussieht wie du?«

Und dann, wenn man Glück hat, lacht der Freund mit einem. Und wenn man weniger Glück hat, brummt der Freund etwas in seinen

Bart und verschwindet dann schleunigst aus der Stadt. Oder, wenn man großes, großes Pech hat, bringt der Freund einen um die Ecke, bevor man es der Polizei erzählen kann.

Und möglicherweise, oder auch nicht, hatte der Mann mit dem roten Camaro Bücher in einem schönen Buchladen auf dem Platz gekauft, in dem, in den ich kürzlich nicht gegangen war, weil er auf Bücher über den amerikanischen Westen spezialisiert war und ich auf der Suche nach *Kerker und Drachen* für Hal war. Der Laden war eng, aber äußerst ordentlich, zwei kleine Räume voll mit unglaublich vielen Büchern, überwiegend sehr teuren Bildbänden oder wissenschaftlichen Büchern, die mein Budget derart überstiegen, daß es sich erübrigte, nach dem Preis zu fragen, selbst wenn ich sie gewollt hätte. Es gab ein kleines Angebot an Touristenlektüre, wieder überwiegend informativer Art. Der Mann an der Kasse – offenbar der Besitzer; ich vermutete, daß er früher einen anderen Beruf gehabt hatte und jetzt im Ruhestand mit seinem früheren Hobby Geschäfte machte oder zumindest Steuern sparte – war freundlich und entgegenkommend. Er beteuerte nicht mit unangenehmer Beharrlichkeit, daß er den Mann auf dem Foto kannte, ob wir ihm das nun glaubten oder nicht, sondern er sagte, daß er glaubte, ihn möglicherweise gesehen zu haben.

Wo?

Nun, er war gestern morgen auf dem Platz herumspaziert. War herumspaziert und hatte zugeguckt, was die Polizei da machte.

Es ist sicherlich ein weit verbreiteter Irrtum, und es kommt nur in sehr schlechten Kriminalromanen vor, daß ein Täter immer an den Tatort zurückkehrt. Er tut das sicherlich nicht immer; eigentlich tut er es so gut wie überhaupt nicht. Aber hin und wieder doch. Daher war es nicht unmöglich, daß der Mann mit dem roten Camaro auf dem Platz umherspaziert war und der Polizei bei der Arbeit zugesehen hatte.

Und es wurde sogar noch wahrscheinlicher, als der alte Mann hinzufügte: »Er hat seinen Wagen direkt hier vor dem Laden geparkt« und auf den Parkplatz deutete, den ich gerade okkupierte.

»Was für ein Wagen war das?«

»Ein roter Camaro.« Er nannte mir das Baujahr.

»Hatte er ein junges Mädchen bei sich?«

»Er hatte niemanden bei sich.«

»Verdammt«, sagte ich.

Der alte Mann – er hatte mir gesagt, daß er Rex Lewis hieß – blickte schockiert, empört und unangenehm berührt. Offenbar ist er der Ansicht, daß Frauen nicht fluchen sollten. Oder vielleicht ist er der Ansicht, daß niemand fluchen sollte. Ihn selbst hatte ich noch nicht fluchen gehört.

»Das Autokennzeichen haben Sie sich wohl nicht gemerkt?«

Lewis blickte entschuldigend drein. »Dazu bestand keine Veranlassung.« Seine Miene erhellte sich. »Aber ich habe es bestimmt gesehen. Vielleicht könnten Sie einen Polizeihypnotiseur kommen lassen?«

Ich dankte ihm und sagte, wir würden später vielleicht noch einmal mit ihm reden wollen. In Las Vegas gab es vermutlich keinen Polizeihypnotiseur. Vielleicht gab es ja einen in Santa Fe, und vielleicht wäre Salazar bereit, einen kommen zu lassen, aber vielleicht auch nicht. Die forensische Hypnose wird heute nicht mehr so hoch eingeschätzt wie noch vor ein paar Jahren, da sich herausgestellt hat, daß das Unterbewußtsein sehr, sehr kooperativ und geradezu gefallsüchtig ist, so daß es mitunter Beweise liefert, die gar nicht existieren.

Was heißt, daß Rex Lewis, wenn wir ihn hypnotisieren würden, uns möglicherweise das Kennzeichen von dem roten Camaro nennen würde, doch es war ebensogut möglich, daß er uns, wenn er das Kennzeichen des roten Camaro nicht wirklich wahrgenommen hatte und wirklich helfen wollte – was offensichtlich der Fall war –, das Kennzeichen von seinem eigenen Wagen oder von Salazars Wagen oder sogar von meinem Mietwagen nennen würde, der jetzt genau dort stand, wo der rote Camaro vermutlich gestanden hatte.

Eine Kassiererin namens Becky Ortiz, die in der Bank an der Ecke arbeitete, behauptete, den Mann auf dem Phantombild wiedererkannt zu haben.

Becky Ortiz war sehr nett und sehr jung und sehr kooperativ, und sie hatte möglicherweise gesehen, wie der Mann letzten Freitag bei einer anderen Kassiererin einen Scheck einlöste, vielleicht aber auch nicht. Aber ob ja oder nein, sie konnte uns absolut keine Informationen geben, die für uns von Nutzen waren. Sie wußte weder seinen Namen noch seine Kontonummer, noch, was für einen Wagen er fuhr, und sie hatte ihn nie zuvor mit irgend jemandem zusammen gesehen, und die andere Kassiererin erkannte ihn auf dem Phantombild nicht wieder.

Ein Juweliergeschäft, ebenfalls auf dem Platz. Vor zwei Wochen hatte der Mann auf dem Phantombild einen Ring für eine junge Frau gekauft – April, wie die Fotogegenüberstellung ergab.

Unglücklicherweise hatte er weder mit Scheck noch mit Kreditkarte bezahlt. Der Ring mußte April angepaßt werden; er hatte Größe fünf, und ihr Ringfinger hatte Größe zwei. Er hatte siebzig Dollar angezahlt, und sie wollten den Ring später abholen.

Sie hatten ihn unter Aprils Namen dagelassen.

Der Angestellte zeigte mir den Ring. Er war aus Weißgold und hatte einen Diamanten, was mir nichts über seine geplante Verwendung verriet.

Als ich das Juweliergeschäft verließ, kam mir der Gedanke, daß er sich für jemanden, der aus dem Ort war, ziemlich viel auf dem Platz aufgehalten hatte, der eigentlich eher Touristen als Einheimische anzog, doch andererseits hatte er sehr häufig April bei sich gehabt, und April war nicht aus Las Vegas.

Ich kehrte zum Polizeirevier zurück, wo Salazar gerade an seinem Schreibtisch ein Thunfischsandwich aß. »Gehen Sie nicht essen?« bemerkte ich.

Er blickte mich an. »Ich habe sechs Kinder.«

»Oh«, sagte ich. Ich habe keine Ahnung, wieviel man als Chef der Polizei einer Kleinstadt verdient, und ich wollte auch nicht fragen, aber es war bestimmt nicht genug, um eine achtköpfige Familie damit sorgenfrei zu ernähren.

»Manchmal fahr' ich zum Mittagessen nach Hause«, sagte er. »Zur Zeit haben drei meiner Kinder Windpocken.«

Ich beneidete Maria Salazar nicht. Ich hatte auch mal drei Kinder, die gleichzeitig Windpocken hatten. Aber erstens hatte ich nicht noch drei weitere Kinder, um die ich mich gleichzeitig kümmern mußte, und zweitens habe ich mich sehr wenig gekümmert. Ich rief feige meine Mutter an, damit sie kam und die Kinder versorgte, und ging meiner damaligen Arbeit als Verkehrspolizistin nach.

Ich hätte natürlich Urlaub nehmen und selbst bei ihnen bleiben können. Aber ich wurde im Department gebraucht.

Außerdem hatte meine Mutter bereits vier Kinder mit Windpocken gepflegt. Sie war darin eindeutig besser als ich.

So argumentierte ich damals. Im nachhinein schämte ich mich deshalb ein wenig. Wenn Klein-Soundso Windpocken kriegt, werde ich zu Hause bleiben.

Vielleicht.

Vielleicht auch nicht. Das konnte ich später entscheiden; jetzt mußte ich mir über die gegenwärtige Situation Gedanken machen.

Zwischen Bissen ins Sandwich – Salazar (oder Maria, die ich unbedingt kennenlernen mußte) hatte aufmerksamerweise auch ein Thunfischsandwich für mich gemacht – schilderte ich, was ich bisher in Erfahrung gebracht hatte.

Salazar nickte. »Ich glaube, er ist von hier«, sagte er, »oder zumindest hat er hier eine Zeitlang gelebt. Er kennt sich jedenfalls verdammt gut im Nordosten von New Mexico aus. Er kommt nicht aus einem anderen Bundesstaat, falls doch, hat er zumindest lange hier gelebt. Aber wie hat er April kennengelernt, wenn er nicht von hier ist?«

»Wie hat er April kennengelernt, wenn er doch von hier ist?« fragte ich. Ich hatte zwar nur wenig von den Studenten im World College mitbekommen, doch mir schien, daß sie ziemlich unter sich blieben, anders als die Studenten der Highlands University, die sich an jeder Straßenecke zu versammeln schienen, wo sie alle möglichen und zweifellos aufregenden Dinge taten und sagten.

Aber die Studenten der Highlands University kamen fast alle aus dem Norden New Mexicos, und es waren überwiegend, wenn auch nicht ausschließlich, hispanische Studenten, wegen des hervorragenden hispanischen Studienprogramms. Der Mehrzahl von ihnen war Las Vegas, New Mexico, relativ vertraut, auch wenn sie neu zugezogen waren, während die Stadt für die Studenten vom World College eine völlig unbekannte Umgebung sein mußte.

Das sagte ich zu Salazar, und er nickte wieder. »Aber ich habe mich trotzdem gefragt, ob er nicht Student am Highlands gewesen sein könnte.«

»Wie sollen wir das rausfinden? Sie meinen ja wohl nicht, daß er zur Zeit noch da studiert, oder?«

Salazar schüttelte den Kopf. »Nein, ich meine, daß er da studiert hat. Und ich sehe keine Möglichkeit, daß nachzuprüfen. Ohne den Namen oder sonst etwas. Ich meine, wir könnten die Jahrbücher durchgehen, aber was würde das schon bringen? Nicht das geringste. Jemand, der ihn kennt, könnte sein Jahrbuchfoto mit Hilfe des Phantombildes finden. Aber für Sie oder mich ist das Phantombild nicht gut genug, um damit das Jahrbuchfoto finden zu können.«

Ich vermutete, daß Salazar recht hatte.

»Wir könnten ja mal anrufen und fragen, ob er dort als ehemaliger Student registriert ist«, sagte er weiter. »Aber wenn ja, müßten wir uns wegen des ganzen Datenschutzkrams einen Gerichtsbeschluß besorgen, um an die Akten zu kommen, und wenn wir sie dann tatsächlich haben, ist die Adresse wahrscheinlich veraltet.«

»Also, was wollen Sie machen?«

»Natürlich die Universität anrufen. Aber gleichzeitig mit dem weitermachen, was wir sonst haben.«

Er trank hastig einen Schluck Kaffee – aus dem Becher seiner Thermoskanne – und nahm den Telefonhörer ab, bevor das erste Klingeln verstummte. »Salazar.« Er lauschte. »Okay, stellen Sie sie durch.«

Es lohnt sich nicht wiederzugeben, was ich hörte. Es ist immer verwirrend, nur die eine Hälfte eines Gesprächs mitzubekommen. Er machte Notizen, stellte ein paar Fragen und sagte: »Danke. Heute nachmittag kommt jemand zu Ihnen, um mit Ihnen zu reden.«

Er legte auf und sah mich an. »Das hat Hand und Fuß«, sagte er. »Vor einer Woche hat April Greene aus Las Vegas in einer Frauenklinik in Santa Fe einen Termin für eine Abtreibung gemacht. Der Termin war am letzten Montag morgen. Sie war um sieben Uhr dort; ein Mann hat sie gebracht. Sie haben sich im Wartezimmer gestritten, und die Krankenschwester dachte schon, sie müßte die Polizei rufen, aber April konnte ihn davon überzeugen, daß sie keine Abtreibung machen lassen wollte, sie wäre nur da, um einen Check-up und ein paar Röntgenaufnahmen machen zu lassen – in der Klinik werden außer Abtreibungen jede Menge andere Sachen gemacht –, und er hat sich wieder beruhigt. Er hat gesagt, er würde auf der anderen Straßenseite etwas essen gehen, und er würde sie anschließend abholen. Die Krankenschwester hat April ermahnt, es sei nicht gut, wenn sie ihn anlügen würde, und April hat die Achseln gezuckt und gesagt, er würde schon drüber wegkommen. Was er offenbar getan hat, denn er hat sie gegen Mittag abgeholt, und sie sind zusammen gegangen. Sie – die Krankenschwester, die angerufen hat – sagt, es müßten noch mehr Informationen in den Unterlagen sein, aber bevor sie uns die gibt, muß sie sich erst eine Genehmigung holen. Sie sagt, das dürfte kein Problem sein, denn schließlich sei es ja für die Ermittlungen in einem Mordfall.«

»Also werde ich wohl eine Spritztour nach Santa Fe machen.«

Er blickte mich an. »Sind Sie sicher, daß Sie dazu in der Verfassung sind? Ich meine, ich möchte nicht, daß bei Ihnen die Wehen einsetzen, wenn Sie gerade auf halber Strecke zwischen –«

»Es sind noch zwei Wochen bis zum errechneten Termin«, versicherte ich ihm.

»Darauf kann man sich weiß Gott nicht immer verlassen.«

Salazar fing an, mich zu interessieren. Anders als die meisten hispanischen Männer, die ich kennengelernt hatte – die, gelinde gesagt, einem ausgeprägten Männlichkeitswahn anhängen, wenn auch unbewußt –, hatte er offensichtlich nicht das geringste dagegen, daß ich alles tat, was andere auch taten. Seine einzige Sorge galt augenblicklich meiner Sicherheit angesichts der fortgeschrittenen Schwangerschaft.

Aber ich sagte nichts dazu; ich sah einfach zu, wie er weiter die Karteikarten auf seinem Schreibtisch durchging – offenbar machte er seine Notizen immer auf solchen Karten –, bis er eine weitere herausfischte. »Wenn Sie schon mal da sind, könnten Sie auch gleich diesem Hinweis nachgehen. Vermutlich ist nichts dran. Er ist von einer Emily Montrose – ihrer Stimme nach würde ich sie auf zirka sechzig schätzen –, die behauptet, den Mann auf dem Phantombild zu kennen. Lassen Sie mich noch schnell einen Anruf machen, bevor Sie losfahren.«

Er wählte, während ich nachgrübelte.

Nein, ich halte nicht viel von Abtreibungen; ich halte sogar absolut nichts davon, außer in Fällen von Vergewaltigung, Inzest und ernsthaften Krankheiten. Aber im Moment tat mir April Greene unsäglich leid. Nach dem Eingriff hätte sie nach Hause und schnurstracks ins Bett gehört; offenbar hatte sie ihren Freund – wer immer er war – mit allen Mitteln davon überzeugen wollen, daß alles in Ordnung war, und sie waren offenbar in die Kiva gegangen und hatten Geschlechtsverkehr gehabt, bevor Hal und Lorie zum Park kamen. Ich fragte mich, wie sie ihn wohl überredet hatte, ein Kondom zu benutzen; ich fragte mich, wie sie das Blut erklärt hatte. Aber sie mußte Schmerzen gehabt haben.

Kein Wunder, daß sie Schmerztabletten dabei hatte, als Lorie welche brauchte. Kein Wunder, daß sie Lories Schmerzen mitgefühlt hatte.

Hatte er sie getötet, weil sie abgetrieben hatte?

Falls ja, wieso hatte er bis mitten in der Nacht gewartet, wieso hatte er es nicht gleich getan, als sie in der Kiva waren?

Wieso – wenn das sein Grund war – hatte er Lorie mitgenommen? Lorie war nicht schwanger; Lorie hatte nicht abgetrieben.

Hatte er Lorie überhaupt mitgenommen? Oder täuschten wir uns?

Ganz plötzlich mußte auch ich zwei Telefonate machen. »Bin gleich wieder da«, sagte ich, und Salazar, den Hörer am Ohr, nickte.

Vor einem Gebäude auf der anderen Straßenseite war ein öffentliches Telefon, und mittlerweile hatte ich meine Telefonkartennummer und noch einige andere Nummern im Kopf.

Nein, Lorie war nicht zu Hause.

Nein, Donna – die jetzt zu Hause war – hatte nichts von Lorie gehört. Sie wollte verständlicherweise wissen, was los war. Ich sagte, daß wir daran arbeiteten und ich noch nichts Neues wüßte und sie, falls ich was wüßte, anrufen würde.

Fürs erste kam ich damit durch, denn das Fernsehen und die Zeitungen in Texas werden wohl kaum über den Mord an einer jungen Frau auf einem Platz in einer Kleinstadt in New Mexico berichten, egal, wie wichtig die Nachricht in New Mexico ist.

Wie lange ich damit durchkommen konnte, hing davon ab, wie lange Lorie verschwunden bleiben würde.

Wenn Lorie sich also auf den Weg nach Hause gemacht hatte, war sie dort noch nicht angekommen, was möglich war, und sie hatte nicht ihre Mutter angerufen, was sehr viel weniger möglich war.

Ich mußte noch mein zweites Telefonat führen. Diesmal mit Julia Gonzales im Wardance Motel.

Und ich war verärgert, als ich auflegte. Wieso – wo sie doch wußte, daß wir einen Mord untersuchten – hatte sie es nicht für nötig befunden, uns zu sagen, daß das Bett voller Blut und das Badezimmer voller Blut gewesen war?

Sie hatte einfach gedacht, das junge Mächen hätte unerwartet ihre Tage bekommen und nichts dabeigehabt. »Manche Leute sind so«, sagte Julia Gonzales zu mir. »Schlampig. Schmutzig. Sie würden nicht glauben, wie manche von denen ihr Motelzimmer hinterlassen.«

Da war bestimmt was dran.

Ich ging zurück zum Polizeirevier, wo Salazar nicht mehr telefonierte. »Obduktionsbericht«, sagte er zu mir. »Ich hab' nicht schon früher da angerufen, weil es ganz offensichtlich war, wie sie gestorben ist. Dachten wir.«

»Dachten wir?«

»Es gibt drei mögliche Todesursachen«, sagte Salazar. »Für die unmittelbare Ursache, meine ich. Die unmittelbare Ursache ist Extravasation und Hämorrhagie. Im Klartext, sie ist verblutet. Die Frage ist, wodurch – sie hatte eine durchtrennte Jugularader, was eindeutig schon allein ausgereicht hätte, sie hatte eine Stichwunde in der Milz, was ganz bestimmt schon allein ausgereicht hätte, aber da war sie bereits im Begriff zu verbluten aufgrund von – es kamen jede Menge lange Wörter, aber hinauslaufen tut es letzten Endes auf brutalen Geschlechtsverkehr, möglicherweise Vergewaltigung, ganz kurz nach einer Abtreibung. Dem Mistkerl war es egal. Er hat kein Kondom benutzt. Es war Sperma in ihrer Vagina und ihrem Uterus.«

»Ihrem Uterus?« wiederholte ich.

Salazar nickte. »Der Uterus war natürlich verletzt«, ergänzte er. Ich sagte nichts. Ich wußte nicht, was ich sagen sollte. Salazar blickte genauso entsetzt und angewidert drein, wie ich mich fühlte.

»Zeitlich kommt es hin«, sagte er weiter. »Mit allem anderen, meine ich. Der Arzt meint, sie ist etwa gegen zwei Uhr morgens getötet worden. Vergewaltigt vielleicht eine Stunde vorher. Wenn sie in dem Motelzimmer vergewaltigt und anschließend in dem Park ermordet wurde ... Verdammt, irgendwer muß Ihrem Jungen ein Betäubungsmittel verabreicht haben, das ist die einzige Erklärung dafür, wieso er nicht aufgewacht ist, als sie ermordet wurde, sondern erst zwei Stunden später, weil er pinkeln mußte – da muß die Wirkung des Mittels langsam nachgelassen haben. Verdammt, verdammt, verdammt, meine Streife muß den Mistkerl knapp verpaßt haben.«

»Das kommt vor«, sagte ich.

»Es kommt vor«, stimmte Salazar zu. »Das sollte es nicht, aber das tut es nun mal.« Nach kurzem Schweigen sagte er: »Ach, verdammt« und reichte mir die Karten mit den Namen und Adressen der Leute, mit denen ich reden mußte.

Als ich zu meinem Wagen ging, war mir regelrecht schlecht. Nach allem, was wir bisher herausgefunden hatten, war April Greene ein oberflächliches, naives, eitles, berechnendes Mädchen gewesen.

Aber das hatte sie nicht verdient.

Die Fahrt über den Interstate von Las Vegas nach Santa Fe dauert etwa eine Stunde und führt durch eine hübsche Landschaft. Ich bin zwar keine Geologin, aber ich würde sagen, daß das Gebirge Sangre de Christos sehr viel älter ist als die Rocky Mountains, die mir im allgemeinen als erstes einfallen, wenn ich an Berge denke. Es gab sehr viel Grün, sehr viele verwitterte Felsen, die mit Bäumen und Büschen bewachsen oder nackt und kahl waren, je nachdem, wieviel Wasser da war – das Klima hier war nicht so trocken wie das Wüstenklima im Süden von New Mexico, aber hier stand bei weitem nicht so viel Wasser zur Verfügung wie in der Gegend von Los Alamos, wo die Berge durch das Dickicht aus Bäumen und Büschen praktisch unsichtbar waren. Hier konnte ich sehen, warum die Spanier dem Gebirgszug seinen Namen gegeben haben – Sangre de Christo, Blut Christi. Das Wasser, das von diesen Bergen herabfloß, mußte hell orangerot aussehen, eigentlich eher orange als blutrot, aber angesichts der den Spaniern eigenen Neigung, allem biblische Namen zu geben ...

Okay, ich ließ meine Gedanken wandern, schweifen. Natürlich tat ich das. Ich wollte nicht daran denken, was mit April geschehen war, und ich wollte nicht daran denken, was mit Lorie geschehen könnte. Ich wollte an alles andere denken, was mir gerade so in den Sinn kam.

Die Frauenklinik war leicht zu finden; sie war nur zwei Querstraßen von der Ausfahrt des Freeways entfernt, die ich meiner Karte nach nehmen sollte, und die Oberschwester, Natalie Summers, erwartete mich bereits.

»Sie wissen ja, daß alles vertraulich behandelt werden muß«, sagte sie zu mir. Als ich nickte, fügte sie mit einem kurzen Blick auf meine nicht vorhandene Taille hinzu: »Natürlich ist das für uns noch wichtiger.« Sie erklärte nicht, warum, und ich fragte nicht nach. Ich war mir ziemlich sicher, daß ich es wußte.

»Aber«, fuhr sie fort, »in einer solchen Situation – wenn wir wissen, daß eine Patientin ermordet wurde – na ja, da möchten wir der

Polizei helfen, soweit wir können.« Sie blickte erneut auf meine Leibesmitte.

»Danke«, sagte ich und bemühte mich, ihre offensichtliche Neugier zu ignorieren. Gleich würde sie mich fragen, ob ich keine Bedenken hätte, in diesem Zustand so eine Arbeit zu machen, und dann konnte ich etwas erwidern. Aber ich wollte nicht versuchen, auf einen Blick zu antworten.

»So, hier ist die Akte«, sagte sie. »Wenn Sie sie kurz durchsehen, kann ich Ihnen dann eventuelle Fragen beantworten.«

Ich bin absolut keine Weltmeisterin im Übersetzen von medizinischem Kauderwelsch ins Englische, aber im Laufe der Jahre habe ich einige Erfahrung darin gesammelt, erst recht, seit ich im Sonderdezernat bin. Soweit ich ersehen konnte, war April erst etwa vier Wochen schwanger gewesen, und man hatte eine Dilatation und Ausschabung vorgenommen. So etwas wird nicht nur bei frühen Schwangerschaftsabbrüchen gemacht, sondern kann auch unterschiedlichen diagnostischen und therapeutischen Zwecken dienen; ich selbst habe mich mal einem solchen Eingriff unterzogen, in der Hoffnung, die Ärzte könnten so eher feststellen, warum ich nicht – zumindest damals nicht – schwanger werden konnte. (Es hatte nicht das geringste gebracht, nicht mehr als alles andere, und niemand hatte den leisesten Schimmer, warum ich mit Anfang Vierzig zum ersten Mal schwanger wurde.)

Der Eingriff, unter örtlicher Betäubung, war ohne Zwischenfälle verlaufen, und April hatte nach einer Stunde Ruhe gehen dürfen. Es war ihr dringend nahegelegt worden, keine Tampons zu benutzen, bis mindestens eine Woche nach Ende der Blutung keinen Geschlechtsverkehr zu haben, sich viel Ruhe zu gönnen und sofort einen Arzt aufzusuchen, falls sie Fieber bekam. Sie hatte ein Rezept für Schmerzmittel bekommen, weil damit zu rechnen war, daß sie mehrere Tage lang heftige Unterleibsschmerzen haben würde. Sie war in die Apotheke nebenan gegangen, um das Rezept einzulösen, und dann war sie zurückgekommen, hatte sich auf einen Stuhl im Wartezimmer gesetzt, die Füße auf einen anderen Stuhl gelegt und gelesen, während sie auf ihren Freund wartete. Bevor er kam, hatte sie ihre blasse Gesichtsfarbe dick mit Make-up überschminkt, und als er kam, war sie handtascheschwingend und fröhlich lächelnd hinausgegangen.

Das stand nicht alles in dem Bericht; zum Teil stammte es aus der Erinnerung von Natalie Summers und aus der Erinnerung von der Frau am Empfang, die ich um zusätzliche Informationen bat.

Sowohl die Frau am Empfang als auch Natalie Summers pickten das Phantombild des Mannes mit dem roten Camaro mühelos aus einer Handvoll Fotos von männlichen Weißen um Mitte Zwanzig heraus. Sowohl die Frau am Empfang als auch Natalie Summers pickten April aus einer Handvoll Fotos von schlanken, jungen weiblichen Weißen um die Zwanzig heraus. Was keine große Überraschung war; eingedenk des Obduktionsberichts wäre ich sehr überrascht gewesen, wenn sie sie nicht erkannt hätten.

Weder die Frau am Empfang noch Natalie Summers hatten den Wagen des Mannes gesehen oder sich den Namen des Mannes nennen lassen. »Wir hatten keine Veranlassung dazu«, erklärte mir die Frau am Empfang. »Sie hat die Rechnung mit Kreditkarte bezahlt.«

Ich versuche alles, wenn ich glaube, daß ich dadurch Informationen bekomme.

Also ging ich nach draußen und stellte den draußen stehenden Demonstranten Fragen.

Natürlich standen draußen Demonstranten. Wie viele Abtreibungskliniken gibt es in diesem Land, vor denen nicht wenigstens zeitweilig Demonstranten stehen?

Es war eine Demonstrantin dabei – nur eine –, die auch am Montag dagewesen war. Nachdem ich lange nett auf sie eingeredet hatte – meine offensichtliche Schwangerschaft war vermutlich eine Hilfe –, war sie bereit, sich Fotos anzusehen. Sie erkannte April und sagte, April habe ihr den Stinkefinger gezeigt – eine obszöne Geste –, als sie versucht hatte, mit ihr zu reden.

Sie erkannte das Phantombild von Aprils Freund und sagte, er habe draußen gestanden und ein paar Minuten mit den Demonstranten gesprochen und ihnen versichert, daß er auf ihrer Seite sei, obwohl er, wie sie hinzufügte, nur wirres Zeug gefaselt habe. »Spinner auf unserer Seite schaden unserer Sache«, sagte sie zu mir.

Sie hatte seinen Wagen nicht gesehen.

Sie hatte, natürlich, sein Autokennzeichen nicht gesehen.

Wir waren nicht weiter als am Anfang.

Ich stieg in den Wagen und holte die andere Adressenkarte raus.

Kapitel 8

Emily Montrose wohnte in Richtung Stadtmitte. Natürlich verfuhr ich mich. Ich verfahre mich immer in Städten, die ich nicht kenne, und mit diesen Straßen im europäischen Stil kannte ich mich ganz und gar nicht aus, denn keine zwei Straßen liefen völlig parallel zueinander, und keine Ecke war völlig rechtwinkelig. Ich konnte mir zwar vorstellen, daß Touristen, die jede Menge Zeit hatten, Spaß daran fanden, ziellos umherzuwandern und bei fast jedem Schritt neue Entdeckungen zu machen, aber ich hatte es verdammt noch mal eilig. Die Innenstadt hatte nicht viel von den Vereinigten Staaten an sich – bis auf prächtig gestaltete Schaufenster und hohe Preise – aber auch nicht von Mexiko – außer dem Amerikanischen mit spanischem Akzent. Sie war von Spaniern entworfen worden, zum Teil auch gebaut, und die engen, gewundenen Straßen waren spanisch in Reinkultur. Ich sah den Gouverneurspalast, auf dessen Veranda Indianer in einer ordentlichen Reihe Schmuck verkauften, genau, wie Hal mir erzählt hatte, und ich sah die Kirche mit der Wundertreppe, die angeblich vom heiligen Josef erbaut worden war, wovon Hal mir nichts erzählt hatte, und ich sah ein Gebäude, das behauptete, das älteste Gebäude von New Mexico zu sein (in dem aber eine Pizzabude untergebracht war), und ich sah alle möglichen Leute, die alle möglichen Sachen verkauften, von wunderschönen handgewebten Decken bis zu Schnüren und Kränzen aus roten Chilischoten, fast alle interessant und fast alle teuer, aber nirgends sah ich Emily Montroses Haus. Oder die Wohnung. Oder die Straße, wo sie wohnte. Und mein Stadtplan verwirrte mich.

Ich sah die derzeitigen Regierungsgebäude. Ich sah einige Bibliotheken und Museen. Ich sah einige Parks und fragte mich, in welchem Hal und Lorie kampiert hatten. Einige Dinge sah ich zwei- oder drei- oder viermal, bis ich schließlich zu der richtigen Straße und Hausnummer kam, die auf der Karteikarte stand, die auf dem Sitz neben mir lag.

Wie Salazar aufgrund ihrer Stimme vermutet hatte, mochte sie rund Mitte Sechzig sein. Sie war eine ganz konventionell aussehende Frau, mit ganz konventionellem grauem Haar, das sie sich vermutlich einmal die Woche in einem Schönheitssalon zurechtmachen ließ – das erkannte ich daran, wie es gelegt war –, und etwas schmalen blauen Augen mit einer braungeränderten Bifokalbrille. Nicht, daß an einer Bifokalbrille irgend etwas auszusetzen ist; in meinem Alter werde ich bestimmt auch bald eine tragen. Nein, unangenehm fand ich ihren Gesichtsausdruck.

Sie trug ein Kleid aus irgendeinem Synthetikstoff, eine Kette aus falschen Perlen, Nylonstrümpfe und elegante Pumps. Offenbar war Besuch von der Polizei ein besonderes Ereignis in ihrem Leben.

Vielleicht hatte sie einen männlichen Polizeibeamten erwartet.

Sie führte mich in ein Zimmer, das von der Spanisch/Südweststaaten-Atmosphäre überall um sie herum keinerlei Notiz genommen hatte; ihre Ahorn- und Chintzmöbel und die langweilige Seelandschaft über der Couch hätten eher nach Neuengland gepaßt. Sie bot mir einen Polstersessel an, der etwas zu weich und etwas zu niedrig war, um für mich bequem zu sein, vor allem in meinem jetzigen Zustand, aber sie wollte ja nur freundlich sein, und ich biß innerlich die Zähne zusammen und setzte mich.

»Und *Sie sind Polizist*?« sagte sie in einem eher feindseligen als bewundernden Tonfall zu mir.

»Polizistin«, korrigierte ich sie. Denn männlich war ich ganz offensichtlich nicht.

»Aber ist das nicht *deprimierend?* All das viele Blut?«

»Ich bin ziemlich sicher, daß Krankenschwestern mehr Blut sehen als ich.«

»Aber es erscheint mir einfach undamenhaft. Und es kann nicht gut für Ihr Baby sein. Als ich Jillie erwartete, mußte ich mich jeden Nachmittag vier Stunden hinlegen.«

»Dann kann ich wohl von Glück sagen, daß ich so gesund bin.«

Sie gab noch eine Weile freundlich zwitschernd irgendwelche Allgemeinplätze von sich, die mir verdeutlichen sollten, wie wenig sie von meinem Beruf hielt. Nachdem sie diese Pflicht erfüllt hatte, bot sie mir Kaffee, Eistee, Torte, Kuchen und Plätzchen an. Ich schwenkte die Fotos vor ihren Augen, und sie verabschiedete sich schweren Herzens von ihrer vermeintlichen Gastfreundlichkeit und kam zur Sache.

»Ja, der hier«, sagte sie zu mir, als sie, kerzengerade ganz vorn auf der Kante einer Klavierbank sitzend, die Phantombilder durchsah. »Der hier war im Fernsehen.«

»Und Sie erkennen ihn wieder?«

»O ja. Einen Augenblick mal.« Sie stand auf und verschwand diesmal in einem anderen Zimmer, und ich hoffte, sie würde nicht wieder mit etwas zurückkommen, das sie mir anbieten wollte. So ziemlich das einzige, was noch fehlte, war eine Wolldecke für meine Knie.

Aber sie kam mit einem weiß eingebundenen Buch zurück; nach einer Sekunde erkannte ich, daß es so ein Fotoalbum war, wie sie für Hochzeitsbilder verkauft werden. Sie öffnete es. »Meine Tochter Jill und ihr Exmann«, sagte sie und reichte es mir.

Ich konnte – nicht mit Sicherheit – sagen, daß der Mann auf dem Foto der Mann auf dem Phantombild war. Aber er hatte so große Ähnlichkeit mit dem Gesuchten, daß es sich auf jeden Fall lohnen würde, der Sache nachzugehen.

»Wie heißt er?«

Sie blickte ein wenig überrascht. »Das wissen Sie nicht?«

»Nein, Ma'am, deshalb haben wir ja das Phantombild im Fernsehen veröffentlicht, weil wir hoffen, so seinen Namen zu erfahren.«

»Aha, na, er heißt Darren Fletcher. Aber Jillie hat ihn immer Sugar genannt, als sie noch – na ja, bevor sie sich getrennt haben.«

Damit war alles klar, dachte ich. Wenn sie glaubt, daß er Darren Fletcher ist, und auf der Meldekarte des Motels steht, daß er Darren Fletcher ist – aber Sugar? »Wieso eigentlich?« fragte ich.

»Die Trennung? Weil –«

»Nein, ich meine, warum hat sie ihn Sugar genannt?«

»Ach so, na ja, weil er früher geboxt hat.«

»Aha?«

»Ja, eine Art Halbprofi. Er war nie besonders gut, glaube ich. Aber, wissen Sie, diese Boxer haben irgendwie ein Faible für den Spitznamen Sugar. Und er hat als Sugar Fletcher geboxt.«

»Okay, Sie haben gesagt, er ist der Exmann Ihrer Tochter, richtig?« Ione hatte gesagt, daß Aprils Traumprinz verheiratet war.

»Tja – könnte man so sagen.«

»Ja, aber ich muß es genau wissen. Ist er ihr Mann oder ihr Exmann?«

»Na ja, sie leben getrennt, wissen Sie.« Sie verzog das Gesicht, als hätte sie in eine ganz besonders saure Zitrone gebissen. »Als ich ein junges Mädchen war, hat man so was einfach nicht gemacht. Man hat geheiratet, und man ist verheiratet *geblieben.«*

Ich fand, daß es keine allzu gute Idee wäre, mich auf eine philosophische Diskussion über die menschliche Natur einzulassen. Sie sprach weiter.

»Jillie hat es wirklich schwer mit ihm, er quengelt und quengelt, sie soll zu ihm zurückkommen.«

»Wissen Sie, warum sie nicht zu ihm zurück will?«

»Oh, na ja, sie sagt, er hat sie geschlagen und so weiter. Aber Sie wissen ja, Männer sind und bleiben nun mal Männer.«

»Ja, das stimmt. Sie hat ihn also verlassen, weil er sie mißhandelt hat?«

»Na ja, das hat sie wenigstens gesagt.«

»Aber Sie sind sich nicht sicher, ob sie das glauben sollen.«

»Oh, das habe ich nicht gesagt. Aber so ein sympathisch aussehender Mann – man sieht ihm förmlich an, daß er aus gutem Hause kommt, und so schöne Zähne –«

Genau das, was jede Frau braucht, dachte ich. Er kann noch so mies und brutal sein, Hauptsache, er hat einen hübschen angelsächsischen Namen und Zähne wie Jimmy Carter. »Schön«, sagte ich, »ich muß mir ein paar Notizen machen. Also, Sie haben gesagt, er heißt Darren Fletcher, richtig? Darren mit e oder i?« Ich fragte absichtlich Dinge, die ich bereits geklärt hatte, damit sie entspannter wurde. Ich wußte bereits, daß er sich Darren, nicht Darrin schrieb, weil ich seine Unterschrift auf der Meldekarte des Motels gesehen hatte. Und es kam zwar oft vor, daß jemand seinen Namen änderte, aber so gut wie nie, daß jemand die Schreibweise seines Namens änderte.

»Mit e«, versicherte sie mir. »Da bin ich sicher.«

»Und er ist der Mann Ihrer Tochter, aber er lebt von ihr getrennt?«

»Das stimmt.«

»Haben die beiden Kinder?« Mir fiel ein, was Ione mir noch erzählt hatte.

»Ja, einen kleinen Jungen, Scotty. Er ist erst sechs Monate alt. Ein herrlicher kleiner Kerl.« Sie strahlte mich an, eine aufgesetzte Großmütterlichkeit, hinter der sich eine Kälte verbarg, die mich abstieß.

»Was arbeitet er?« fragte ich. »Darren, meine ich.«

»Er ist nirgends angestellt. Er macht kunsthandwerkliche Sachen und verkauft sie auf Jahrmärkten und Flohmärkten.«

»Was für kunsthandwerkliche Sachen?«

»Irgendwelche Sachen«, sagte sie ungenau. »Kunsthandwerk.«

»Lederschmuck, so was in der Art?«

»So was in der Art. Ziemlich merkwürdig für einen Erwachsenen. Aber Jillie hat gesagt, daß er damit angefangen hat, als er nach einer Boxverletzung lange im Krankenhaus liegen mußte, und er konnte das richtig gut. Ich vermute, er hätte später irgend etwas anderes gemacht.«

Sehr wahrscheinlich hatte ich soeben die Erklärung für Aprils Lederband gefunden. Ein kleines Problem gelöst. »Wo wohnt er?« fragte ich.

»Ach, wissen Sie, ich weiß gar nicht, wo er wohnt.«

»Wo hat er gewohnt, als er mit Ihrer Tochter verheiratet war?«

»Na, bei ihr natürlich.«

»Schön, und wo wohnt sie?«

»In Las Vegas.« Sie gab mir die Adresse.

»Verstehe. Und wie lange haben sie da gewohnt?«

»Aber sie wohnt ja noch immer da.«

»Jaja, das sagten Sie bereits«, erwiderte ich, um Geduld ringend. »Aber wie lange haben die beiden zusammen da gewohnt?«

»Ach so, etwa sechs Monate. Warten Sie, lassen Sie mich nachdenken.« Sie hielt inne und zählte irgendwas an den Fingern ab. »Ja, das könnte hinkommen. Sie haben Anfang Januar geheiratet, und Darren ist etwa Ende August ausgezogen.«

»Sie haben Anfang Januar geheiratet, und Darren ist im August ausgezogen, und das Baby ist sechs Monate alt –«

»Was soll denn diese Anspielung?«, sagte sie und blickte noch mehr so, als hätte sie in eine saure Zitrone gebissen.

»Welche Anspielung?«

»Es hatte schon alles seine Richtigkeit. Der kleine Scotty ist nur einen Monat zu früh gekommen, mehr nicht.«

»Ach, du liebe Zeit! Mrs. Montrose, es tut mir schrecklich leid, das sollte wirklich keine Anspielung sein«, versicherte ich ihr. »Ich wollte mir nur die Daten einprägen, mehr nicht.«

»Na ja, ich möchte nicht, daß Sie denken –«

»Das habe ich nicht. Ehrlich nicht.«

Aber natürlich hatte ich das. Denn Darren Fletcher – und inzwischen war ich mir relativ sicher, daß Darren Fletcher Darren Fletcher war – wollte April heiraten, weil sie schwanger war. Hatte er auch »Jillie« heiraten wollen, weil sie schwanger war? Auszuschließen war das ganz bestimmt nicht.

Aber wieso hatte er nicht im Telefonbuch gestanden, wenn er sechs Monate in Las Vegas gewohnt hatte? »Mrs. Montrose«, fragte ich, »lief das Telefon und so weiter auf seinen Namen?«

»Wie meinen Sie das? Ich habe ihre Rechnungen nie gesehen! Wollen Sie etwa andeuten, ich würde *herumschnüffeln*?«

»Ich meine – äh, versuchen wir's mal so. Haben er und Jill das Haus zusammen bezogen, oder hat einer von beiden schon dort gewohnt, bevor sie geheiratet haben?«

»Ach so, also, es ist Jillies Haus. Nicht, daß es ihr gehört, ich meine, ich bin der Meinung, Frauen sollten keine Häuser besitzen, Sie etwa? Dazu braucht man einen Mann, aber sie hat es gemietet. Sie studiert da, an der Highlands University. Ich weiß wirklich nicht, warum; all die vielen Mexikaner da, und ich bin sicher, sie würde woanders eine viel bessere Ausbildung bekommen ...«

Sparen wir uns den Rest. Was sie sonst noch sagte, brachte nicht das geringste, außer, daß es uns tatsächlich gelang, sein Geburtsdatum herauszufinden; der Rest der Unterhaltung diente lediglich dazu, mir allerletzte Gewißheit darüber zu verschaffen, daß Emily Montroses Verstand, wenn man ihn überhaupt so nennen wollte, auf einem wogenden Meer von Vorurteilen und Klischees trieb; und jeder Versuch, sie von diesen Klischees abzubringen, wäre von vornherein zum Scheitern verurteilt gewesen, obwohl etliche ihrer Gedanken sich gegenseitig ad absurdum führten.

Als es mir schließlich gelungen war zu entkommen, rief ich Salazar von einer Telefonzelle aus an. »Fletcher«, sagte er nachdenklich, als ich ihm die Adresse nannte. »Ja, die ist mir bekannt. Wir sind ein paarmal dahin gerufen worden, weil der Exmann der Frau Radau gemacht hat, Sie kennen das ja bestimmt.«

Und ob ich das kannte, und zwar nur allzu gut, wie jeder, der länger als zwei Monate in einem Polizeidepartment arbeitet. Die meisten Leute meinen, daß es für einen Polizeibeamten am gefährlichsten ist, wenn er zu einem Raubüberfall oder einem Mord gerufen wird. Dem ist nicht so. Fast Jahr für Jahr werden in den Vereinigten Staaten mehr Polizisten bei Einsätzen aufgrund von Ehestreitigkeiten schwer verletzt oder getötet, als bei irgendwelchen anderen Einsätzen.

Daher wird eine Adresse, zu der schon wiederholt Einsatzkräfte wegen Ehestreitigkeiten gerufen wurden, mit einem Vermerk versehen. Das bedeutet, daß der Einsatzleiter, der die Meldung rausgibt, den Beamten darüber informiert, daß es sich um eine einschlägige Adresse handelt und äußerste Vorsicht geboten ist.

Ich glaube allerdings nicht, daß derlei Vermerke in einer so kleinen Stadt erforderlich sind; vermutlich kennt jeder im Department die Adressen, die in einer Großstadt mit Vermerk versehen würden.

»Ich fahr' hin und überprüf' die Sache«, sagte Salazar. »Geht es Ihnen gut?«

»Natürlich geht es mir gut. Wieso sollte es mir nicht gutgehen?«

»Ich dachte bloß, ich frag' mal nach. Begay hat Hal abgeholt, und die beiden sind wieder unterwegs, mit Fotos von dem Phantombild.«

»Sie wollten sich also vergewissern, daß es mir gutgeht, bevor Sie mir das erzählen«, sagte ich.

»Na ja«, sagte Salazar und ließ es dabei bewenden.

»Wessen Idee war das? Hals, nehme ich an?«

»Eigentlich Begays. Er hat beschlossen, daß er Hal mag.«

»Soll ich sonst noch was in Santa Fe überprüfen?« fragte ich, weil ich keinen Kommentar dazu abgeben wollte, daß Begay Hal jetzt mochte.

»Nee, kommen Sie zurück. Ich rufe beim NCIC an und gebe denen durch, was Sie rausgefunden haben.«

Und so fuhr ich zurück nach Las Vegas, ohne der Landschaft soviel Beachtung zu widmen wie auf der Hinfahrt, und traf Salazar in seinem Büro an, wo er auf mich wartete.

»Sie war nicht da«, sagte er.

»Wer, Jill Fletcher? Na, könnte sein, daß sie an der Uni ist. Ihre Mutter hat gesagt, sie studiert.«

»Sie wohnt nicht mehr da«, korrigierte er sich. »Die Nachbarn sagen, sie ist vor zwei Monaten ausgezogen.«

»Ohne es ihrer Mutter zu sagen?«

»Nach dem, was Sie mir über ihre Mutter erzählt haben ...«

»Das stimmt allerdings«, gab ich zu.

»Aber ich habe mich bei der Universität erkundigt«, fuhr er fort, »und sie ist noch eingeschrieben. Er hat das Studium, wenn man es so nennen will, im letzten Herbst abgebrochen.«

»Ach ja?«

»Er hat auf Sportlehrer studiert. Aber ohne Sportstipendium. Soviel hab' ich rausbekommen.«

»Aber ihre jeweiligen Adressen hat man Ihnen nicht gegeben?«

»Genau. Ich habe überall angerufen, bei den Stadtwerken und so weiter. Selbst wenn Strom und Heizung in der Wohnungsmiete enthalten sind, müßte sie doch wenigstens ein Telefon auf ihrem Namen haben.«

»Falls sie Telefon hat.«

»Wieso sollte sie kein Telefon haben?«

»Wenn sie geschieden ist oder getrennt lebt und ein Kind ernähren muß und noch studiert –«

»Oh. Ja. Daran habe ich nicht gedacht. Sie könnten recht haben.«

»Ich habe recht.«

»Okay, Sie haben recht.« Sein Telefon klingelte, und er nahm den Hörer ab. Nachdem er kurz etwas auf eine Karteikarte geschrieben hatte, legte er auf. »Stadtwerke. Wir haben eine Adresse. Möchten Sie mitkommen?«

»Ich denke, ja. Ist Hal noch mit Begay unterwegs?«

»Jawohl. Begay ist nicht verheiratet, und wenn er sich erst mal in etwas verbissen hat ...«

»Ich bin genauso. Mein Mann ist deshalb manchmal richtig wütend auf mich.«

»Wie ich schon sagte, er ist nicht verheiratet. Jedenfalls, ja, sie sind noch unterwegs, und kommen wohl erst zurück, wenn ihnen danach ist. Also. Ich frag' noch mal. Möchten Sie mitkommen?«

»Ich habe bereits ja gesagt.«

In einer Stadt von der Größe Las Vegas' ist es von keinem Ort zum anderen sehr weit. Nicht ganz zehn Minuten später parkte Salazar seinen Polizeiwagen vor einem baufälligen Ziegelhaus. Der Rasen war offensichtlich schon länger nicht gemäht worden, und auf der Veranda vor dem Haus lagen vier Zeitungen. Der Briefkasten quoll über vor Broschüren, Katalogen und Reklamezetteln, und als wir auf die Veranda zugingen, konnte ich zweierlei hören: Fliegengesurr und ein weinendes Baby.

Kein Baby, das normal weinte. Das dünne, verzweifelte Geschrei eines vernachlässigten Babys, eines halbverhungerten und vergessenen Babys. Den Klang hatte ich mehr als einmal gehört, als ich noch Streifenpolizistin war. Die Mutter war nicht da. Keine Frau könnte sich das anhören, ohne sofort etwas zu unternehmen. Die Mutter war nicht da oder –

Oder.

Die Mutter – oder sonstwer – war da. Und würde das Haus nur in einem Leichensack verlassen.

Der Geruch, von nahem, war eindeutig. Wieso hatte noch niemand angerufen? Wieso hatte der Postbote keine Meldung gemacht? Wieso hatte kein Nachbar die Polizei verständigt? Wie viele Tage weinte das Baby – Scotty – schon?

Salazar stieß die Haustür, die keine Fliegentür hatte, mit der Schulter auf und ging einfach weiter. Er blieb nicht stehen, um mir zu sagen, ich sollte besser nicht reinkommen; dazu hatte er zuviel Respekt vor mir, oder er wollte, als Vater von sechs Kindern, einfach nur zu dem Baby, bevor er über irgend etwas anderes nachdachte. Eins von beidem mußte es sein; und ich ging mit ihm.

Die Heizung war an; es mußten an die dreißig Grad da drin sein, und Salazar ließ die Vordertür auf, während er auf das Zimmer zuging, aus dem das Wimmern kam. An der Schwelle des Zimmers blieb er kurz stehen.

Ich hatte ein seltsames Déjà-vu-Gefühl; schon oft bin ich in ein Haus gegangen, in dem jemand seit langer Zeit tot war; schon oft habe ich ein Baby zusammen mit einer Leiche in einem Zimmer gefunden. Aber noch nie habe ich ein Baby in einem Zimmer zusammen mit einer mehrere Tage alten Leiche gefunden.

In dem Bett waren sechs Fläschchen; vermutlich war in drei oder vier davon Milch gewesen und in zwei oder drei Wasser. Jemand hatte erwartet, daß das Baby innerhalb von einem oder zwei Tagen gefunden würde. Aber die Fläschchen waren jetzt alle leer, seit langem leer, und wieso das Baby noch am Leben war, überstieg mein Vorstellungsvermögen. Es brauchte dringend eine frische Windel, aber noch dringender brauchte es Milch. Ich nahm eines der Fläschchen, ohne auch nur daran zu denken, daß ich vielleicht irgendwelche Spuren vernichtete – und in diesem Moment hätte ich mich auch nicht darum geschert, wenn ich daran gedacht hätte –, und ging in die Küche.

Als ich mit dem gefüllten Fläschchen zurückkam – in der Küche stand Milchpulver –, hatte Salazar das Baby bereits aus dem Bettchen gehoben, ins Badezimmer gebracht, gewaschen und gewickelt. »Sie arbeiten schnell«, sagte ich zu ihm.

»Ja«, sagte er und reichte mir das Baby.

Baby und Fläschchen weniger gekonnt balancierend, als ich gern von mir behaupten würde – mein letztes Baby ist sechzehn Jahre alt, und ich verbringe weniger Zeit mit meinem kleinen Enkel, als mir lieb ist –, folgte ich Salazar zurück ins Schlafzimmer.

Ich mußte das Baby füttern, während ich es auf dem Arm hielt, weil ich nicht ins Wohnzimmer gehen und Salazar ganz allein den Fundort der Leiche untersuchen lassen wollte, und ich wollte mich auf keinen Fall auf den Boden setzen, der recht blutig war, oder auf das Bett. In dem jemand lag.

Es war keine vier Stunden her, daß ich Jill Fletchers Hochzeitsfoto gesehen hatte, und das Hochzeitsfoto war knapp über ein Jahr alt. Aber jetzt hätte ich aufgrund des Fotos nicht sagen können, daß das Jill Fletcher war. Ich bezweifelte, daß das überhaupt jemand gekonnt hätte. Sie war schätzungsweise fünf Tage tot. Mindestens vier. Vier oder fünf Tage tot in einem sehr warmen Raum.

Wer den Geruch einmal gerochen hat, vergißt ihn nie. Hier war er entsetzlich stark; wenn ich wieder im Motel war, würde ich mir die Haare mit Zitronenshampoo waschen müssen und die Zähne putzen, gurgeln und meine Sachen im Waschbecken waschen und sie anschließend noch einmal in einem Waschsalon waschen. Und selbst dann würde ich diesen Geruch noch tagelang ganz hinten im Mund schmecken.

Wenigstens suchte Salazar nicht nach irgendeinem Frischluftspray. Kein Spray kann den Geruch überdecken, und das einzige Ergebnis ist, daß man das verwendete Spray nicht mehr ausstehen kann, weil man seinen Geruch dann immer mit diesem Geruch in Verbindung bringt.

Wie vorauszusehen, sagte er: »Verdammt.«

Dann wandelte er es ab. »Verdammt und zugenäht.«

In Fort Worth wäre es jetzt an der Zeit, die Spurensicherung zu rufen, damit sie Fotos macht und Beweise sammelt. Es war durchaus anzunehmen, daß es hier keine Spurensicherung gab.

Salazar öffnete das Fenster, überlegte es sich dann anders und schloß es wieder. Er ging zur Vordertür hinaus und kehrte mit der kleinen Kamera und der aktenkoffergroßen Ausrüstung zurück, die er im Bandelier-Park benutzt hatte, um Beweise zu sammeln. Er machte rasch zehn Fotos. Dann nahm er einen Packen Karteikarten aus dem Aktenkoffer und fing an, sich sehr systematisch Notizen zu machen.

Das Baby hörte auf, an dem Fläschchen zu saugen, und ich hielt den Kleinen hoch, damit er ein Bäuerchen machen konnte. Er übergab sich über meinen Rücken.

»Das hat uns gerade noch gefehlt«, brummte Salazar.

»Und? Was soll ich dagegen machen?« wollte ich wissen.

»Sie können wohl nicht viel dagegen machen, oder? Keine Ahnung. Holen Sie ein Handtuch oder so.«

»Aus Schaden wird man klug, oder ...«, knurrte ich und holte ein Handtuch.

Salazar mußte seine Karteikarten und seinen Stift ablegen und mich ins Badezimmer begleiten, um mir die Schulter abzuwischen, was auch nicht viel nutzte, um den Geruch loszuwerden. Das Baby fing wieder an zu schreien.

Vielleicht sollte ich ihm jetzt keine Milch geben. Vielleicht konnte es keine Milch vertragen, solange sein Körper noch nicht wieder etwas Wasser aufgenommen hatte. Vielleicht sollte ich ihm Wasser geben. Zuckerwasser?

Ich nahm das Baby mit, ließ Salazar allein seine Notizen machen und sah im Kühlschrank nach.

Dort stand eine Dose Seven-Up. Da war zuviel Kohlensäure drin, zuviel Zucker, aber wenn ich die Dose ein paarmal schüttelte und die Kohlensäure ein wenig herausließ und die Limo zur Hälfte mit Wasser verdünnte ...

Ich ging wieder ins Schlafzimmer, mit dem Baby, das verdünntes Seven-Up trank, und sagte: »Salazar?«

»Ja?«

»Meinen Sie nicht, daß wir einen Krankenwagen für das Baby rufen sollten?«

Er hielt inne und blickte mich an. »Nein«, sagte er.

»Wieso?«

»Weil ich noch keinen Krankenwagen hier haben möchte. Die trampeln bestimmt hier überall durch, während wir hier arbeiten.«

»Nicht, wenn Sie es nicht zulassen, solange –«

Er sah mich wieder an. »Deb«, sagte er.

»Ja?«

»Was meinen Sie, wie viele Wagen ich auf der Straße habe?«

»Ich weiß nicht. Wie viele?«

»Zwei. Und ich will, daß sie auf der Straße sind, und nicht hier, wo meine Leute nur herumglotzen würden. Ein Funkspruch, und ich hab' ...«

»Aber das Baby –«

»Bleibt schön hier. Kinder sind robuster, als man denkt.«

Das habe ich mir selbst schon häufig genug gesagt, und ich wußte, daß er recht hatte. Noch sieben, acht Tage nach dem Erdbeben in Mexico City hat man aus den eingestürzten Krankenhäusern Neugeborene geborgen, die am Leben waren und schrien. In einigen Fällen waren die Babys nur Augenblicke nach der Geburt verschüttet worden, ohne Milch oder Wasser bekommen zu haben. Er hatte recht. Das Baby würde hier bleiben. Es schrie jetzt, wenn es kurz den Nuckel des Fläschchens verlor, bereits deutlich lauter, und sein kleiner Körper war kühler. Das Seven-Up war eine gute Idee gewesen. Die Flüssigkeit ging ihm praktisch direkt in den Blutkreislauf.

Wahrscheinlich würde die Großmutter in Santa Fe ihn am Ende großziehen, armer Kleiner. Darren Fletcher, so sehr er auch behauptete, Kinder zu lieben, würde ihn bestimmt nicht zurückbekommen, und es war zweifelhaft, daß ein Gericht Fletchers Eltern, wer immer sie auch sein mochten, das Baby zusprechen würde. Damit blieb nur noch Emily Montrose. Es sei denn, das Baby hatte Glück, und sie würde es nicht wollen und zur Adoption freigeben.

»Salazar?« sagte ich.

»Ja?«

»Wissen Sie, was komisch ist?«

Er hockte sich hin und starrte zu mir hinauf. »Wenn irgendwas komisch ist, würde ich es verdammt gern wissen.«

»Ich kenne einen Darren Fletcher.«

»Doch nicht den hier?«

»Nein. Der Darren Fletcher, den ich kenne, ist beim FBI.«

Unwillkürlich lachte Salazar leise auf. »Das wäre ein Ding, was? Meinen Sie ein Verwandter?«

»Das will ich nicht hoffen. Ich meine, jetzt mal im Ernst. Ich bin auch nicht verrückter nach dem FBI als sonst ein Polizist, aber eigentlich –«

»Okay. Sie haben recht. Die sind auf unserer Seite. Ich hoffe es auch nicht.«

Er schrieb weiter, und ich sah mich um. Ich hatte die Hände voll; ich konnte keine Notizen machen, aber wenn dieser Fall jemals zur Verhandlung kommen sollte, würde auch ich eine Aussage machen müssen. Nicht darüber, was ich gerochen hatte, was einfach unbeschreiblich war, sondern darüber, was ich gesehen und was ich getan hatte.

Jill lag auf dem Rücken auf dem Bett, in einem blauen Chiffonnachthemd und einer blauen gesteppten Bettjacke. Das bedeutete, daß nicht sie die Heizung so hoch aufgedreht hatte; Frauen tragen Bettjacken, weil die Hersteller von Nachtkleidung, die Männerschlafanzüge mit Ärmeln ausstatten, meinen, daß Frauen es mit nichts als zwei dünnen Spitzenträgern zwischen ihren Schultern und dem Universum die ganze Nacht richtig schön gemütlich hätten. Im Sommer, wenn die Klimaanlage nicht zu kalt eingestellt ist, reichen die Träger aus. Aber im Winter braucht jeder, der sich auch nur die geringsten Gedanken über die Heizungsrechnung macht, ohne Zweifel etwas anderes.

Außerdem würde eine Frau, die sich kein Telefon leisten konnte, es sich nicht leisten können, die Heizung auf über dreißig Grad einzustellen.

Den Büchern auf ihrem Nachttisch nach zu urteilen, hatte sie Soziologie studiert und war schon ein höheres Semester gewesen. Der Note nach zu urteilen, die ich auf einer Hausarbeit sehen konnte, die auf den Boden gefallen oder geworfen worden war, war sie eine gute Studentin gewesen. Dem allgemeinen Zustand des Hauses und der Kleidung (sowohl ihrer als auch der des Babys) nach zu urteilen, hatte sie das Beste aus dem gemacht, was sie hatte. So einen Tod hatte sie nicht verdient. Einen Augenblick lang empfand ich tiefe Trauer über die Verschwendung all der Möglichkeiten, die in ihr gesteckt hatten.

Aber Polizeibeamte können sich keine Emotionen leisten. Such nach Fakten.

Sie lag mit dem Rücken auf dem Bett in einem blauen Chiffonnachthemd mit weißen Spitzenträgern, und ihre Füße waren nackt. Ihre Kehle war fast bis zur Wirbelsäule durchgeschnitten worden. Außerdem hatte sie etliche Stichwunden im Unterleib und zahlreiche Abwehrverletzungen an den Handrücken, Wunden, wie ich sie auch an Aprils Händen entdeckt hatte.

Wie April war Jill wach gewesen. Sie hatte versucht, sich zu wehren. Aber wie April war sie eine kleine Frau gewesen. Sie hatte nicht die geringste Chance gehabt gegen einen Exboxer, der bewaffnet war mit ...

Womit war er bewaffnet gewesen?

Er hatte Harrys Messer nicht gehabt, da noch nicht.

»Salazar«, sagte ich, »wo ist das Messer?«

Er blickte zu mir hoch. »Was haben Sie gesagt?«

»Das Messer. Wo ist das Messer? Das Messer meines Mannes hatte er noch nicht, als er hier war; Hal war noch gar nicht in der Stadt. Also wo ist das Messer, das er benutzt hat?«

Salazar erhob sich und sah sich um.

Auf dem Fußboden lag kein Messer, auch nicht auf dem Bett oder wo man es sonst hätte ablegen können. Salazar riß die Bettdecke hoch und schaute unter das Bett. »Sehen Sie in der Küche nach«, sagte er zu mir.

Wenn er es nicht abgewaschen und zurück in die Besteckschublade gelegt hatte, während er die Fläschchen für das Baby fertig machte, was nicht sehr wahrscheinlich war, dann war das Messer nicht in der Küche. Es war auch nicht im Wohnzimmer. Es war auch nicht, wie Salazar mir sagte, im Badezimmer.

»Dann hat er es bei sich«, sagte ich. »Er hat Lorie, und er hat das Messer.«

»Was zum Teufel spielt das für eine Rolle?« sagte Salazar. »Wenn er das Messer nicht hätte, würde er sich einfach ein anderes besorgen. Ach, Scheiße. Deb, das Baby schläft. Legen Sie es hin und suchen Sie nach Adreßbüchern.«

»Ohne Durchsuchungsbefehl –«

»Suchen Sie nach Adreßbüchern.«

Ich wollte das Baby nicht wieder in sein dreckiges Bettchen legen. Aber ich suchte trotzdem die sauberste Ecke des Bettchens aus und legte es hinein, um nach Adreßbüchern zu suchen.

Kapitel 9

Der beste Ort, um nach einem Adreßbuch zu suchen, schien der große Packen mit Zeitschriften und verschiedenen Papieren auf der rechten Seite der abgewetzten, undefinierbar beigefarbenen Couch in dem klaustrophobisch kleinen Wohnzimmer zu sein. Ich schaltete sämtliche vorhandenen Lichtquellen an und machte mich, innerlich über die Dunkelheit fluchend, an die Arbeit.

Zehn Minuten später – nach einer Pause, um zur Toilette zu gehen, weswegen sowohl Salazar als auch ich unsere jeweiligen Beschäftigungen unterbrechen mußten, um zuvor das Badezimmer nach brauchbaren Beweisen abzusuchen – wußte ich, daß Jill Fletcher die *Newsweek* abonniert hatte, hin und wieder *McCalls* kaufte und für ihre letzten drei Hausarbeiten in Soziologie eine Eins bekommen hatte. Ich wußte, daß sie eine eingefleischte Leserin von Reklamesendungen war (die mein Mann Harry »die Lügenblätter« nennt) und daß sie einen – unbeendeten – wütenden Brief an Präsident Reagan angefangen hatte, weil er sich in Moskau mit Häuptlingen von Indianerstämmen getroffen hatte, denen es nicht gelungen war, zu Hause einen Termin bei ihm zu bekommen. Reagan hatte später seine Verwunderung über deren Beschwerden zum Ausdruck gebracht, sie würden doch schließlich in schönen Reservaten leben und das freundliche Ministerium für indianische Fragen kümmere sich um sie, und Jill hatte ihre Meinung über seine Meinung zum Ausdruck gebracht.

Ich drehte einen *National Enquirer* um und fand darunter einen Taschenkalender aus Kunstleder, so einen, der im September anfängt und im August aufhört, so daß man das ganze akademische Jahr in einem Buch hat. Darin war Platz für Notizen, Termine, Telefonnummern und Adressen. Leider war der Adreßteil, den ich natürlich als erstes aufschlug, leer. Das heißt, er war nicht völlig leer; sie hatte dort keine Namen und Adressen eingetragen, sondern eine komplizierte Tabelle gezeichnet, wieviel Gewicht sie verlieren würde, wenn sie x Wochen lang die Diät einhielt, die sie gerade machte. Ich erkannte die Tabelle sofort, denn ich hatte ähnliche gezeichnet (wenn auch nicht im Adreßteil meines Taschenkalenders).

Na ja, manche Leute notieren sich Adressen auf der Tagesseite ihres Taschenkalenders, sobald sie die Adresse bekommen, und tragen sie dann, wenn sie Zeit haben, in ihr reguläres Adreßbuch ein. Hoffnungsvoll begann ich, die Kalenderseiten für jeden Tag durchzublättern. Ich erfuhr, was für Seminare sie besuchte, wie sie sich ausgerechnet hatte, wann ihr Baby kommen würde. (Es kam zwei Wochen zu früh, was mich ein wenig nervös machte. Das heißt, meinetwegen, nicht ihretwegen; ich war längst zu dem Schluß gekommen, daß Emily Montroses recht hysterische Behauptung, Jills Baby sei einen Monat zu früh zur Welt gekommen, pure Heuchelei gewesen war.)

Ich fand jedoch nicht den geringsten Hinweis darauf, wo ihr Mann oder Exmann, je nachdem, sich möglicherweise aufhielt, und außerdem bekam ich allmählich fürchterliche Rückenschmerzen, weil ich gebückt über diesem Zeug hockte und mit der Nase viel zu nah davor hing, eine Nähe, die durch die kaum zu erhellende Dunkelheit in dem Zimmer diktiert wurde. Ich legte den Kalender beiseite, als ich bei der ersten Februarwoche angelangt war, und wandte mich wieder dem Papierstapel zu – und hörte draußen das Quietschen von Bremsen.

In diesem Haus gab es kein Fenster zur Straße hin. Ich lief zur Vordertür, und während ich noch sah, wie ein roter Wagen wendete (dabei über einen Bordstein und einen angrenzenden Garten – Rasen wäre übertrieben – fuhr), stürmte Salazar an mir vorbei. Er ging nicht, sondern sprang von der Vordertreppe, landete auf dem Boden, lief weiter und öffnete im Laufen den Sicherungsriemen seiner Pistole. Sekunden später machte der schwarz-weiße Ford einen Blitzstart und nahm die Verfolgung des roten Wagens auf.

Da ich davon ausgegangen war, den Rest des Nachmittags mit Salazar zusammenzusein, hatte ich das Walkie-talkie, das ich bisher benutzt hatte, nicht mitgebracht. Im Haus gab es kein Telefon, und ich hatte keine Lust, bei Nachbarn zu klingeln und sie zu bitten, mal telefonieren zu dürfen, die vier oder fünf Tage ein Baby hatten schreien hören, ohne mal nach dem rechten zu sehen.

Das Ende vom Lied war, daß ich nicht nur keine Möglichkeit hatte, irgend jemanden anzurufen und zu bitten, das Baby und mich abzuholen, ich hatte nicht mal die Möglichkeit, mitzubekommen, was los war.

Was sollte ich tun?

Ich tat das Naheliegende. Ich ging zur Toilette, sah nach dem Baby und kehrte dann wieder zu dem Stapel Papiere zurück und suchte weiter nach Adreßbüchern, Briefen oder sonstigem, das uns behilflich sein könnte, die ständige oder auch nur irgendeine wahrscheinliche vorübergehende Adresse von Darren Fletcher zu finden. Natürlich war die Situation nicht so schwierig, wie sie es gewesen wäre, wenn wir das Adreßbuch hätten finden müssen, um die nächsten Angehörigen des Opfers ausfindig zu machen, aber dennoch ...

Es gab zwei Möglichkeiten, befand ich einen Moment später. Entweder war Jill normal ordentlich und verstaute hier in der Ecke alles, wofür sie woanders keinen Platz hatte, oder aber sie war notorisch unordentlich und hatte das ganze Zeug in großer Eile an diesem einen Platz gestapelt, weil sie Gäste erwartete.

Ich erwartete keine Gäste. Nicht, solange ich allein in einem Haus mit einer toten Frau und ohne Telefon war. Aber irgend jemand machte sich an der Haustür zu schaffen. Ich gebe gerne zu, daß ich, die Hand am Kolben meiner Pistole, mit dem Rücken an der Wand stand, als Salazar wieder hereinkam und ungeheuer entnervt dreinblickte. »Ich hab' ihn verloren«, sagte er.

»Ach ja?«

»Tja, eigentlich habe ich ihn nicht verloren. Ich hatte ihn gar nicht. Er hatte einen viel zu großen Vorsprung, und mein Wagen hat nicht gerade den stärksten Motor im Staate New Mexico. Jedenfalls habe ich Beamte von der Stadt-, County- und Staatspolizei mobilisiert, nach ihm zu suchen. Und die haben bestimmt jede Menge Chancen, ihn zu finden«, fügte er bitter hinzu.

»Warum sagen Sie das so?«

»Überlegen Sie doch mal. Was meinen Sie wohl, wie viele rote Camaros mit jungen Weißen am Steuer auf der Straße unterwegs sind? Und wir kennen nicht mal dies beschi-, wir kennen nicht mal das verdammte Kennzeichen und wissen auch nicht, in welchem Bundesstaat ... Wie sollen wir ihn finden? Wie sollen wir ihn finden? Ach verdammt.« Er drehte mir den Rücken zu und ging zurück ins Schlafzimmer, wohin ich ihm gerade noch rechtzeitig folgte, um zu sehen, wie er unter das Bett kroch.

Einen Polizeichef, der im Begriff ist, unter ein Bett zu kriechen, läßt man am besten in Frieden, beschloß ich und ging leise erst einmal zur Toilette, bevor ich mich wieder an meine Aufgabe machte, möglichst ein Adreßbuch zu finden und möglichst nachzudenken – um aus Ungereimtheiten schlau zu werden.

Falls Jill nicht normal ordentlich war bis auf diesen einen Platz in der Wohnung – und sie hatte zweifellos allen Grund, es nicht zu sein; sie mußte Geld verdienen, sich um ein neugeborenes Baby kümmern, das noch so klein war, daß es mitten in der Nacht sehr viel Fürsorge brauchte, und sie hatte durchweg gute Noten bekommen, was alles zusammengenommen sehr anstrengend gewesen sein mußte –, von wem hatte sie dann am Tag ihrer Ermordung Besuch erwartet? Wenn es nämlich eine Freundin gewesen wäre, hätte sie davon ausgehen können, daß die Freundin Verständnis gehabt hätte; man sagt einfach: »Entschuldige das Chaos, das Baby hat mich die ganze Nacht auf Trab gehalten«, und die Freundin wird nicht nur Verständnis haben, sondern sogar anbieten, beim Aufräumen zu helfen. Also war es keine Freundin gewesen. Und ihre Mutter konnte es auch nicht gewesen sein, weil ihre Mutter uns nicht einmal die richtige Adresse gegeben hatte und daher mit an Sicherheit grenzender Wahrscheinlichkeit nicht wußte, wo Jill jetzt wohnte. Also wenn es keine Freundin und nicht ihre Mutter gewesen war ...

Ich stand auf und ging wieder ins Schlafzimmer. »Salazar?«

»Ja?« Seine Stimme klang etwas gedämpft. Ich fragte mich, was er unter dem Bett zu finden glaubte.

»Angenommen, Montrose hat gelogen?«

Salazar kroch rückwärts unter dem Bett hervor, sein Äußeres hatte durch die Ansammlung von Tierhaaren und Staubbällchen und einigen glänzenden schwarzen Flocken getrockneten Blutes nicht gerade gewonnen. »Angenommen, Montrose hat bei was gelogen?« Er klang müde.

»Überlegen Sie doch mal«, sagte ich. »Wir haben zwei verschiedene Geschichten.«

»Wir haben zwei verschiedene Geschichten worüber?« schnauzte er.

Ehrlich, er ist genauso schlimm wie Harry. Männer werfen mir vor, daß ich mich nicht verständlich ausdrücke, weil sie nicht zuhören, wenn ich erkläre, wie ich mir etwas zusammengereimt habe, was immer es ist, das ich mir zusammengereimt habe. »Ione hat uns erzählt«, sagte ich mit so viel Würde, wie ich aufbieten konnte, »daß Fletcher seine Frau nicht mochte. Na gut, so etwas würde man nicht gerade als verläßliche Zeugenaussage bezeichnen; April hatte Ione erzählt, was Fletcher ihr erzählt hatte, aber dennoch steht es im krassen Widerspruch zu Montroses Behauptung, daß Jill Fletcher rausgeworfen hat und er zurückkommen wollte.«

»Mal im Klartext«, sagte er, während er geistesabwesend seine Uniform abstaubte. »Wir haben zwei widersprüchliche Geschichten. Ione hat uns erzählt, daß Fletcher Jill verlassen hat, und Montrose hat uns erzählt, daß Jill Fletcher rausgeworfen hat. Sie können nicht beide richtig sein. Also, wenn ich mich entscheiden müßte, würde ich sagen, ich kaufe Montrose die Geschichte ab. Ich meine, überlegen Sie doch, der Kerl hat sie geschlagen –«

»Aber das ist auch Montroses Geschichte«, wandte ich ein.

Salazar blickte vielsagend auf die Leiche auf dem Bett.

»Ach, ich weiß, wenn er sie getötet hat, liegt es ja wohl nahe, daß er sie auch geschlagen hat, aber das steht nicht absolut fest. Jedenfalls, auch wenn er sie geschlagen hat, manche Frauen –«

»Sind Masochistinnen«, sagte Salazar trocken. »Wollen Sie damit sagen, daß Jill eine war?«

»Ich habe nichts dergleichen gesagt. Die meisten geschlagenen Frauen bleiben deshalb bei ihrem Mann, weil sie wirklich keine Möglichkeit haben, für sich selbst und ihre Kinder zu sorgen, oder zumindest, weil sie das glauben, und ...«

»Sie fällt nicht in diese Kategorie«, unterbrach Salazar mich. »Sie konnte offenbar sehr gut für sich sorgen.«

»Oder, wollte ich gerade sagen, sie haben ein so schwaches Selbstbewußtsein, daß sie überzeugt sind, niemand sonst würde sie je lieben.«

»Ich würde sagen, sie hatte allen Grund, selbstbewußt zu sein«, wandte Salazar ein. »Haben Sie gesehen, was die Frau für Noten hatte?«

»Sie haben ihre Mutter nicht kennengelernt. Ich aber. Die Frau könnte Arnold Schwarzenegger dazu bringen, sich hilflos zu fühlen.«

»Okay«, sagte Salazar, »angenommen, Sie haben recht. Angenommen, er hat sie tatsächlich verlassen statt umgekehrt. Was für eine Rolle spielt das für diese Ermittlung?«

»Kommen Sie mit in die Küche, und ich zeig' es Ihnen«, sagte ich. Ich sah nach dem Baby, das schon geraume Zeit ruhig war, aber es schlief eindeutig nur; seine kleine Brust hob und senkte sich gleichmäßig, und ich ging in die winzige, unordentliche Küche, unmittelbar gefolgt von Salazar.

Er betrachtete den Herd, die Arbeitsplatte. »Und?« sagte er. »Sie hat also nicht gespült. Na und?«

»Salazar, sie hatte einen Gast zum Abendessen, sehen Sie das denn nicht?«

»Nein, und ich weiß auch nicht, woran Sie das sehen?«

»Sehen Sie sich die Pfanne an! Sehen Sie sich an, was sie alles auf der Arbeitsplatte hat. Sie hat Filetsteak gemacht. Glauben Sie im Ernst, sie hätte für sich allein Filet gekauft, so, wie ihre finanzielle Lage gewesen sein muß? Und selbst wenn, hätte sie zwei Teller benutzt? Sehen sie doch, sie hat Filetsteak gemacht, Pommes frites, grünen Salat, Apfelkuchen – das ist selbstgebackener Apfelkuchen. Sie hatte einen Gast, und es war ein Gast, der ihr sehr viel bedeutet hat.«

»Das ist alles eine verschimmelte Schweinerei, wie zum Teufel meinen Sie erkennen zu können –«

»Glauben Sie mir einfach, okay?«

Er betrachtete bedrückt die Arbeitsplatte. »Na schön, ich gestehe Ihnen zu, daß Sie sich in kulinarischen Dingen wahrscheinlich sehr viel besser auskennen als ich. Ich glaube Ihnen, daß sie Filetsteak, Pommes frites, Salat und Apfelkuchen hatte und daß sie einen Gast hatte. Vermuten Sie, daß der Gast Fletcher war?«

»Haben Sie eine gegenteilige Vermutung? Sehen Sie, sie hätte nach dieser Mahlzeit spülen müssen, um eine andere Mahlzeit zuzubereiten, weil sie praktisch all ihre Pfannen und Töpfe und ihr ganzes Geschirr benutzt hatte. Aber es ist nicht gespült worden, und es deutet nichts darauf hin, daß danach ein Essen zubereitet worden ist. Also, was wollen Sie wetten –«

»Daß das ihre letzte Mahlzeit war? Wahrscheinlich haben Sie recht. Also schön, sie hatte einen männlichen Gast zum Abendessen und –«

»Sie hatte einen männlichen Gast zum Abendessen, und danach hat sie nicht mehr gespült. Warum? Weil sie keine Lust hatte oder weil sie tot auf dem Bett lag? Weil es ihr Gast zum Abendessen war, der sie ermordet hat?«

»Ich nehme an, Sie wollen mir nahelegen, daß ich das Besteck und die Gläser auf Fingerabdrücke untersuchen lassen sollte?«

»Ich würde es tun«, sagte ich ziemlich gehässig. »Wenn es mein Fall ...«

»Es ist nicht *Ihr* Fall. Aber wahrscheinlich haben Sie recht. Ich bin gleich mit dem anderen Zimmer fertig. Sie machen weiter, wo Sie aufgehört haben.«

Ich ging zur Toilette; als ich herauskam, war Salazar wieder unter dem Bett. Ich weiß nicht, was er dort zu finden hoffte. Ich ging wieder zu meinem Papierstapel. »Salazar«, rief ich fünf Minuten später.

»Ich bin *beschäftigt.* Wenn Sie was von mir wollen, müssen Sie herkommen.«

»Ich kann nicht. Ich bin unter einem Haufen Zeitungen begraben.«

»Ach, verdammt.« Mit ausdrucksvollem Gepolter, das mir zu verstehen gab, welch große Umstände ich ihm bereitete, befreite er sich von den Sprungfedern und kam ins Wohnzimmer. »Was ist los? Ich bin beschäftigt. An der Unterseite des Bettes ist was versteckt. Ich versuche rauszufinden, was ...«

Ich reichte ihm eine Zeitung, in der eine Anzeige grün umkringelt war. »Ein Motiv.«

Möchten Sie das Beste für Ihr Baby und können es ihm nicht geben? Helfen Sie uns, eine richtige Familie zu werden. Gutsituiertes Paar möchte gesundes, weißes Baby adoptieren, möglichst männlich. Ihr Baby wird bei liebevollen Eltern in guten finanziellen Verhältnissen aufwachsen. Garantiert legal.

Die angegebene Telefonnummer hatte die Vorwahl 415. »Das ist San Francisco«, sagte ich.

»Na und?« sagte Salazar. »Hören Sie, das ist idiotisch. Sie hätte das Baby nicht ohne seine Einwilligung zur Adoption freigeben können, nicht, wenn er in der Geburtsurkunde als Vater eingetragen ist.«

»Sie wissen das, und ich weiß das«, pflichtete ich bei. »Und sie als Soziologiestudentin wußte das sehr wahrscheinlich auch. Aber wer sagt denn, daß sie es überhaupt ernsthaft vorhatte? Vielleicht hat sie nur damit gedroht – du kommst zu mir zurück, sonst ...«

»Hat Ihnen schon mal jemand gesagt, daß Sie eine lebhafte Fantasie haben?«

»Oft.«

Tatsächlich ist das mein gewohnheitsmäßiges Laster als Polizeibeamtin; ich neige dazu, voreilige Schlüsse zu ziehen. Aber ich messe meinen Vermutungen keine Beweiskraft zu; ich lasse mich bei meinen Ermittlungen von meinen Vermutungen leiten, und sehr häufig stellt sich heraus, wenn die Beweise vorliegen, daß ich mit den Schlüssen, die ich ohne Beweise voreilig gezogen habe, absolut richtiggelegen habe.

»Scheiße«, sagte Salazar. Das schien, zusammen mit »verdammt«, sein Lieblingswort zu sein. »Okay, spielen wir das mal durch. Sagen wir, es ist eine Möglichkeit. Also, da wäre er, er hat eine Frau, von der er getrennt lebt – wer wen verlassen hat, spielt vorläufig keine Rolle –, und sie droht damit, ihr gemeinsames Baby zur Adoption freizugeben. Und er hat eine Freundin, die ihm gerade gesagt hat, daß sie schwanger ist. Wenn es so gewesen ist, dann hatte er allen Grund zu der Annahme, daß er in Schwierigkeiten steckte. Er steckte weiß Gott in Schwierigkeiten. Und unsere einzige Schwierigkeit ist, abgesehen davon, daß wir ihn finden und Lorie retten müssen, daß wir keinerlei Beweise dafür haben, daß es so gewesen ist. Oder eben daß es nicht so gewesen ist. Oder wenn nicht, wie dann.«

»Wir haben jede Menge Beweise dafür, daß er wußte, daß April schwanger war.«

»Okay, aber das ist auch alles, wofür wir Beweise haben.«

»Wir können beweisen, daß er ihr – Jills – Gast zum Abendessen war.«

»Mit Fingerabdrücken am Tafelmesser, richtig. Hören Sie, Deb, suchen Sie weiter nach einem Adreßbuch und lassen Sie mich meine Arbeit machen, okay?«

Also gefiel ihm meine Theorie nicht. Na ja, nicht zu ändern. Es war die beste Theorie, die ich zur Zeit aufstellen konnte, und ich selbst fand sie gar nicht so schlecht.

Ich machte mich wieder an die Suche nach einem Adreßbuch, und, siehe da, ich fand eins.

Darren Fletchers letzte Adresse – vier andere waren durchgestrichen – war in Flagstaff. Adresse und Telefonnummer. Also konnte sich Darren, der Lederschmuck auf Flohmärkten verkaufte, ein Telefon sowie häufige Fahrten zwischen Arizona und New Mexico leisten? Das war interessant. Was verkaufte Darren sonst noch außer Lederschmuck auf Flohmärkten?

Vielleicht war ich zynisch. Vielleicht hatte Darren Fletcher einen reichen Daddy, der ihn unterstützte, obwohl nicht sehr viele Sprößlinge von reichen Daddys an der Highlands University in Las Vegas, New Mexico, studieren. Es ist eindeutig eine Universität für hart arbeitende, idealistische Studenten aus der Arbeiterschicht.

Vielleicht denke ich zuviel.

Ich ging mit dem Adreßbuch zu Salazar, der inzwischen unter dem Bett hervorgekommen war. »Er hat unter dem Bett Lederreste von seinem selbstgebastelten Lederschmuck verstaut«, berichtete er entnervt. »Ich bin alles sorgfältig durchgegangen. Nichts Illegales. Wahrscheinlich hat er das Zeug vergessen, als er ausgezogen ist.« Um ihn aufzuheitern, hielt ich ihm das Adreßbuch hin; er nahm es mit recht erfreuter Miene entgegen und griff sogleich nach seinem Walkie-talkie, das er zuvor von seinem Gürtel genommen und auf die Kommode gelegt hatte. »Wagen eins an Zentrale«, sprach er hinein.

»Zentrale, ich höre.«

Ich sah wieder nach dem Baby, während sie redeten. Der Junge schlief noch, und er fühlte sich nicht mehr fiebrig an. Natürlich hatten wir die Heizung längst auf eine halbwegs normale Temperatur runtergedreht, und ich dachte, ich sollte vielleicht eine Decke suchen und ihn zudecken. Wir trugen Straßenkleidung und arbeiteten, daher war uns warm genug, aber nur mit einer Windel bekleidet schlafen ...

»Rufen Sie das Straßenverkehrsamt in Arizona an, und lassen Sie sich das Autokennzeichen von Darren Fletcher geben, Adresse« – er las die Adresse aus dem Buch vor und obendrein die früheren Adressen in Arizona – »Jemand vom Police Department in Flagstaff soll rüberfahren und überprüfen, ob er auch wirklich nicht zu Hause ist.«

»Verstanden, Ende.«

Salazar legte das Funksprechgerät hin, und Scotty Fletcher wachte auf und fing an zu brüllen. Ich nahm ihn hoch, und er wurde still.

»Ach, Scheiße«, sagte Salazar. Er nahm wieder das Funksprechgerät. »Zentrale.«

»Ich höre.«

»Rufen Sie folgende Telefonnummer an und fragen sie, ob eine Jill Fletcher dort wegen der Adoption ihres Kindes angerufen hat. Aber seien Sie taktvoll; die Leute sollen nicht denken, daß Sie irgend etwas Unmoralisches machen. Aber ich brauche die Informationen schnell.«

Während er sprach, wechselte ich dem Baby die Windeln und legte es wieder hin. Natürlich fing es gleich wieder an zu schreien.

»Was machen Sie denn?« fragte Salazar.

»Ich muß noch mal auf Toilette «, sagte ich zu ihm, »und dann mach' ich ihm ein Fläschchen.«

Er beäugte mich. »Sie müssen *noch mal* auf Toilette?« Er sah auf seine Uhr.

»Ja«, sagte ich, wobei ich bewußt einen Ton anschlug, der ihm klarmachte, daß er sich jede weitere Bemerkung sparen konnte.

Als ich aus dem Badezimmer und dann wieder aus der Küche kam, sprach Salazar am Funksprechgerät mit der Einsatzleiterin, die ihm mitteilte, daß sie gerade mit einer Joy Cook in San Francisco gesprochen hatte, die bestätigt habe, daß sie und ihr Mann sich mit dem Gedanken getragen hätten, Jill Fletchers sechs Monate altes Baby zu adoptieren, aber nur, so hatte sie versichert, wenn alles legal abliefe. Sie hatte gesagt, Jill habe ihr erzählt, daß sie sich vor dem Vater des Kindes fürchtete und glaubte, daß das Baby vor ihm nicht sicher sei. Ob es dem Baby gutgehe, hatte Mrs. Cook die Einsatzleiterin gefragt, die versprochen hatte, sie zurückzurufen und ihr Bescheid zu geben.

»Danke«, sagte Salazar. »Sie können ihr sagen, daß es dem Baby gutgeht.« Er drehte sich um und sah zu dem Baby hinüber, das gerade den Inhalt des neuen Fläschchens so schnell wie möglich runterschluckte. »Das ist idiotisch«, sagte er zu mir. »Es bringt nichts, unter diesen Umständen zu arbeiten.«

Ich sagte ihm nicht, daß ich ganz seiner Meinung war. Aber vielleicht war es mir anzusehen, denn er rief noch einmal die Zentrale an. »Wagen Nord soll zu dieser Adresse kommen. Rufen Sie das Jugendamt an; die sollen umgehend Pflegeeltern für einen Notfall ausfindig machen, die ein sechs Monate altes Baby im Polizeirevier abholen müssen. Und die nächste Schicht soll früher anfangen«, fügte er hinzu. »Wir haben heute Personalmangel.«

»Verstanden. Ende.«

Wagen-Nord entpuppte sich als Angloamerikaner Mitte Zwanzig, auf dessen Namensschildchen PHILLIPS stand. Salazar teilte ihm mit, worauf er bei der Bewachung des Tatortes ganz besonders zu achten hatte, weil wir jetzt fahren würden.

Was mich anging, so war es mehr als höchste Zeit. Wenn man sich nämlich zu lange in einem sehr üblen Geruch aufhält, werden die Geruchsnerven taub oder so ähnlich; jedenfalls riecht man irgendwann nichts mehr, und erst wenn man wieder draußen in der frischen Luft ist, riecht man den Geruch an sich selbst, in den Haaren (Haare sind innen hohl, und der Geruch setzt sich darin fest) und hinten im Rachen und so weiter. Salazar war die meiste Zeit in dem Schlafzimmer gewesen, genau da, wo der Geruch am stärksten war, also roch er ihn schon seit langem nicht mehr. Aber ich war ständig dort ein- und ausgegangen, weil das Badezimmer unglücklicherweise vom Schlafzimmer abging, und jedesmal, wenn ich da reinging, traf mich der Geruch wieder. Seien wir ehrlich, ich war nicht in bester körperlicher Verfassung, um irgendeine Form von Streß zu ertragen, geschweige denn den Geruch einer fünf Tage alten Leiche.

Oder vier Tage alten Leiche. Oder wie lange sie schon da gelegen hatte.

Während Salazar auf Wagen-Nord gewartet hatte und dann seine Instruktionen erteilte, sah ich noch einmal den Taschenkalender durch. Ich hatte irgendwann im Februar aufgehört; jetzt suchte ich nach März – und sah die einzelnen Tage durch.

Und da stand es. Am Freitag, dem Tag, bevor Hal und Lorie zu ihrem Ausflug aufgebrochen waren. *Darren Abendessen 17.30.* Und wenn sie irgendeinen anderen Darren zum Abendessen erwartet hatte und wenn irgendein anderer Darren sie ermordet hatte, na, das glaubte ich einfach nicht, Punktum!

Triumphierend legte ich den Taschenkalender in Salazars Hände; er unterbrach das Gespräch mit Phillips, um einen Blick auf den Eintrag zu werfen, nickte und sagte dann zu Phillips, er solle scharf aufpassen, denn es könnte sein, daß der Mörder zurückkäme, um das Baby zu holen.

Dann machten wir uns mit dem Baby auf den Weg. Nachdem ich noch einmal zur Toilette gegangen war.

Eine Querstraße von dem Haus entfernt verlangsamte Salazar vor einem kleinen Supermarkt das Tempo. »Was ist das?« brummte er.

»Was ist was?« Und dann sah ich, wohin er blickte. Ein roter Camaro hatte rückwärts neben dem Laden geparkt, das Nummernschild sorgsam mit Schmutz verschmiert. In dem Wagen war niemand zu sehen. Salazar parkte in der nächstmöglichen Parklücke – etwa vier Wagen weiter in Richtung der Eingangstür des Ladens – und verständigte die Zentrale, wo wir waren, bevor er ausstieg. Er bat nicht um Verstärkung. Vermutlich hatte er keine Leute, die er anfordern konnte.

Ich hatte nicht einmal den Fahrer gesehen, geschweige denn einen eventuellen Mitfahrer, als der Wagen vor Jills Haus davongebraust war. Also wußte ich noch immer nicht, ob Lorie bei ihm war oder nicht. Ich war einigermaßen sicher, daß er, wenn er sie nicht bei sich hatte, wußte, wo sie war, aber es würde wohl nicht einfach werden, ihn zum Reden zu bringen.

Ich wünschte, ich müßte mir wegen Lorie keine Sorgen machen. Ich fragte mich unwillkürlich, was ich ihrer Mutter sagen sollte, falls ich sie nicht mit nach Hause bringen konnte.

Währenddessen beobachtete ich, wie Salazar vorsichtig auf die Eingangstür des Supermarktes zuging, sich von dem roten Camaro entfernte, den ich nur halb im Auge behalten konnte. Ich meine, seien wir ehrlich, wie sollte ich einen Wagen im Auge behalten, wenn ich gleichzeitig ein Baby hielt? Zwei Babys. Eins außen und eins innen, und das innen war gerade äußerst zappelig. Vielleicht war er oder sie eifersüchtig.

Vielleicht auch nicht.

Jedenfalls, so redete ich mir nervös ein, spielte es keine Rolle, wie gut ich einen Wagen im Auge behalten würde, der nicht im Augen behalten werden mußte, und dieser mußte es nicht, denn er war leer, und Salazar befand sich zwischen dem Wagen und dem Laden und auch zwischen mir und dem Laden. Also müßte Fletcher – wenn das Fletchers Wagen war – an Salazar vorbei, um zu dem Wagen zu gelangen, oder eben zu mir, und Salazar würde das nicht geschehen lassen.

Das heißt, Salazar hätte es nicht geschehen lassen, wenn ...

Der Wagen wirklich leer gewesen wäre.

Sein Fahrer saß vornübergebeugt, damit niemand ihn sehen konnte, und sobald Salazar um die Ecke des Ladens in Richtung Eingangstür ging, richtete sich der Fahrer auf, der Wagen sprang an und machte einen Blitzstart, und als der Wagen vorbeifuhr, sah ich, daß ein junges Mädchen versuchte, sich aufzusetzen. Lorie. Lorie – und Fletcher gab ihr einen Schlag mit dem Handrücken, und sie tauchte wieder unter.

»Salazar!« schrie ich, aber Salazar hatte den Wagen losfahren sehen, und er war wieder neben mir im Wagen, fast noch bevor ich meinen Schrei beendet hatte.

Ich habe nie zuvor eine Verfolgungsjagd mit einem Baby im Arm mitgemacht. Ich hoffe inständig, daß ich nie wieder eine Verfolgungsjagd mit einem Baby im Arm mitmachen werde. Natürlich war ich angeschnallt, aber trotzdem, bei einem Unfall würde das Baby zwischen mir und dem Armaturenbrett des Wagens erdrückt. Polizeiwagen sind eben nicht mit diesen sympathischen, sicheren Babysitzen ausgestattet.

Salazar anzubrüllen, er solle vorsichtig sein, wäre sinnlos gewesen. Er hatte zweifellos bereits entschieden, wie vorsichtig er sein oder nicht sein wollte. Er fuhr mit einer Hand am Lenkrad, forderte, ins Funkgerät brüllend, Verstärkung an, aber woher sollte die Verstärkung kommen? Er hatte mir bereits gesagt, daß er nur zwei Einsatzwagen zu Verfügung hatte, und einer davon bewachte gerade den Tatort.

Dann wurde mir klar, daß er auf der bundesstaatlichen Funkfrequenz war; er rief die Hilfssheriffs von San Miguel County. Ich hatte nicht die mindeste Ahnung, wie viele Leute sie haben mochten, geschweige denn, wie lange sie brauchen würden, um in Position zu gehen.

»Er hat vor«, rief Salazar mir über den Lärm der Sirene hinweg zu, »uns abzuschütteln und dann zurück zum Haus zu fahren. Er denkt, das Baby ist noch da.«

»Woher wissen Sie das?« brüllte ich zurück. »Er wäre ganz schön dumm, wenn er denkt, wir würden ein Baby einfach bei einer Leiche zurücklassen, und für so dumm halte ich ihn nicht.«

»Dann weiß ich nicht, was er vorhat, außer abhauen.«

Was er leider gerade tat. Ein Camaro ist nicht dazu geschaffen, der Polizei davonzufahren, doch andererseits war das hier nicht gerade eine reiche Stadt, und sie konnte sich nicht die frisierten Wagen leisten, die große Städte für gewöhnlich haben. Der Camaro hatte einen besseren Motor als Salazars Ford, und, wieder einmal, entkam der Camaro.

»Er entwischt mir«, brüllte Salazar ins Funkgerät. »Er fährt in Richtung Süden auf der Seventh, er ist an Mills vorbei, ich glaube, er will zur Interstate.«

Wenn er es bis zur Interstate 85 schaffte, konnte er ohne große Probleme in südlicher Richtung nach Albuquerque oder in nördlicher Richtung nach Denver fahren, und es gab jede Menge Ausfahrten, die auf kleinere Straßen führten, wo er sich so lange verstecken konnte, wie er wollte. Sich verstecken, und Lorie verstecken. Vorübergehend oder für immer.

»Verstanden, Salazar, wir haben an Kreuzung Mills und Baca eine Straßensperre errichtet.«

»Garza, sind Sie das?«

»Ja.«

»Er fährt wie der Teufel.«

»Hier kommt er nicht durch. Wir haben die Straße mit drei Wagen blockiert.«

Salazar stieg auf die Bremse. »Das ist der Sheriff«, sagte er zu mir. »Die Sache könnte brenzlig werden. Ich möchte, daß Sie aussteigen. Ich will kein Baby dabeihaben, falls es zu einer Schießerei kommt. Ich lasse Sie abholen.«

»Salazar, Lorie ist in dem Wagen«, schrie ich. »An der Straßensperre – die müssen wissen –«

»Was?«

»Lorie ist in dem Camaro! Ich hab' sie gesehen –«

»Ich geb's ihnen durch. Keine Sorge, wir passen auf, daß ihr nichts passiert.«

Und dann war er weg, fuhr weiter in südlicher Richtung auf der, wie er sagte, Seventh. Ich hatte nicht die geringste Ahnung, ob es für Seventh Street, Seventh Avenue oder Seventh Road stand, und es war mir auch egal. Nicht egal war mir, daß ich am Straßenrand stand mit einem Baby im Arm und dringend zur Toilette mußte, was absolut lächerlich war. Ich ignorierte den Drang, und gleich darauf ging er weg, worauf ich schreckliche Rückenschmerzen bekam.

Nicht ganz eine Minute später saß ich dem zweiten Polizeiwagen von Las Vegas, diesmal mit einer Streifenbeamtin namens Julia Vasquez am Steuer. »Ich habe Anweisung, Sie direkt zum Polizeirevier zu bringen«, sagte sie mir. »Es ist nur knapp fünf Blocks von hier –«

Auf dieser fünf Blocks langen Strecke hörten wir viel Geschrei aus dem Funkgerät. Ob der Camaro nun an den drei Wagen des Sheriffs von San Miguel County vorbeikommen *konnte* oder nicht, Tatsache war, daß der Camaro an den drei Wagen des Sheriffs von San Miguel County vorbeigekommen *war,* und niemand hatte auf ihn schießen können, weil in dem Wagen ein Mädchen war. Ein Kidnappingopfer, eine Geisel.

Wie Salazar versprochen hatte, waren sie um Lories Sicherheit bemüht, aber wenn Fletcher mit ihr zusammen entwischte ...

Ein Hilfssheriff war verletzt, und sie forderten brüllend einen Krankenwagen an, und zwei andere Hilfssheriffs versuchten, den einzigen Wagen, der noch fahrtüchtig war, aus der Massenkarambolage zu befreien, um den Camaro zu verfolgen, der natürlich inzwischen außer Sicht war. Salazar war nicht in die Karambolage verwickelt, weil er noch nicht dagewesen war, aber er hatte noch mehr Zeit dabei verloren, an den zertrümmerten Wagen vorbeizukommen, obwohl er nicht angehalten hatte. Jetzt wußte niemand, wohin der Camaro verschwunden war. Er war auf der Baca in westlicher Richtung gefahren, was mir nichts sagte, aber Vasquez offenbar sehr viel sagte, und sie sah rasch zu mir hinüber mit einem Ausdruck im Gesicht, der verriet, daß sie überlegte, ob sie ihre Anweisung befolgen und mich zum Polizeirevier bringen oder ob sie selbst auf der Baca in westlicher Richtung fahren sollte.

Es waren Wagen vom Sheriff an der Kreuzung Mills und Interstate 85 und an der Kreuzung Interstate 104 und Interstate 85 – ich wußte das, weil beide ihren Standort meldeten –, und keiner von ihnen hatte ihn gesehen. Sie sahen ihn auch weiterhin nicht.

Das, so sagte Vasquez zu mir, bedeutete, daß er nicht auf der Interstate 85 war. Denn wenn er darauf wäre, hätte er an dem einen oder anderen der Wagen vorbeikommen müssen, es sei denn, er war auf die Interstate 85 gefahren und hatte dann beschlossen, anzuhalten und auf der Straße stehenzubleiben, was nicht sehr wahrscheinlich war.

Salazars Idee, daß Fletcher denken würde, das Baby wäre noch immer in dem Haus, war eindeutig blanker Unsinn, und er hätte es niemals ausgesprochen, wenn er Zeit zum Nachdenken gehabt hätte. Es war unmöglich, daß Fletcher das dachte, aber wenn er schlau war, würde er sich denken können, daß wir das Baby zunächst einmal zum Polizeirevier bringen würden, und in dem Fall war es durchaus möglich, daß er kehrtmachte und auch zum Polizeirevier fuhr. Denn wenn Ione die Wahrheit gesagt hatte, dann war Fletcher, auch wenn ihm sonst niemand wichtig war, das Baby wichtig. Er wollte das Baby. Vermutlich hatte er das Baby überhaupt nur deshalb in dem Haus gelassen, weil er dachte, er käme ungestraft davon und würde das Baby dann automatisch bekommen, weil er der Vater war. Aber das war, bevor er April ermordet hatte, das war, bevor er Lorie gekidnappt hatte. Um das Baby jetzt zu bekommen, würde er es sich mit allen Mitteln holen müssen.

Ich sagte das Vasquez, und sie sagte: »Oh, verdammt, dann sehen wir aber besser zu, daß Sie ins Polizeirevier kommen ...«

Sie beschleunigte das Tempo. »Wenn er zum Polizeirevier will, dann fährt er wahrscheinlich auf der National zurück«, sagte sie.

Das Polizeirevier liegt an der Kreuzung National und Fourth Street. Das wußte sogar ich.

Vasquez hielt auf der anderen Straßenseite gegenüber dem Polizeirevier an, und dann überlegte sie es sich anders und wendete, um mich möglichst nah an der Eingangstür aussteigen zu lassen, ohne auf den Hof zu fahren, weil dort Fahnenstangen und hohe Steineinfassungen im Weg waren. Ich stieg aus dem Wagen.

Und dann sah ich den Camaro auf der anderen Straßenseite, den Camaro, der langsam auf mich zurollte, aber plötzlich beschleunigte.

Was tat ich da?

Was glauben Sie, was ich tat?

Rückenschmerzen hin oder her, ich rannte wie der Teufel, das tat ich.

Kapitel 10

Als ich in die Eingangshalle des Polizeireviers stürmte, hatte die Einsatzleiterin bereits den Summer von Salazars Tür betätigt, damit sie sich entriegelte; Vasquez hatte ihr wohl über Funk durchgegeben, was los war. Ich öffnete die Tür und legte Scotty Fletcher in Salazars Büro auf den Boden, wo er sicher war, wo er nicht von irgend etwas runterrollen konnte und wo niemand ihn holen konnte, solange und wenn die Einsatzleiterin nicht den Knopf drückte, um die Tür wieder zu öffnen.

Dann – Salazars Tür war sicher hinter mir geschlossen, und ich hatte meine Pistole in der Hand – wollte ich wieder nach draußen gehen, um zu sehen, was ich tun konnte, um Lorie aus dem roten Camaro herauszuholen.

Ich mußte gar nichts tun. Lorie war aus dem roten Camaro heraus und kam zur Tür des Polizeireviers herein.

Kam zur Tür herein mit ihrem Rucksack auf einer Schulter, mit einem sehr sympathisch aussehenden, gepflegt aussehenden, adrett aussehenden jungen Mann an ihrer Seite, der ihr einen Arm um den Hals gelegt hatte und ihr ein sehr großes Jagdmesser an den Bauch hielt.

»Wo ist er?« brüllte er mich an.

»Wo ist wer?« fragte ich.

»Die Pistole weg, oder das Mädchen –«

Ich tat hastig die Pistole weg, nicht zurück in das Schulterhalfter, was ihn vielleicht unnötig beunruhigt hätte, sondern auf einen Stuhl hinter mir. Ich konnte diesem Mann natürlich unmöglich ein Baby aushändigen, aber abgesehen davon war es absolut nicht erforderlich, ihn noch nervöser zu machen, als er schon war.

Die Einsatzleiterin war am Funkgerät; sie rief sämtliche Einsatzkräfte ins Revier, und sie versuchte, Begay zu erreichen. Mit Namen, nicht mit seiner Dienstnummer, weshalb ich wußte, daß sie mit Begay sprach.

»Klappe!« rief Fletcher.

»Ich hab' doch gar nichts gesagt«, sagte ich unterwürfig.

»Sag ihr, sie soll die Klappe halten!« Er nickte in Richtung Einsatzleitung.

Ich blickte die Einsatzleiterin an. »Er möchte, daß Sie die Klappe halten.«

Sie schwieg. Aber sie hatte die Meldung über Funk rausgegeben; mehr hätte sie jetzt ohnehin nicht sagen müssen, und sie und ich wußten das, auch wenn Fletcher es nicht wußte.

Die Tür öffnete sich hinter Fletcher, und er drehte sich halb um, nicht weit genug, als daß ich irgend etwas hätte machen können – er drehte sich um und ging rückwärts zur Wand, so daß er alle in dem kleinen Vorraum im Auge hatte und niemand hinter ihn konnte.

Salazar stand in der Tür, Pistole in der Hand. »Waffe fallenlassen!« brüllte Fletcher.

»Also, das möchte ich eigentlich nicht so gerne«, sagte Salazar langsam.

»Ich hab' gesagt ...«

»Denken wir das Ganze doch mal durch«, sagte Salazar mit sehr ruhiger Stimme. »Sie haben im Augenblick einen einzigen Trumpf in der Hand, und zwar das Mädchen. Das bedeutet, wenn Sie dem Mädchen auch nur ein Haar krümmen, haben Sie keinen Trumpf mehr. Also können Sie ihr nichts tun. Nun, ich kann nicht auf Sie schießen, weil Sie dem Mädchen das Messer vorhalten. Also haben wir im Moment eine sogenannte Pattsituation. Sie können nichts machen, und ich kann nichts machen. Aber wenn ich die Waffe fallenlasse, dann sind Sie im Vorteil. Also werde ich das nicht tun.«

»Aber wenn ich das Mädchen loslasse, dann sind Sie im Vorteil«, konterte Fletcher.

»Genau. Und deshalb haben wir jetzt eine Pattsituation. Ich weiß nicht, was *Patt* eigentlich bedeutet, aber –«

»Also, ich möchte verhandeln.«

»Schön«, sagte Salazar, »verhandeln wir. So kommt niemand zu Schaden.«

»Wo ist das Baby?«

»Also, ich weiß nicht, wo das Baby ist«, sagte Salazar.

»Erzähl mir keinen Scheiß! Ich hab' gesehen, wie die Lady es hier reingebracht hat, und jetzt –«

»Ich habe es nicht gesehen.«

»Ich hab' auch nicht gesagt, daß Sie es gesehen haben ...«

Das Gespräch in Gang halten, das ist die allererste Regel bei Verhandlungen mit Geiselnehmern. Das Gespräch in Gang halten, die Verhandlungen fortsetzen, aber nichts preisgeben, was von Bedeutung ist. Das mag ja einfach sein in einer Situation, wenn viele Geiseln in einem Raum oder einem Flugzeug festgehalten werden und man es mit mehreren Geiselnehmern zu tun hat, die verhandeln wollen und sich bei jedem Entwicklungsschritt untereinander beraten müssen. Aber ich konnte mir nicht vorstellen, wie Salazar das Gespräch in dieser Situation in Gang halten wollte, wo ein einzelner, von dem wir wußten, daß er ein Mörder war, ein Mädchen mit dem Messer bedrohte und nur eine einzige Forderung stellte.

Ich vermutete, daß auch Salazar sich das gerade fragte; ich konnte Anzeichen von extremer Anspannung um seine Augen herum sehen – und hoffte, daß Fletcher es nicht sah.

»Wenn mir nicht bald einer sagt, wo das Baby ist ...« Er preßte die Messerspitze gegen den blauen Baumwollstoff, der Lories Bauch bedeckte, nicht so fest, daß er ihr weh tat, aber fest genug, um ihr angst zu machen, und sie wimmerte.

»Das Baby ist nicht hier«, sagte ich. »Das sehen Sie doch wohl.«

»Ich hab' gesehen –«

»Ist mir egal, was Sie gesehen haben, das Baby ist jedenfalls nicht hier.«

»Wo ist es dann, verdammt noch mal?«

»Es ist an einem sehr sicheren Platz«, sagte ich. »Mr. Fletcher –«

»Woher wissen Sie meinen Namen?«

»Halten Sie uns für Idioten?« sagte Salazar verächtlich. »Wir wissen Ihren Namen schon seit Tagen. Sie haben eine kilometerbreite Spur hinterlassen.«

»Sie lügen.«

»Na schön, was glauben Sie denn, wie wir Ihren Namen rausgefunden haben?«

Fletcher schluckte.

Ich mußte zur Toilette. Dringend, so dringend, daß ich einen Moment lang befürchtete, mir würde ein kleines Malheur passieren, das selbst in der gegenwärtigen Situation peinlich wäre. Aber wieder ging der Drang weg, und wie zuvor hatte ich danach starke Rückenschmerzen. Ich sah, wie Salazar mir einen kurzen Blick zuwarf und dann auf seine Uhr guckte, was unter den gegebenen Umständen äußerst sonderbar wirkte.

»Warum haben Sie es getan, Fletcher?« fragte Salazar. »Ich meine, Sie haben doch keinerlei Vorstrafen, zumindest nichts Gravierendes. Sie sind kein Killer. Also wieso haben Sie plötzlich –«

»Sie hat mich belogen!«

»Sie? Wer? Jill oder April?«

»Sie haben mich beide belogen. Ich werde ständig belogen, von allen. Ich bin es satt, belogen zu werden – auch die fette Lady da belügt mich –«

»Ich bin nicht fett«, sagte ich. »Ich bin schwanger. Und ich lüge nicht.«

»Sie haben gesagt, mein Baby ist nicht hier, aber ich hab' gesehen, wie Sie mit ihm hier reingegangen sind, also erzählen Sie mir keinen –«

»Ja, ich habe gesagt, daß Ihr Baby nicht hier ist. Aber ich habe gemeint, daß es nicht hier im Raum ist, und ich habe gesagt, daß Ihr Baby an einem sicheren Platz ist, und das ist es. Wieso haben Sie den Kleinen eigentlich tagelang allein gelassen? Ich würde nicht –«

»Sie sollten ihn finden.«

»*Ich* sollte ihn finden? Hören Sie auf, Fletcher! Ich wohne nicht mal in diesem Bundesstaat!«

»Irgend jemand sollte ihn finden.«

»Also haben Sie ihn einfach in dem scheußlichen Haus liegenlassen, wo er hätte verhungern und verdursten können, weil sie davon ausgegangen sind, daß irgend jemand sich schon um ihn kümmern wird! Was für ein Vater sind Sie eigentlich?«

»So was lasse ich mir nicht sagen! Hören Sie, ich liebe mein Baby ...«

»Dann haben Sie aber eine lausige Art, das zu zeigen!«

»Und was ist mit Ihnen? Sie müssen doch nicht viel tun – Sie müssen mir bloß meinen Sohn im Austausch gegen Ihre Tochter geben, und dann verschwinde ich.«

»Sie ist nicht meine Tochter«, sagte ich in einem möglichst gleichgültigen Ton.

Ich würde Lorie, später, erklären müssen, wie das funktioniert, wie man verhandelt, damit möglichst niemand zu Schaden kommt. Oder, nein, das würde nicht nötig sein, denn sie war ja die Tochter einer Polizeibeamtin, und ihre Mutter hatte ihr bestimmt erklärt, wie so was abläuft, denn sie zwinkerte mir zu. Ich konnte es sehen. Fletcher natürlich nicht.

»Hören Sie, ich verlange nicht viel«, sagte Fletcher. »Ich möchte nur mein Kind. Mein Kind und eine halbe Stunde Vorsprung.«

»Also stellen Sie schon eine weitere Forderung?« sagte Salazar. »Zuerst wollten Sie nur Ihr Kind. Jetzt wollen Sie Ihr Kind und eine halbe Stunde Vorsprung. Was werden Sie gleich verlangen, Ihr Kind und eine halbe Stunde Vorsprung und das Taj Mahal?«

Wenn man sich in einer sehr brenzligen Situation befindet, kann man mit Sicherheit davon ausgehen, daß etwas Unerwartetes passiert.

Was jetzt passierte, wäre eigentlich zu erwarten gewesen.

Das Baby fing an zu weinen.

Die Tür vom Büro des Chiefs war nicht absolut schalldicht, und das Kinderschreien war, wenn auch schwach, deutlich hörbar. Fletchers Kopf drehte sich abrupt in die Richtung, und Salazar machte zwei Schritte auf Fletcher zu, um auf ihn loszustürzen, aber Fletcher hatte wohl ein weites Gesichtsfeld. Er nahm die Bewegung wahr, und sein Kopf fuhr wieder herum. »Keine Dummheiten«, sagte er und zerrte warnend an Lories Kopf.

Ich beschloß, statt mit ihm mit Lorie zu sprechen. »Lorie, ist alles in Ordnung?«

»Ja«, sagte sie, »schätze, ja. Ich will nur nach Hause.«

»Wir bringen dich nach Hause.«

»Nur, wenn Sie genau das tun, was ich sage«, sagte Fletcher.

»Okay, Sie wollen das Baby und eine halbe Stunde Vorsprung und das Taj Mahal und was noch?« fragte Salazar.

»Alles, was ich will, ist mein Baby und eine halbe Stunde Vorsprung.«

Salazar zuckte mit den Schultern. »Dann holen Sie sich Ihr Baby. Wenn Sie können.« Er blickte kurz zur Einsatzleiterin hinüber und schüttelte den Kopf, ganz schwach.

Fletcher ging in einem Bogen rückwärts, so daß er jetzt an der Tür von Salazars Büro stand. Dann dämmerte ihm, daß er nicht gleichzeitig mit einer Hand Lorie am Nacken halten, ein Messer an Lories Hals drücken und einen Türknauf drehen konnte. »Mach die Tür auf«, befahl er Lorie.

Lorie griff nach dem Türknauf. »Ich kann nicht. Sie ist verschlossen.«

»Ich hab' gesagt, mach die Tür auf!«

»Ich kann die Tür nicht aufmachen, Sie Vollidiot«, schrie Lorie. »Kriegen Sie das nicht in Ihren Schädel, daß die blöde Tür verschlossen ist!«

Fletcher wandte sich an Salazar. »Was für ein Raum ist das überhaupt?«

»Das ist mein Büro.«

»Machen Sie die Tür auf.«

»Ich kann nicht, sie ist verschlossen.«

»Ihr Büro, und Sie können die Tür nicht öffnen? Los, Mann, machen Sie die Tür auf!«

»Das Mädchen hat es doch schon gesagt, sie ist verschlossen.«

»Dann schließen Sie sie auf! Sie haben gesagt, es ist Ihr Büro, also schließen Sie die Tür auf!«

»Da muß ich die Schlüssel suchen. Moment.« Mit der linken Hand – seine rechte Hand hielt noch immer die Pistole, und so schwer, wie die Pistole aussah, mußte sein Arm langsam ganz schön müde werden – holte Salazar die Schlüssel seines Streifenwagens aus der Tasche. »Autoschlüssel«, sagte er. Er ließ sie auf einen Stuhl fallen. Er holte seine Brieftasche heraus. »Brieftasche.« Er ließ sie auf einen Stuhl fallen. Er warf eine Handvoll Kleingeld auf den Stuhl. »Münzen.« Er stülpte seine Taschen nach außen. »Das ist alles. Keine Schlüssel. Tut mir leid. Ich muß sie auf meinem Schreibtisch liegengelassen haben.«

»Und wie hat sie dann das Baby da reinbringen können?«

»Ich hab' die Tür wohl vorhin offengelassen, und jetzt ist sie zu.« Salazar lächelte Fletcher höflich an.

»Und wie wollen Sie da wieder reinkommen?«

»Vielleicht muß ich den Schlüsseldienst kommen lassen.«

Fletcher nickte in Richtung Einsatzleiterin. »Kann sie da rein? Gibt es noch eine Tür?«

»Es gibt noch eine Tür, aber sie kann nicht rein. Die Tür ist auch von innen verschlossen.«

»Sie könnten das Schloß aufschießen.«

»Ja, das geht«, pflichtete Salazar bei. »Deb, wo ist das Baby?«

»Ich habe es direkt hinter die Tür gelegt. Aber Sie wissen ja, in dem Alter krabbeln Babys schon viel herum.«

»Er ist sechs Monate alt«, widersprach Fletcher. »In dem Alter krabbeln Babys noch nicht.«

Salazar und ich mußten beide darüber, fast echt, lachen. »Mister, ich habe sechs Kinder«, sagte Salazar. »Ich garantiere Ihnen, sie krabbeln, so wahr ich hier stehe. Oder wenn Sie mit dem Wort krabbeln nicht einverstanden sind, sie robben auf ihrem Bauch. Bei allen meinen Kindern, bevor sie aus dem Krankenhaus nach Hause kamen, mußten die Krankenschwestern sie ständig wieder im Bettchen nach unten ziehen, und zwei Minuten später haben sie sich schon wieder den Kopf am anderen Ende des Bettchens gestoßen und geheult, weil da irgendwas im Weg war und sie nicht weiterkonnten. Mister, in dem Raum da ist jede Menge Metall. Wenn eine Kugel in den Raum dringt, dann wird sie irgendwo abprallen und als Querschläger Gott weiß wohin gehen. Es ist Ihr Baby, aber es ist meine Pistole, und wenn Sie glauben, ich werde das Risiko eingehen, ein Baby zu treffen, dann können Sie von mir aus zur Hölle fahren. Da werden Sie am Ende sowieso landen, wenn Sie so weitermachen, aber –«

»Wie soll ich dann mein Baby holen?«

»Ich würde sagen, Sie haben ein Problem.«

»Immer werde ich angelogen.«

»Dann hören Sie mir mal zu, Fletcher«, sagte Salazar, »weil ich Ihnen nämlich die reine Wahrheit sage. Jedes Wort, das ich Ihnen jetzt sage, ist wahr. Die Tür da ist abgeschlossen. Ich habe keinen Schlüssel für die Tür. Und wenn ich den Schlüssel hätte – was, wie Sie wissen, nicht der Fall ist, weil Sie gesehen haben, wie ich meine Taschen geleert habe –, würde ich mit allen Mitteln versuchen, Sie daran zu hindern, das Baby zu holen. Sicher, ich würde Sie anlügen. Ich lüge jetzt nicht, aber ich würde Sie anlügen, und ich würde Sie töten, wenn ich müßte, obwohl ich noch nie jemanden getötet habe und auch jetzt nicht besonders scharf darauf bin. Ich werde auf keinen Fall zulassen, daß Sie das Baby anrühren.«

»Es ist mein Baby!«

»Was macht es zu Ihrem Baby?«

»Ich bin sein Vater.«

»Na und? Sie haben Jill Montrose gebumst und sie schwanger gemacht und sie dann geheiratet, weil Sie so stolz auf Ihre Männlichkeit sind. Darren Fletcher, der Mordskerl, hat einen Schwanz, der funktioniert. Na und, das gilt für die Hälfte der Menschheit. Das gilt für einen Ziegenbock. Reicht das aus, um aus Ihnen einen Vater zu machen? Beweisen Sie mir, daß Sie sich vernünftig um das Baby kümmern könnten – beweisen Sie mir, daß Sie sich vernünftig um das Baby kümmern *würden* –, und ich finde einen Weg, die Tür zu öffnen, und lasse Sie das Baby haben. Aber zuerst müssen Sie das beweisen.«

»Wissen Sie, warum ich Jill getötet habe? Sie wollte mein Baby weggeben, deshalb. Was würden Sie tun, wenn Ihre Frau Ihre Kinder weggeben wollte?«

»Meine Frau und ich sind füreinander da. Waren Sie für Jill da? Sie haben Sie verlassen. Sie haben sie verlassen, als sie schwanger war. Was für ein Mann sind Sie eigentlich?«

»Ja, aber –«

»Ja, aber was? Sie haben Jill verlassen, und sie war ganz allein, als sie das Kind bekommen hat. Wo waren Sie, als das Baby geboren wurde? Wo waren Sie, wenn Jill um zwei Uhr morgens aufgestanden ist, um das Baby zu füttern?«

»Sie verstehen das nicht!« brüllte Fletcher. »Sie war nicht nett zu mir!«

»Aber Sie sind so richtig nett, stehen da und drücken einem Mädchen ein Messer in die Seite. Was hat sie Ihnen denn getan?«

»Sie – sie ist genau wie April.«

»Inwiefern ist sie genau wie April?«

»April hat mich belogen! Sie hat gesagt, sie würde ein Baby bekommen, und dann – habe ich rausgefunden –«

»Was haben Sie rausgefunden? Daß April meinte, es wäre besser für das Baby, wenn es nie geboren wird, als mit so einem Vater wie Ihnen geboren zu werden? Mit einem Vater, der zu so etwas fähig ist wie das, was Sie Jill angetan haben? Haben Sie April das erzählt?«

»Ich hab' ihr gesagt –«

»Was haben Sie ihr gesagt? Haben Sie ihr Jill gezeigt –«

»Das hätte ich nie ...«

»Ich glaube Ihnen nicht. Ich traue Ihnen alles zu. Was machen Sie denn jetzt gerade? Das Mädchen ist fünfzehn Jahre alt. Wieso tun Sie ihr das an?«

»Sie war mit April ... sie und April waren in der Klinik –«

»Montag morgen? April hat die Abtreibung Montag morgen machen lassen. Sie haben sie hingebracht. Am Montag morgen war das Mädchen, das Sie da gerade quälen, mit ihrem Freund per Anhalter unterwegs von Santa Fe nach Los Alamos.«

»Sie hat April in der Klinik kennengelernt –«

Plötzlich begriff Lorie, wessen sie beschuldigt wurde. »Sie sagen, *ich* hätte eine Abtreibung gehabt? Deb, meint er das? Sie Mistkerl, ich war noch nie schwanger, ich habe noch nie etwas gemacht, wodurch man schwanger werden kann – Sie Scheißkerl – wagen Sie es nicht, so über mich zu reden!« Sie versuchte, ihn zu treten, und hörte erst auf, als Fletcher mit der Messerspitze so fest zudrückte, daß, wenn nicht ihre Haut, so zumindest die obere Schicht des Baumwollstoffes durchstoßen wurde.

»Genau«, rief Salazar, »so ist es recht, tun Sie dem Mädchen nur weh, besser können Sie mir wirklich nicht beweisen, daß man Ihnen ein Baby anvertrauen kann. Sehr aufschlußreich.«

Wir – Salazar und ich und zum Teil Lorie, aber in erster Linie Salazar – machten unsere Sache wirklich ausgezeichnet; wir hielten das Gespräch mit Fletcher in Gang, aber wir kamen damit keinen Schritt weiter. Wir waren nach wie vor in einer Pattsituation; Fletcher hatte Lorie noch immer in seiner Gewalt, und weder Salazar noch ich sahen irgendeine Möglichkeit, ihm Lorie unversehrt wegzunehmen.

Ich war mir absolut sicher, daß das Gebäude inzwischen umstellt war, daß die übrigen städtischen Angestellten aus den angrenzenden städtischen Büros evakuiert worden waren. In diesem Gebäude waren jetzt nur noch die Einsatzleiterin, Salazar, das Baby, Lorie, Fletcher und ich. Draußen hatten sich vermutlich Wagen der Stadtpolizei, die wenigen, die im Einsatz waren, und Wagen des Bezirkssheriffs, so viele, wie verfügbar waren, und vermutlich ein paar Staatspolizisten oder Highwaystreifen, oder wie immer sie sich in New Mexico bezeichnen, versammelt.

Aber das nützte uns hier drinnen herzlich wenig.

Wir wußten noch immer nicht, was wir in der gegenwärtigen Situation machen sollten, und im Grunde konnten wir gar nichts tun, wenn Lorie keinen Schaden nehmen sollte. Salazar konnte nicht schießen; selbst wenn er ihn mit einem gezielten Schuß tötete, würde Lorie mit an Sicherheit grenzender Wahrscheinlichkeit schwer verletzt werden, auch wenn nur ein letzter Muskelreflex den Arm um ihren Hals festzog oder das lange Messer in ihren Leib stieß.

Also würde einer von uns – sehr wahrscheinlich Salazar – Fletcher überrumpeln müssen. Und auch in diesem Fall bestand das Risiko, daß Lorie verletzt wurde. Salazar war, wie ich, wie wohl fast jeder Polizeibeamter, bereit – wenn auch wahrlich nicht erpicht darauf –, ein persönliches Risiko einzugehen, aber durchaus nicht bereit, das Leben eines anderen zu riskieren. Das einzige Problem war nur, daß uns offenbar keine andere Wahl blieb.

Einen Moment lang fiel niemandem mehr etwas ein. Es war wie ein *tableau vivant*, Fletcher, der Lorie im Würgegriff hielt, Salazar, der seine Pistole mit ausgestrecktem Arm hielt (und er würde die Pose rein körperlich nicht mehr lange durchhalten können – wenn Sie das nicht glauben, versuchen Sie mal, ein schweres Buch zehn Minuten lang mit ausgestrecktem Arm zu halten), ich, die ich mitten im Raum stand.

Ich mußte noch immer aufs Klo. Salazar hatte gesagt, Hal bräuchte eine Blasentransplantation, aber es wurde immer offensichtlicher, daß ich eine Blasentransplantation brauchte.

Das Baby weinte noch immer schwach. Ich glaubte nicht, daß es Schaden nehmen würde; der Kleine konnte nicht schon wieder Hunger haben (na ja, möglich war's schon, in Anbetracht dessen, wie lange er nicht gefüttert worden war, bevor ich ihn vor einer Stunde gefüttert hatte, aber er würde mit Sicherheit noch ein Weilchen durchhalten).

Dann wurde es draußen auf der Straße laut. Mehrere Männer schrien einander an, und eine der Stimmen erkannte ich eindeutig als die von Hal. Was, so fragte ich mich ängstlich, führte er im Schilde? Das letzte, was ich in der jetzigen Situation gebrauchen konnte, war Hal hier drinnen.

Irgend jemand da draußen war der gleichen Ansicht wie ich. Irgend jemand brüllte: »Nicht da reingehen«, und es wurde wieder unruhig; es hörte sich an, als ob jemand auf der Treppe vor dem Eingang einen Ringkampf veranstaltete. Dann flog die Eingangstür auf, und Hal und Begay waren drinnen.

Sie blieben beide wie angewurzelt stehen und sahen sich um. Hals Blick hatte mich kurz gestreift, gerade lang genug, um meine Anwesenheit zu registrieren, bevor er die Augen auf Fletcher und Lorie richtete.

Und dann geschah etwas, das ein Erwachsener niemals versucht hätte. Salazar und ich und selbst Begay – wir hätten gewußt, daß es nicht funktionieren konnte, und deshalb hätten wir es nicht versucht. Oder wir hätten gewußt, daß das Risiko, daß Lorie verletzt wurde, einfach zu groß war, selbst wenn es funktionieren würde, und deshalb hätten wir es nicht versucht.

Aber Hal ist größer als Salazar und größer als Begay und größer als ich. Er ist größer, und er hat eine größere Reichweite, und er hat längere Beine.

Und seine geistige Fähigkeit, einen Zusammenhang zwischen Ursache und Wirkung herzustellen, ist bei weitem nicht so groß, wie man es sich wünschen würde.

Was bedeutet, daß er nicht wußte, daß es unmöglich war, und er wußte nicht, daß es zu gefährlich war, es zu riskieren.

Ach ja, und Hal spielt Fußball. Begeistert.

Sein Gesicht verriet nicht, was er vorhatte, wie mein Gesicht oder Salazars Gesicht es zweifellos getan hätten.

Er trat einfach zu.

Mit der ganzen Länge seines gestreckten, langen Beines und mit der ganzen Kraft, die er aufbieten konnte, trat er hoch und präszise, und das Messer flog in die Luft, und ich wollte es schon auffangen, überlegte es mir dann aber anders und wich schnell zur Seite, um es auf den Boden fallen zu lassen.

Jetzt, da das Messer weg war, blieb Lorie nicht länger reglos. Sie drehte sich in der Umklammerung, mit der Fletcher sie noch immer – wenn auch nicht mehr ganz so fest – am Hals gepackt hielt, und stieß ihm mit aller Wucht das Knie direkt zwischen die Beine.

Salazar brauchte Fletcher, der sich krümmte und die Hände zwischen die Beine pressen wollte, nur noch zu packen, ihn herumzuwirbeln, gegen die Wand zu drücken und ihm Handschellen anzulegen. Die Belagerung war vorüber. Salazar sagte der Einsatzleiterin, sie solle allen draußen Bescheid geben, daß die Gefahr gebannt war und sie wieder auf Streife fahren konnten.

Als zwei Hilfssheriffs hereinkamen, die sich offenbar vergewissern wollten, daß niemand gezwungen worden war, falsche Funksprüche rauszugeben, betätigte die Einsatzleiterin den Summer für die Bürotür, und ich öffnete sie. Sofort fing Fletcher wieder an herumzubrüllen, daß er belogen worden sei.

»Niemand hat Sie belogen«, widersprach Salazar.

»Brauchen Sie Hilfe, Salazar?« fragte jemand in einer braunen Uniform, und noch jemand in einer braunen Uniform sagte: »Alles in Ordnung, Chief?«

»Alles unter Kontrolle«, sagte Salazar. »Nein, wir brauchen keine Hilfe. Danke für die Unterstützung. Das hätte ganz schön brenzlig werden können.«

»Genau so hat es sich auch angehört. Na ja, wenn Sie wirklich sicher sind ...«

»Ich bin sicher.« Er drehte sich zu Fletcher um, während ich das Baby hochnahm, das sich im Moment nur über den Zustand seiner Windel und den harten Fußboden zu beklagen schien. »Ich habe Sie nicht belogen«, wiederholte Salazar. »Ich habe nur nicht die ganze Wahrheit gesagt.«

»Ja, Sie haben gesagt, Sie würden mir mein Baby geben.«

»Wenn Sie mich überzeugen könnten, daß Sie sich gut um ihn kümmern könnten und würden, stimmt. Und wissen Sie was, Fletcher, Sie haben mich nicht überzeugt. Und jetzt hören Sie mir einen Moment gut zu. Sie haben das Recht zu schweigen ...«

Während Salazar ihm seine Rechte rezitierte, reichte ich Lorie das Baby und verschwand schleunigst Richtung Toilette. Ich bekam gerade noch mit, daß Salazar seinen Vortrag kurz unterbrach, um rasch einen Blick auf die Uhr zu werfen, aber ich dachte mir nichts dabei. Es war schließlich ganz normal, daß er wissen wollte, wie spät es ist. Bisher war es ein ungemein chaotischer Tag gewesen, und es deutete nur wenig darauf hin, daß er besser werden würde, zumindest was das Chaos anging, wenngleich er, was die Krisensituation anging, ganz plötzlich sehr viel besser geworden war.

Als ich von der Toilette zurückkam, war das Baby nicht mehr da, und Fletcher hatte schluchzend den Kopf auf den Schreibtisch gelegt. »Was ist passiert?« fragte ich schneidend.

»Nichts ist passiert«, sagte Salazar. »Das Jugendamt hat soeben das Baby abgeholt.« Einen Augenblick lang war ich traurig; ich hätte den Kleinen gern noch mal gesehen, bevor ... Aber dann wurde mir klar, daß es so besser war. Wenn ich ihn noch öfter gesehen hätte, hätte ich ihn bestimmt behalten wollen, und das konnte ich natürlich nicht. Aber vielleicht hatte er ja Glück. Vielleicht würde seine Großmutter einsehen, daß sie zu alt war, um ein Baby großzuziehen, und er kam zu der netten Frau in San Francisco, die sich um ihn gesorgt hatte, ohne ihn je gesehen zu haben.

Fletcher hob den Kopf. »Sie verstehen überhaupt nichts«, sagte er. »Sie verstehen überhaupt nichts. Ich bin kein Killer.«

»Nein?« sagte Salazar. »Dann haben Sie mich aber ganz schön zum Narren gehalten.«

»*Sie* haben gesagt, ich bin kein Killer.«

»Dann habe ich eben meine Meinung geändert.«

»Sie verstehen überhaupt nichts.«

»Möchten Sie es mir erklären? Sie müssen nicht –«

»Ich bin nicht blöd«, sagte Fletcher. »Ich weiß, was ich unterschrieben habe. Ich weiß, daß ich Ihnen nichts erzählen muß. Aber ich möchte, daß Sie mich verstehen. Ich bin kein Killer. Nicht wirklich. Ich – es war – Jill wollte das Baby weggeben.«

»Wieso?«

»Sie hat gesagt, sie hätte Angst, ich würde ihm weh tun, aber ich würde nie –«

»Warum hatte Jill Angst, Sie würden dem Baby weh tun?«

»Na ja ...«

»Also, warum? Wollen Sie es mir sagen oder nicht?«

»Sie verstehen das nicht.«

»Sie reden ja auch nur Stuß.«

»Was?«

»Was Sie sagen«, sagte Salazar. »Ich verstehe es nicht. Aber ich würde gern eine Erklärung hören. Wieso hatte Jill Angst, Sie würden dem Baby weh tun? Haben Sie Jill weh getan?«

»Na ja, ich –«

»Wir sind oft zu Ihrem Haus gerufen worden, als Sie und Jill noch zusammen wohnten, wissen Sie noch?«

»Ja, aber, sie hat nie getan, was ich ihr gesagt habe.«

»Sie hat nie getan, was Sie ihr gesagt haben. Zum Beispiel?«

»Alles Mögliche. Dinge, die sie tun sollte und nicht getan hat.«

»Nennen Sie mir ein Beispiel.«

Lorie, Hal und Begay standen in der Tür zum Büro des Chiefs und sahen zu; Fletcher saß mit dem Rücken zu ihnen, und ich bezweifelte, ob er sich überhaupt noch erinnerte, daß sie da waren. Fletcher trug Handschellen und sprach leise, und Salazar rutschte langsam tiefer in seinem Sessel, wie bei dem Gespräch mit Hal; diese Haltung schien sein Gegenüber zu vertraulichen Geständnissen aufzufordern.

»Na ja – alles Mögliche eben. Zum Beispiel, wenn ich ihr gesagt hatte, daß ich um halb sieben zu Abend essen will, und dann war das Essen nicht fertig.«

»Warum?«

»Ich weiß nicht, warum, es hätte eigentlich –«

»Was für eine Erklärung hat sie gegeben?«

»Ach, daß sie nicht rechtzeitig nach Hause gekommen war und das Geschirr noch nicht gespült hatte – ich kapier' nicht, wieso sie nicht spülen konnte, während sie gekocht hat, oder morgens, bevor sie zur Uni gegangen ist – meine Mutter hat immer –«

»Moment mal, Sie haben sie im September verlassen, und das Baby wurde im Oktober geboren. Das bedeutet, daß Jill im siebten Monat schwanger war. Sie war im siebten Monat und ging zur Uni. Was hat sie sonst noch gemacht?«

»Ach, sie hatte einen Teilzeitjob, aber das war nicht anstrengend. Sie hat bloß in einem Büro gearbeitet.«

»Haben Sie schon mal in einem Büro gearbeitet?«

»Nein, aber –«

»Woher wissen Sie dann, daß es nicht anstrengend war? Wie spät ist sie nach Hause gekommen?«

»Viertel nach fünf, und da hätte sie noch genug Zeit gehabt, um zu spülen und das Abendessen zu machen, bevor –«

»Und Sie haben ausschließlich studiert, richtig?«

»Ja.«

»Und wie spät sind Sie nach Hause gekommen?«

»Um halb vier. Was hat das damit zu tun –«

»Wissen Sie, wie man spült?«

»Das ist nicht mein Job!«

»Spülen war Jills Job. Kochen war Jills Job. Was war Ihr Job?«

»Na ja, ich – ich bin Kunsthandwerker.«

»Verstehe. Was war Ihr Job zu Hause?«

»Ich habe Sachen hergestellt.«

»Sie haben Sachen hergestellt. Na prima! Also wenn Jill das Essen nicht fertig hatte, haben Sie sie verprügelt, bis die Nachbarn den Lärm hörten und die Polizei gerufen haben, und dann haben Sie sie schließlich verlassen. Warum haben Sie sie verlassen?«

»Warum hätte ich denn bei ihr bleiben sollen? Sie hat nie getan, was ich ihr gesagt habe. Meine Mom hat immer –«

»Immer gemacht, was Ihr Dad ihr gesagt hat? Na, dann hat Ihr Dad vielleicht auch was für sie getan. Meinen Sie nicht?«

»Es war nicht mein Job –«

»Sie kotzen mich an«, sagte Salazar und setzte sich ganz schnell auf. »Sie lieben Babys? Sie lieben Kinder? Jetzt hören Sie mir mal zu, Sie Widerling. Sie wissen doch gar nicht, was ein Baby ist. Sie sind genauso wie die jungen Mädchen in den Slums, die aus Versehen mit Absicht schwanger werden und dem Sozialarbeiter erzählen, sie wollten jemanden haben, der sie liebhat, weil sie sonst niemand liebt. Was meinen Sie denn, was ein Baby ist? Meinen Sie, so was wie ein kleines Kätzchen oder ein junger Hund? Sogar ein Kätzchen und ein junger Hund haben Bedürfnisse. Meinen Sie, Babys sind wie Puppen oder Stofftiere, mit denen man spielt, wenn man Lust hat, und sie ansonsten nicht beachtet? So läuft das nicht. Babys schreien. Sie weinen. Manchmal weinen sie die ganze Nacht. Sie müssen gefüttert werden – zu Anfang alle drei, vier Stunden. Sie machen Schmutz. Sie machen in die Windeln und müssen frisch gewickelt werden. Gehen lernen sie zwar von allein, aber das Sprechen muß man ihnen beibringen. Sie nehmen viel Zeit in Anspruch. Selbstsüchtige Ich-Verliebte brauchen keine Babys. Sie haben keine Ahnung, wie man sich um Babys kümmert. Was hätten Sie mit dem Baby angefangen? Nach einer Woche hätten sie es satt gehabt und in irgendeiner Mülltonne deponiert und wären abgehauen.«

Ich erschauderte unwillkürlich. Ich kannte ein Baby, dem das passiert war. Zum Glück war die Kleine rechtzeitig gerettet worden.

»Also, Sie können mich von mir aus einen Heiden nennen«, fuhr Salazar fort, »weil ich nämlich eine Religion habe, von der Sie vermutlich noch nie gehört haben. Ich habe die Religion meiner Mutter. Aber mein Vater war katholisch, und ich bin katholisch erzogen worden, bis ich als Erwachsener meine Meinung geändert habe. Aber in einem Punkt habe ich meine Meinung nicht geändert, und zwar in Sachen Abtreibung. Ich halte nichts von Abtreibung. Ich finde Abtreibung nicht richtig. Aber eins will ich Ihnen sagen, wenn April sich entscheiden mußte, ob sie das Baby, das sie erwartete, besser abtreiben sollte oder zulassen, daß Sie es in Ihre erbärmlichen Hände kriegen, dann würde ich sagen, sie hat die richtige Entscheidung getroffen. Und Sie sagen, Sie wären ein Mann. Scheiße. Sie kotzen mich an.«

»Sie ver-«

»-stehen das nicht. Stimmt. Ich verstehe es nicht. Das ist erst der Anfang. Ich will es nicht verstehen. Ich will nicht zu der Sorte Mensch gehören, die Sie verstehen könnte. Begay, sperren Sie ihn ein.«

Ich war froh, daß er jetzt eingesperrt wurde, denn wenn er weitergeredet hätte, wäre ich gezwungen gewesen, weiter zuzuhören, und ich mußte – na ja, Sie können sich denken, was ich mußte.

Und wieder blickte Salazar auf die Uhr, als ich ging, die letzten Reste meiner Würde hinter mir herschleifend.

Als ich wiederkam, sprach Salazar leise mit Lorie, die sehr viel ruhiger war, als ich es vermutlich gewesen wäre, wenn ich mit fünfzehn Jahren in die gleiche Situation geraten wäre.

»Wir sind zurück zu dem Park gefahren«, sagte sie gerade, »weil er da gern kampierte. Er wollte, daß ich ... daß ich ... daß ich es mit ihm mache, in diesem Kiva-Dingsda, weil es irgendwie magisch ist, hat er gesagt, und ich habe gesagt, daß ich nicht will. Er hat gesagt, er würde mich nicht vergewaltigen, und das hat er auch nicht, aber er war wütend ...«

»Also so ist der Schal da reingekommen?« fragte ich.

»Ja.« Sie blickte mich kurz an. »Es tut mir leid, ich wollte Ihren Schal nicht verlieren.«

»Der Schal ist absolut unwichtig, viel wichtiger ist, daß wir dich wiederhaben«, versicherte ich ihr. »Außerdem haben wir ihn gefunden. Lorie, wie hat er dich eigentlich in seine Gewalt bekommen?«

»Ich weiß nicht«, sagte sie. »Ich meine, ich habe mich hingelegt, um mit Hal zu schlafen, ich meine, nicht *mit* Hal, Sie wissen schon, was ich meine, neben Hal, und dann bin ich aufgewacht und war auf dem Rücksitz von seinem Wagen, und ich hatte großen Durst, und ich hatte so schreckliche Kopfschmerzen – ich meine, ich fühlte mich total elend.«

»Begay hat das hier in Fletchers Hosentasche gefunden«, sagte Salazar und reichte mir ein Fläschchen Chloralhydrat. In Verbindung mit Alkohol wird Chloralhydrat zu einem sehr starken und manchmal tödlichen Betäubungsmittel, das häufig auch als K.O.-Tropfen bezeichnet wird, aber auch für sich allein ist Chloralhydrat ein sehr wirkungsvolles Schlafmittel. In zwei Gläser Eistee gegeben, hatte es sicherlich dafür gesorgt, daß zwei müde Teenager sehr tief schliefen.

»Und dann hat er dauernd gesagt, ich sollte mich um sein Baby kümmern, und ich habe versucht, ihm klarzumachen, daß ich keine Ahnung habe, wie man sich um ein Baby kümmert, ich bin noch nicht alt genug, aber das war ihm egal. Er hat gesagt, ich müßte es machen, weil es mein Job wäre. Ich meine, der ist nicht ganz dicht. Der spinnt total.«

Sie redete weiter, fast zwanghaft, und ich bemerkte, daß Salazar auf seinem Schreibtisch einen Kassettenrecorder laufen hatte. Hal und Begay kamen wieder herein, und als ich aufblickte, sah ich, wie Hal zu Lorie ging und ihr die Schultern rieb, genau so, wie Harry mir die Schultern reibt, wenn ich einen richtig miesen Tag hatte. Sieh an, dachte ich. Sieh an. Vielleicht wird Hal ja eines Tages doch noch erwachsen.

»Begay«, sagte Salazar, »sind Sie einverstanden, wenn Hal ein paar Tage bei Ihnen wohnt? Ich glaube nicht, daß wir ihn wieder einsperren müssen, aber ich glaube nicht, daß er schon so bald nach Hause kann. Lorie, hast du schon die Windpocken gehabt?«

»Ja, Sir, warum?«

»Du wirst für ein paar Tage bei mir wohnen.«

»Salazar«, fragte ich, »wieso sollen Sie noch nicht nach Hause? Es wird kein Problem sein, sie für den Prozeß wieder herkommen zu lassen, aber Sie brauchen sie doch eigentlich nicht für die Voruntersuchung, oder? Ich meine, ich weiß zwar, daß Hal einen Gerichtstermin hat, aber –«

»Ach, ich denke, das vergessen wir mal«, sagte Salazar milde. »Wir können den Held des Tages doch nicht vor Gericht stellen, oder? Natürlich, wenn er sich wieder mal Ärger einhandelt und ich davon Wind bekomme –«

»Das tu' ich nicht«, versprach Hal eifrig.

»Wieso soll er dann –?«

»Deb«, sagte Salazar, »seit nun mehr zweieinhalb Stunden gehen Sie alle fünf Minuten zur Toilette – oder versuchen es. Sagt Ihnen das denn nichts?«

»Ich habe eine schwache Blase, besonders zur Zeit.«

»Ach, Scheiße«, sagte Salazar. »Ich meine, *genau* alle fünf Minuten.«

Ich hielt inne und dachte darüber nach. Jetzt, wo er es erwähnte, ich hatte tatsächlich schreckliche Rückenschmerzen, und ich mußte schon wieder dringend zur Toilette. Ich legte eine Hand auf meinen Bauch, versuchsweise.

Ja, tatsächlich, genau das tat ich.

Ich rief Harry an, sobald ich im Krankenhaus war, um ihm zu sagen, was passiert war, und um ihn zu bitten, Lories Mom anzurufen. Und dann mußte ich auflegen, denn es wurde wirklich höchste Zeit.

Das nächste Mal rief ich Harry mitten in der Nacht an. Wir hatten uns vorläufig auf zwei Namen geeinigt, und ich wollte ihm sagen, welcher es geworden war.

Die nächsten zwei Tage konnte ich mich ausruhen und mit dem Baby spielen, was toll war. Maria Salazar schaffte es, obwohl sie drei Kinder mit Windpocken hatte, sich um Lorie zu kümmern und mir Plätzchen und Milkshakes ins Krankenhaus zu bringen. Endlich fand ich heraus, warum Salazar sich beim Thema Adoptionen so aufgeregt hatte; die Hälfte seiner Kinder war nämlich adoptiert. Kinder, die niemand hatte haben wollen. Ich selbst fand sie wunderbar. Und schließlich, über eine Woche nachdem sie sich davongemacht hatten, brachte ich Hal und Lorie wieder heil nach Hause zurück. Obwohl so viel passiert war, hatten sie nur zwei Tage in der Schule gefehlt.

Und ich konnte sogar noch Harry aus dem Krankenhaus abholen. Er sagte, eigentlich hätte es umgekehrt sein müssen – er hätte mich vom Krankenhaus abholen müssen, aber ich konnte es nicht ändern. Er humpelt noch immer leicht, aber zumindest muß er keinen Gips mehr tragen.

Das einzige Problem ist jetzt, daß ich ständig daran denken muß, daß ich achtundfünfzig sein werde, wenn Cameron – so heißt mein

Baby – sechzehn ist. Ob ich dann noch mit solchen Lausbubenstreichen fertig werde?

Na ja, wenn nicht, er hat einen älteren Bruder und zwei ältere Schwager. Ich kann dann ja einen von ihnen losschicken, um ihn von New Mexico nach Hause zu holen.

Jedenfalls habe ich sehr gut auf mich aufgepaßt (wieso hat Salazar bloß so gelacht, als ich ihm das erzählte?), und mit ein bißchen Glück wird Cameron ein ganz gesunder Junge werden, trotz der vielen Aufregung bei seiner Geburt.

Nachwort

Seit Lee Martin 1984 mit ihrem ersten Polizeiroman um die Polizeidetektivin Deb Ralston debütierte, galten drei Merkmale als ihr Markenzeichen – eine sympathische Heldin mit glaubwürdigem Familienleben, der Einsatz modernster Polizeimethoden und die Verbindung des eher klassischen Mordrätsels mit den oft brutalen Verbrechen einer modernen Großstadt wie Fort Worth, Texas. Das vierte Merkmal braucht eigentlich nicht gesondert genannt zu werden, da es eine unabdingbare Voraussetzung des zeitgenössischen Detektivromans zu sein scheint – eine mehr als außerordentliche Portion Humor kennzeichnen die Heldin wie auch ihre Erzählweise.

Alle vier Merkmale spiegeln Charakteristika der Autorin wider: Als Anne Wingate – so ihr wirklicher Name – hat sie lange Jahre praktische Polizeiarbeit geleistet; zudem hat sie englische Literatur studiert, und ihre eigene Schreiberfahrung hat sie seit langem zur Dozentin für ›creative writing‹, für das professionelle Verfassen fiktionaler Texte, an einer amerikanischen Universität werden lassen. Aber mehr noch denn als Autorin von inzwischen über einem Dutzend äußerst erfolgreicher Romane oder als Ex-Polizistin sieht sie sich als Ehefrau und Mutter zweier Kinder; daher auch das glaubwürdige Privatleben, mit dem sie ihre Heldin ausstattet und in dem sich jede berufstätige Mutter wiederfinden wird – vor allem in dem Gefühl, auf zwei abwärts gleitenden Rolltreppen gleichzeitig nach oben stürmen zu müssen.

Dieser ständige Kampf mit der Zeit – im Büro das nagende Gefühl, eigentlich zu Hause gebraucht zu werden, und zuhause das schlechte Gewissen, statt am Abwasch eher am aktuellen Fall arbeiten zu müssen – gilt im neuesten Roman nicht oder besser gesagt, er hat sich verlagert: Seit dem Ende ihres zweiten Romans (»Das Komplott der Unbekannten«, DuMont's Kriminal-Bibliothek Band 1055) kennen wir die Ursache ihrer rätselhaften Magenbeschwerden – sie ist mit Anfang vierzig überraschend schwanger geworden, nachdem sie und ihr Mann seit vielen Jahren davon ausgegangen waren, ungewollt kinderlos zu bleiben. Drei Adoptivkinder, zwei Mädchen, die inzwischen schon verheiratet sind, und der Halbkoreaner Harold, genannt Hal, sind die Folgen ihres sehnlichen Kinderwunsches (»Ein zu normaler Mord«, DuMont's Kriminal-Bibliothek Band 1053). Durch zwei Ermittlungen hindurch (»Tod einer Diva«, »Mörderisches Dreieck«, DuMont's Kriminal-Bibliothek Bände 1061 und 1067) hat Deb Ralston dann ihre beruflichen Pflichten mit den teils nur ungewohnten, teils wirklich lästigen Schwangerschaftsbeschwerden zu vereinen. Nun hat sie endlich im neunten Monat selbst in den wenig sozialen USA Mutterschaftsurlaub, den sie auch dringend braucht. Ihr Mann, ehemaliger Berufssoldat und jetzt Hubschrauber-Testpilot, ist bei einem Testflug verunglückt und liegt im Krankenhaus, ein Umstand, der – bisweilen zu ihrem Leid, aber zur Freude ihrer Fans – Deb in den nächsten Jahren trotz des Babys an ihren Beruf fesseln wird, ist die Familie doch fortan noch stärker auf ihre Einkünfte angewiesen.

Doch aus der ruhigen Zeit, aufgeteilt zwischen Besuchen im Krankenhaus, Hausarbeit, dem sechzehnjährigen Hal und den Vorbereitungen auf die Niederkunft, wird nichts – Hal ist plötzlich verschwunden, und mit ihm seine Freundin Lorie alias Laura, Tochter einer Polizistenwitwe, die zugleich Debs Kollegin ist. Eine kurze, orthographisch nicht ganz lupenreine Notiz besagt, daß die beiden sich von einer Unterrichtseinheit zur Atomenergie in der Schule anregen ließen, in den wenigen Tagen Osterferien kurzerhand zum über tausend Kilometer entfernten Los Alamos, New Mexico, zu trampen, um den Ort zu besichtigen, an dem Hunderte von Physikern einst die erste Atombombe bauten. Hal ist sechzehn, Lorie ist fünfzehn – rechtlich könnten die Eltern durchaus nach ihren Kindern fahnden lassen, aber aussichtsreich wäre das nicht, ist Hal doch über ein Meter neunzig groß und sieht äußerst erwachsen aus. Ein junges Paar unterwegs in Amerika erregt einfach kein Aufsehen.

Andererseits ist, wie der Leser der Deb-Ralston-Saga aus früheren Bänden weiß, Hal innerlich recht wenig erwachsen, um es gelinde auszudrücken. Extreme Mangelernährung seiner Mutter während der Schwangerschaft oder ein Zwischenfall bei der Geburt haben einen Hirnschaden hinterlassen, der ihn gelegentlich unberechenbar macht. Am wenigsten scheint er selber zu wissen, was er gerade tut, nicht nur beim aktuellen Spontanausflug, sondern auch, als er einst seiner Mutter eine Freude machen wollte und den Boden mit einer amerikanischen Variante von Nutella einwachste oder beim Schul-Football-Turnier den Ball ergriff und aufs eigene Tor losstürmte. So sind die beiden Halbwüchsigen nicht nur den allgemeinen Gefahren ausgesetzt, die sich Eltern trampender Kinder leicht ausmalen können, sondern auch den besonderen, die jederzeit von Hal selbst ausgehen können.

Doch bevor Deb ihre feste Absicht in die Tat umsetzen kann, ihren Sohn zu erwürgen und sein Fell danach ans Garagentor zu nageln, gilt es erst einmal, ihn zu finden. Lories Mutter ist als Polizistin unabkömmlich, Hals Adoptivvater liegt in der Klinik – mütterliche Vorsicht hin, ärztliche Ratschläge her, es bleibt für Deb keine Wahl; sie muß nach New Mexico fliegen und in Los Alamos nach den beiden suchen.

Als erfahrene Polizistin hat sie schon bald ihre Spur – gerade vier Stunden Vorsprung haben die beiden noch vor ihr. Doch die Nacht, in der Deb sich in einem Motel für die Fortsetzung der Jagd ausruht, hat es in sich: Am nächsten Morgen kann sie zwar Hal lokalisieren – aber im Polizeigefängnis von Las Vegas, New Mexico, wo er unter Mordverdacht einsitzt. Auch wenn Deb ihrem Sohn selbstverständlich seine Geschichte glaubt, da sie weiß, daß er bei aller gelegentlichen Wunderlichkeit in keiner Weise gewalttätig ist, kann sie doch dem örtlichen Polizeichef Alberto Rafael Salazar nicht verargen, daß er ihn unter diesen Umständen festhält. Lorie und Hal haben die Nacht in ihren Schlafsäcken neben der Tribüne auf dem zentralen Platz von Las Vegas verbracht. Da dies an sich unzulässig ist, fielen sie zwar sogleich der Polizei auf, weil sie sich sonst aber korrekt verhielten, wurden sie lediglich regelmäßig von den Beamten im Streifenwagen beobachtet. Um vier Uhr morgens sah dann eine Streife, wie sich Hal über den Nachbarschlafsack bückte und offenbar erschrak. Die Kontrolle ergab, daß im Schlafsack die von Messerstichen fast zerhackte Leiche eines Mädchens lag, Hal mit Blut beschmiert war und die Tatwaffe das Jagdmesser seines Vaters sein mußte, das Hal auf seinen Ausflug mitgenommen hatte. Das Mädchen war, zu Debs verständlicher Erleichterung, nicht Lorie, sondern eine April, die Hal Stunden zuvor kennengelernt hatte; Lorie blieb verschwunden. Wie konnte Hal einen Mord, bei dem das Opfer sich zudem gewehrt hatte, unmittelbar neben sich verschlafen, wie war Lorie aus dem Schlafsack verschwunden, wie April hineingeraten?

Da Deb nicht ohne Hal – und erst recht nicht ohne die verschwundene Lorie – New Mexico verlassen wird, macht ihr Chief Salazar einen ebenso naheliegenden wie verblüffenden Vorschlag: Sie wird, was in den USA im Wilden Westen seit jeher möglich war, seine Hilfspolizistin. Gewissenhaft hat er ihre Angaben in Fort Worth überprüft und weiß, seit wie vielen Jahren sie in einer Spezialeinheit für Schwerstkriminalität arbeitet. Er selbst ist souverän genug, zuzugeben, daß er mit dieser Art Mord keine Erfahrungen hat. Tötungsdelikt im neumexikanischen Las Vegas geschehen meist vor einem Dutzend Zeugen, und wenn die sogleich herbeigerufene Polizei am Tatort erscheint, sitzt der Täter meist weinend auf der Bordsteinkante. Hier aber liegt, glaubt man Hals Aussage, der Prototyp des ›open murder‹ vor. Nicht nur kommt jedermann in vielen hundert Meilen im Unmkreis in Frage – auch das Opfer ist, bis auf Hals spärliche Angaben, unbekannt. Mit ihrer gepflegten Erscheinung, ihrer erlesenen Kleidung und ihren teuren Accessoires ist sie keineswegs eine Herumtreiberin; dennoch scheint sie niemand zu vermissen.

So findet sich Deb plötzlich – bestenfalls wenige Wochen vor ihrer Niederkunft – als Hilfspolizistin im dünn besiedelten, ebenso spanisch wie indianisch geprägten New Mexico wieder, mit einem Kleinstadt-Chief als Vorgesetztem. Daß Hal unterdessen seine physische Größe ausgenutzt hat, um einen ihn bewachenden Polizisten niederzuschlagen, einen Streifenwagen zu stehlen und auf eigene Faust nach Lorie zu suchen, bessert ihre Laune nicht gerade. Wie fast immer bei Debs Fällen – Ausnahme ist der Mord im geschlossenen Raum in »Tod einer Diva«, bei dem sie selbst sogar Zeugin ist –, ist geduldige Polizei-Routinearbeit angesagt. Ein halbwegs brauchbares Foto des Opfers, eine vage Phantomzeichnung ihres Begleiters, der als Täter in Frage kommt, Fußspuren in einer *Kiva*, einem altindianischen Erdheiligtum im – realen – »Bandelier National Monument« – mehr hat man nicht. Außer natürlich Deb Ralstons ›ureigenster‹ Methode, die sie dennoch mit allen bekannten Detektiven der Literaturgeschichte teilt: Dank ihrer lebhaften Einbildungskraft nimmt sie oft Ergebnisse vorweg, die von den bislang ermittelten Fakten keineswegs getragen werden, die ihr aber helfen, gerade Fakten zu finden, die ihre Hypothese stützen oder modifizieren.

Geduldige Polizeiarbeit und ermüdende Routine pflegen bei Lee Martin und Deb Ralston stets in einen Showdown von atemloser Spannung zu münden – so, als schlüge Quantität plötzlich in Qualität um. So ist es auch diesmal – und es ist ausgerechnet Hal, der die scheinbar ausweglose Situation aufklärt, und das aufgrund all der Eigenschaften, die ihn je nach Standpunkt hassens- oder liebenswert machen: seiner physischen Größe, seiner ›Spontaneität‹, seiner Unberechenbarkeit und seiner Unfähigkeit, Situationen und Gefahren überhaupt zu erkennen, geschweige denn richtig einzuschätzen. So wird der Fall, in den er ebenso absichts- wie ahnungslos geraten ist, in der Tat bis zur vorletzten Zeile »Hal's Own Murder Case« – Hals ureigenster Mordfall, wie der Titel des amerikanischen Originals von 1989 lautet. Das letzte Wort gebührt natürlich dem Baby, das am Ende all der Aufregungen noch in Las Vegas, New Mexico, geboren wird und sich als Junge entpuppt, auf den in diesem Fall der Name Cameron wartet. Und seine Mutter wird in den nächsten Fällen noch stärker das Gefühl haben, auf zwei abwärts gleitenden Rolltreppen gleichzeitig nach oben steigen zu müssen.

Volker Neuhaus

Von Lee Martin sind weiterhin in unserem Verlag erschienen:

Ein zu normaler Mord

Die Polizistin Deb Ralston soll den grausamen Mord an einer Familie aufklären. Am Tatort wird Olead, der einzige Überlebende, festgenommen. Er beteuert zwar seine Unschuld, doch sprechen alle Indizien gegen ihn. Auch Deb glaubt an seine Schuld, läßt sich aber zu genaueren Nachforschungen überreden. Bald schon werfen ihre Ermittlungen ein düsteres Licht auf die Ermordeten ... (Band 1053)

Das Komplott der Unbekannten

Deb Ralston entdeckt beim Joggen die Leiche einer hochschwangeren Frau in einem Wassergraben. Bald stellt sie fest, daß einige schwangere Frauen in ihrem und den benachbarten Countys und Staaten vermißt werden. Hat dieser Mord ebenso wie das Verschwinden der Schwangeren etwas mit dem schwunghaften Handel mit illegalen Adoptivkindern zu tun? Debs Ermittlungen bringen bald auch sie selbst und ihren Sohn in Gefahr … (Band 1055)

Tod einer Diva

Deb Ralston – Polizistin, Adoptivmutter und bereits Großmutter – ist mit 42 Jahren erstmals schwanger. Statt Mordfälle zu lösen, erholt sie sich deshalb bei der Mutter einer Schulfreundin, einst eine gefeierte Leinwand-Diva. Doch der Ex-Star erweist sich zuerst als sehr anstrengend, dann als tot – und Deb muß trotz vergifteter Drinks, geheimnisvoller Stichwunden und zahlreicher (falscher) Testamente den Mörder finden. (Band 1061)

Mörderisches Dreieck

Als Deb Ralston die Leiche eines Postboten in der Nähe eines ausgebrannten 1957er Chevrolet findet, ist die Frage nach dem Wert des Wagens das letzte, was ihr in den Sinn kommt. Erste Spuren führen zu einer nahegelegenen Farm, wo man die Leiche eines kleinen Mädchens findet. Unversehens ermittelt Deb in einem Fall von Kindesentführung und Mord. (Band 1067)